Tschingis
Aitmatow

Die Klage
des Zugvogels

Zu diesem Buch

Diese frühen Erzählungen von Tschingis Aitmatow stammen aus den Jahren 1953 bis 1965. Sie dokumentieren den literarischen Weg dieses Autors, der zunächst noch unter dem Einfluß der Literatur des »sozialistischen Aufbaus« stand, aber schon bald seinen eigenen Ton und seine Motive fand und zum Erneuerer einer erstarrten Literatur wurde: »Wir fliegen, schwingen uns höher und höher. Öde und leer ist alles ringsum – nur unsere Erdkugel wiegt sich sacht, zieht durchs endlose All wie ein Kameljunges, das sich in der Steppe verirrt hat und die Mutter sucht. Wie der Kopf eines verwaisten Kindes wiegt sie sich – so schutzlos, so verletzlich.«

Der Autor

Tschingis Aitmatow ist 1928 in Kirgisien geboren. Nach der Ausbildung an einem landwirtschaftlichen Institut arbeitete er zunächst als Viehzuchtsexperte in einer Kolchose. Nach ersten Veröffentlichungen zu Beginn der fünfziger Jahre besuchte er das Gorki-Literatur-Institut in Moskau und wurde Redakteur einer kirgisischen Literaturzeitschrift, später der Zeitschrift »Novyj Mir«. Mit »Dshamlija« gewann er Weltruhm.

Weitere im Unionsverlag lieferbare Werke: »Aug in Auge«, »Ein Tag länger als ein Leben«, »Karawane des Gewissens«, »Du meine Pappel im roten Kopftuch«, »Abschied von Gülsary«, »Der Richtplatz«, »Der weiße Dampfer«, zusammen mit Daisaku Ikeda: »Begegnung am Fudschijama«.

Tschingis Aitmatow

Die Klage des Zugvogels

Frühe Erzählungen

Aus dem Russischen von Charlotte Kossuth
und Halina Wiegershausen

Unionsverlag
Zürich

Die Erzählung *Das Kamelauge*
übersetzte Halina Wiegershausen,
alle anderen Charlotte Kossuth.

Unionsverlag Taschenbuch 32
Erste Auflage 1993

Rieterstrasse 18, CH-8059 Zürich, Telefon 01-281 14 00
Übernahme der Übersetzungen mit freundlicher
Genehmigung des Verlags Volk und Welt, Berlin

Umschlaggestaltung: Heinz Unternährer, Zürich
Foto: João Avelino Marques
Druck und Bindung: Clausen und Bosse, Leck
ISBN 3-293-20032-X

2 3 4 5 - 96 95 94

Inhalt

Die Klage des Zugvogels

Jagdhunde freuen sich, wenn eine Reiterschar den Ail verläßt. Im Trubel des Aufbruchs gesellen sie sich hinzu, dann treibt keiner sie mehr zurück, da hilft kein Befehl, kein Drohen – sie folgen dichtauf, traben störrisch nebenher. Sonderbare Geschöpfe sind das – ständig zieht es sie hinaus aufs Feld, ins Freie, und je größer der Lärm, je dichter das Menschengetümmel, desto besser! Schließlich sind es Jagdhunde.

Eleman mußte seinem Hund bis zum See nachlaufen. Während er dem Bruder Turman half, mit dem Lasso einen Jungbullen einzufangen, den dieser im Zug der Frauen und alten Männer zur Beerdigung mitführen wollte, um ihn für das Totenmahl zu schlachten, hatte sich der Jagdhund Utschar bereits der Menge angeschlossen, als gehörte er dazu: er stöberte herum, schnupperte, sprang durch Gestrüpp und bellte ungeduldig, damit die Menschen sich schneller bewegten. Eleman konnte ihn rufen und locken, soviel er wollte – es war vergebens. Wie sollte der Hund auch begreifen, daß dies keine Jagdgesellschaft war, sondern ein Trauerzug auf dem bedrückenden Weg in einen anderen Ail, wo unerwartet die Schwester von Almasch, ein siebzehnjähriges Mädchen, gestorben war, und daß sich unter denen, die da auf Stuten und Ochsen saßen, kein einziger junger Dshigit auf nur halbwegs feurigem Roß befand! Woher sollte er wissen, daß alle Kirgisen aus der Umgebung des Issyk-Kul, die eine Waffe tragen konnten, an diesem Tag mit ihren besten Pferden weit hinter den Bergen, einen Dreitagesritt entfernt im Tal des Taltschu, bereitstanden, um den anrückenden Horden der Dsungaren eine Schlacht zu liefern. Den fünften Tag schon waren sie fort, aber noch immer hatte der Ail keine Kunde vom Taltschu. Dummer, dummer Hund – wem hätte in solch einem Augenblick, da ungewiß war, wie sich das Schicksal eines ganzen Volkes entscheiden würde, der Sinn nach der Jagd gestanden?

Doch warum soll einen Hund menschliches Leid anrühren, was kümmern ihn Krieg, Trennung, Tod, Sorgen und überhaupt der Lebensinhalt der Menschen – ausgenommen die Jagd, sei es auf Füchse oder Hasen, bei der die Menschen auf ihren Pferden zu ebenso grimmigen, unermüdlichen Verfolgern werden wie Hunde.

Utschar winselte vor Ungeduld, bald lief er voraus, kläffte und flehte die Leute mit seiner ganzen Erscheinung, mit Blicken und Sprüngen an, sich doch zu beeilen, seinem Beispiel zu folgen, bald umkreiste er die Menge, jedenfalls ließ er sich von Eleman nicht einfangen. Ach, wie sehnlich wünschte sich der schwarze Jagdhund, daß die Rosse ihm nachsprengten, daß die Menschen, in den Steigbügeln aufgerichtet, sie mit gellenden Rufen anfeuerten, daß alle zu einem sprudelnden Strom verschmolzen im Wettlauf, im Stimmengewirr, im schneidenden, pfeifenden Gegenwind. Er rief sie und rief...

Aber nein! Diese Menschen, die alten Männer und Frauen, die da aus verwandtschaftlichem Pflichtgefühl schweigsam und niedergedrückt Sengirbais untröstliche Schwiegertochter umgaben, nahmen ihn gar nicht wahr, den schwarzen Jagdhund Utschar. Anderes bewegte sie. In dieser unruhigen, gefährlichen Zeit begaben sie sich nur schweren Herzens zur Beerdigung, und weniger

Almaschs wegen – wer war sie schon, diese Kelin, dieses Mädchen, das erst vor einem halben Jahr von Sengirbais Familie aufgenommen worden war – als vielmehr aus Achtung vor ihrem Mann, Koitschuman, der jetzt am Taltschu kämpfte, vor allem aber aus Achtung vor Sengirbai, dem großen Jurtenbaumeister, dem Stolz der kleinen und armen Sippe der Boso. Den dritten Tag schon lag der alte Sengirbai, von einem Anfall niedergeworfen, in seiner Zimmermannsjurte. Seit langem klagte er über sein Herz. Dennoch: als von den Schwägern die Kunde kam, daß die jüngere Schwester seiner Schwiegertochter, die siebzehnjährige Uulkan, plötzlich tot zusammengebrochen sei, da wollte der Jurtenbaumeister Sengirbai, wie es die Pflicht und der Brauch unter Schwägern gebieten, sogleich zum Begräbnis aufbrechen. Schon hatte er den Pelz übergezogen, schon stand sein Pferd gesattelt vor der Jurte, und die halbwüchsigen Söhne Turman und Eleman faßten ihn unter die Arme, um ihn in den Sattel zu heben – da griff er sich ans Herz und bekam den Fuß nicht mehr in den Steigbügel. Aufstöhnend klammerte er sich an die Mähne des Pferdes, taumelte, und nur mit letzter Kraft hielt er sich auf den Beinen.

Nun nahm, wie sie es des öfteren auch früher schon getan hatte, Kertolgo-saiip alles in ihre Hände. Sie verstand es, entschlossen zu handeln, wenn es erforderlich war. Zusammen mit den Söhnen trug sie Sengirbai in seine Zimmermannsjurte, entkleidete ihn und bettete ihn behende auf sein Lager. Dann sagte sie: »Usta, Gott wird dir verzeihen, dir fehlt doch die Kraft, zu den Schwägern zur Beerdigung zu reiten. Überlaß das mir. Nach dir bin ich der Aksakal dieser Familie, so wie es mir auch zukommt, die Altmutter unserer Boso-Sippe zu sein. Es wird die Schwäger schon nicht kränken, wenn ich unsere Leute zur

Totenklage führe. Wer denkt jetzt auch an Kränkungen, wo Gott allein weiß, was am Taltschu geschieht, wie es dort unseren Söhnen ergeht – ob sie siegen oder sterben. Du siehst es ja selbst: solange jede Kunde fehlt, schweben alle in tausend Ängsten. Bete du um deine Genesung, denke an jene, die dort auf dem Schlachtfeld sind! Schone dich, du zählst als großer Mann in unserer Sippe, für mich aber bist du, Vater meiner Kinder, der Allergrößte. Erlaube mir, diese bittere Pflicht zu erfüllen. Rühre dich nicht vom Lager. Eleman bleibt bei dir, wir anderen brechen auf.«

So lauteten ihre Worte, und es erwiderte der Jurtenbaumeister, in die Kissen gesunken, bleich, kalten Schweiß auf der Stirn, mit matter Stimme: »Recht hast du, Frau. Da ich es nicht kann, reite du. Versammle alle aus unserer Sippe, damit Almasch nicht allein vor die Ihren treten muß. Beginnt schon von fern zu wehklagen, damit im weiten Umkreis zu hören ist, daß unsere gesamte Sippe trauert, wehklagt so laut, daß ihr mit euern Stimmen auch die Abwesenden ersetzt – ihren Schwiegersohn Koitschuman und mich, ihren kranken Schwager. Wissen soll sie: Mag der Krieg auch noch so nahe sein, unsere Toten werden wir bestatten und beweinen, solange wir Menschen sind.«

So brachen sie denn zum Begräbnis auf: die Mütter mit ihren Kindern, die alten Männer und Frauen aus der kleinen Sippe der Boso. Sie brachen auf, bangend um den Ausgang der Schlacht mit den Dsungaren, und keinen gab es in jenen Tagen, der nicht laut oder stumm gedacht hätte: Wie mag es dort stehen, im Tal des Taltschu? Warum kommt keine Kunde? Warum nur wissen wir nichts? Sie brachen lediglich auf, um dem Brauch Genüge zu tun und die Ehre der Sippe zu wahren. Sie verließen ihren Ail finster, in tiefer Sorge.

Eleman kostete es viel Schweiß, ehe es ihm gelang, Utschar einzufangen und ihm den Gürtelriemen um den Hals zu legen – der Hund hätte sich sonst nicht von der Menge getrennt. Nun zerrte er am Riemen, suchte Eleman wieder zu entwischen. Doch der durfte ihn unter keinen Umständen ziehen lassen – in dem fremden Ail würden die dortigen Hunde über Utschar herfallen. Da gab es keinen Zweifel.

Den Jagdhund fest am Riemen haltend, blieb Eleman stehen; er wußte nicht, wie er sich in dieser Situation verhalten, was er den zum Begräbnis Reitenden sagen sollte. Guten Weg konnte er ihnen doch wohl nicht wünschen. Verwirrt stand er da, als sich seine Mutter, die Zügel straffend, im Sattel umwandte.

»Geh schnell nach Hause, steh hier nicht herum«, sagte sie streng. »Und kümmere dich um den Vater! Weiche keinen Schritt von seiner Seite, hörst du?«

Eleman nickte. Natürlich würde er tun, was sie ihm befahl. Während er der Mutter zuhörte, betrachtete er ihr alterndes, von braunen Fältchen durchfurchtes, gesammeltes Gesicht – so bekümmert hatte er sie noch nie gesehen – und dachte: Reite nur, wenn es sich nun mal so gefügt hat. Sorge dich nicht um uns, ich bin ja nicht mehr klein. Ich mache alles, wie du sagst, weiche dem Vater keinen Schritt von der Seite. Hauptsache, unser Koitschuman kommt mit dem Fuß im Steigbügel zurück und nicht über den Sattel geworfen. Alle Dshigiten sollen aufrecht im Sattel heimkehren, nicht draufgepackt. Um Vater und mich sei unbesorgt. Ich mache alles, wie du befiehlst, Mama.

Nur für einen kurzen Augenblick hatte Kertolgo-saiip die Zügel angezogen, doch während sie ihren Sohn anblickte, ihren Jüngsten, der da mit dem schwarzen Jagdhund auf dem Pfad zurückblieb, verspürte sie im Herzen jäh einen schneidenden Schmerz: Was wird aus ihm, er ist doch noch ein kleiner Junge, wie mag es dem ältesten ergehen, lebt er noch, oder ist er vielleicht schon von Oiratenspeeren durchbohrt, was harrt ihrer aller morgen, was wird aus ihnen, was wird aus dem Volk?

Und um diese schrecklichen Gedanken nicht laut werden zu lassen, murmelte sie: »Lauf in den Ail, Söhnchen, ich gebe dich und deinen Vater in Gott Tengris Hand.« Schon wollte sie weiterreiten, da hielt sie noch einmal inne: »Sowie du nach Hause kommst, bereite dem Vater einen Aufguß von diesem Kraut ...«

»Klar, das mach' ich«, versicherte Eleman.

Die Mutter aber erklärte ihm genau, wie er den Heiltrunk bereiten müsse: zunächst das Kraut mit siedendheißem Wasser überbrühen, dann den Aufguß zugedeckt ziehen lassen und, nachdem er etwas abgekühlt ist, dem Vater davon zu trinken geben, bis ihm der Schweiß ausbricht, denn wenn er alles ausgeschwitzt hat, wird die Brust freier ...

»Hörst du auch zu, hast du verstanden?« forschte Kertolgo-saiip. Und als sie sich vergewissert hatte, daß alles hinreichend erläutert war, setzte sie ihren Gefährten nach, die sich allmählich am Seeufer entlang entfernten. Doch nach einem Blick in die Runde hielt sie abermals inne und stieg aus dem Sattel.

»Eleman, komm her zu mir!« rief sie. »Halt die Zügel, ich möchte zum See beten. Komm.«

Mit diesen Worten wandte sie sich um und schritt langsam und feierlich auf den See zu. Sie ging über seinen rötlichen Ufersand, den bei stürmischen Winden Sturzwellen angespült hatten. Mit dem schneeweißen Turbantuch auf dem Haupt, das streng und fest gebunden war und mit seinen weißen Falten ihr Gesicht umrahmte, sah sie schön aus, obwohl sie merklich gealtert war und an den Schläfen graue Strähnen hervorquollen. Ihr Körper war noch straff, ja wohlgestalt und kräftig, hatte sie doch, bis die Schwiegertochter Almasch ins Haus kam, die ganze Wirtschaft allein bewältigen müssen, eine Wirtschaft mit vier Männern: drei Söhnen und dem Ehemann – und man weiß ja, was die in der Tretmühle des Alltags für Nutzen bringen.

Gesammelt, den täglichen Sorgen und Gedanken bereits entrückt, schritt sie über den Sand zum See; von hohen Gedanken bewegt, blickte sie auf die unergründliche blaue Wasserfläche, auf die dahinter in fliederfarbener, unwirklicher Ferne aufragenden unwirklichen Gipfel der schneebedeckten Berge und auf die unwirklichen Wolken darüber. Das war der sichtbare und faßbare Weltenraum, in dem der Mensch lebte und von dem er abhing, das war die mächtige und gleich Gott lebenspendende Welt, die irdische Verkörperung Gottes.

Kertolgo-saiip verhielt auf den Kieselsteinen am Ufersaum, fast unmittelbar am Rande der schäumenden Brandung. Hierher war ihr auch Eleman gefolgt – mit dem Pferd am Zügel und dem Hund am Riemen.

Kertolgo-saiip fiel auf die Knie, der Sohn tat es ihr gleich, und sie flehte, nicht laut und nicht leise, mit gedämpfter Stimme: »O Issyk-Kul, du Auge der Erde, immerdar blickst du in den Himmel. An dich wende ich mich, ewiger, nie zufrierender Issyk-Kul, auf daß mich der Gott des Himmels, der Lenker der Geschicke, Tengri, erhöre, wenn er von hoch droben in deine Tiefen schaut.

O Tengri, in der Stunde des Schreckens und der Gefahr gib du uns die Kraft, den feindlichen Oiraten standzuhalten. Beschütze unser aus sechs Geschlechtern hervorgegangenes kirgisisches Volk, das – da es auf Wiesen und Triften das Vieh weidet – in deinen Bergen von deinen Gaben lebt. Laß nicht zu, daß die Hufe von Oiratenpferden unsere Heimaterde zerstampfen. Sei gerecht – versage uns nicht den Sieg im ehrenhaften Kampf. Was geschieht nur dort, hinter jenen Bergen, im Tal des Taltschu? Was hat sich dort ereignet? Keine Kunde, kein Bote kommt vom Schlachtfeld – die Augen haben wir uns schon ausgesehn, erschöpft sind unsere Herzen von der Ungewißheit. Was geschieht dort? Was harrt unser morgen? Beschütze sie alle, die in den Kampf gezogen sind, o Tengri. Gib, daß wir sie in den Sätteln wiedersehn, bewahre uns davor, sie auf Kamele gepackt zurückzubekommen. Erhöre mein Flehen, Tengri, Mutter bin ich von drei Söhnen ...«

Eleman kniete zwischen dem Jagdhund Utschar und der langmähnigen Fuchsstute, die er an der Leine hielt. Er blickte auf den dunklen Buckel des Sees, auf die Wölbung des großen Wassers, das da atmete, sich hob und senkte wie ein lebendiger Rücken. Der See war ruhig zu dieser Stunde, flimmerte nur sanft gekräuselt. Ausgangs eines langen Winters, zu Frühlingsbeginn, waren die Ufer des Issyk-Kul kahl und öde, die angrenzenden Wälder noch unbelaubt, die Wiesen gelb und dürr, nirgends sah man Rauch über Ailen, nirgends dahinsprengende Reiter, Nomadenkarawanen oder weidende Herden.

Dafür kreisten bereits Zugvögel, die am Issyk-Kul überwintert hatten, im Vorgefühl des Frühlings und ihres baldigen Abflugs in andere Breiten scharenweise über dem See, übten sich, zu Schwärmen vereinigt, mit kräftigen Flügelschlägen im schnellen Flug, am Fuße der Berge entlang. Durch die strahlende Frühlingsluft klangen weithin ihre erregten Schreie und Rufe.

Ganz nah rauschte ein Zug rotfüßiger Graugänse an Kertolgo-saiip und ihrem Sohn vorbei. Laut und ausgelassen kreischend, mit schrillem Geschnatter, jagten sie über ihre Köpfe hinweg – so tief, daß man das Pfeifen ihrer Flügelschläge hörte. Der Junge unterschied über dem See mehrere Zugvogelschwärme. Ob es freilich auch Gänse waren, Enten, Schwäne oder langbeinige rosafarbene Flamingos, hätte er nicht sagen können. Zu fern und zu hoch flogen diese Vögel. Nur ihre Stimmen drangen herüber – bald klar, bald undeutlich. Also werden sie heute oder morgen abfliegen, sagte er sich.

Die Mutter aber betete immer noch heiß und inbrünstig; alles, was ihr auf der Seele brannte, legte sie Gott Tengri dar. Das Schicksal möge ihrem Mann, dem großen Jurtenbaumeister Sengirbai, gnädig sein, bat sie, ballten sich doch über ihm die dunklen Wolken einer Brustkrankheit, nicht einmal sein Pferd habe er heute besteigen können.

»Behüte unseren Vater, den kunstfertigen Meister, o Tengri. Keine Jurte gibt es weit und breit, die nicht ein Werk seiner Hände wäre. Unzählbar sind die Wohnstätten, die er errichtet hat! Jeder braucht schließlich ein Dach überm Kopf: das Kind und der Greis, der Arme und der Reiche, der Schafhirt und der Stutenmelker.«

Dann betete sie, es möge ihm vergönnt sein, Enkel zu wiegen. Sie betete und betete ... Hat der Mensch etwa wenig Kümmernisse?

Der große blaue See aber, dessen Auge inmitten schneebedeckter Felsgipfel zum Himmel aufsah, wälzte seine Wasser in finsteren Tiefen und spielte wie ein Lebewesen mit seinen prallen Muskeln – großen, trägen Wellen, die ziellos entstehen und ziellos vergehen. Es war, als rekle sich der See, als sammle er Kraft, um nachts loszutoben. Einstweilen schwärmten hoch über der hellen und klaren, von Frühlingssonne übergossenen Wasserfläche schreiend, im

Vorgefühl des baldigen gemeinsamen Aufbruchs zu einer neuen Weltreise, die Zugvögel.

Noch immer betete die Mutter, sie betete inbrünstig und leidenschaftlich: »Ich beschwöre dich bei meiner weißen Muttermilch, erhöre mich, Tengri! Wir sind hierhergekommen, zu deinem irdischen Auge, zum heiligen Issyk-Kul, um uns an dich zu wenden, großer Lenker der Geschicke, himmlischer Tengri. Hier siehst du mich und neben mir meinen Sohn Eleman – er ist mein letztes Kind, weitere werde ich nicht mehr empfangen, weder einen guten noch einen schlechten Menschen werde ich noch gebären, um eins nur bitte ich dich, verleihe meinem Jüngsten die Gabe des Vaters, die Meisterschaft Sengirbais, ihn selbst zieht es schon zu diesem Handwerk. Er aber hat noch einen Wunsch, mein Sohn Eleman, er möchte ein Manas-Sänger werden wie sein Bruder Koitschuman. Verwehre ihm das nicht, schenke ihm vor allem die Kraft des uralten Liedes, laß es wie einen Baum Wurzeln schlagen in seinem Herzen, auf daß er dieses uns von Vorvätern und Vätern überkommene Lied bewahre für seine Kinder und Enkel, gib ihm eine solche Kraft, einen solchen Geist, daß sein Gedächtnis das Lied unserer Vorfahren aufnimmt, überliefert seit der Zeit, da sie Kirgisen geworden sind.

Ich bin Mutter dreier Söhne, Tengri, erhöre mein Flehen. Mit uns bitten dich der Sprache nicht mächtige Geschöpfe, die des Menschen Gefährten sind – unser Jagdhund Utschar, der zur Rechten meines Sohnes steht, er holt jede Beute ein, und die langmähnige Fuchsstute zur Linken meines Sohnes, die bislang noch jedes Jahr gefohlt hat.«

Obwohl die Mutter leise, mit gedämpfter Stimme betete, schien es Eleman, als flögen ihre Worte über den ganzen See und breiteten sich aus wie ein heißer, beschwörender Ruf, den die umliegenden Berge mit einem erregten, teilnahmsvollen Echo beantworteten: »Erhöre mich, Tengri, erhöre, erhöre ...«

Als sie schließlich das Pferd bestieg und ihren Gefährten nacheilte, deren kleine Schar sich am Seeufer entfernte, blieb er noch lange stehen, den Jagdhund Utschar an der Leine. Zu jung war er, um zu ahnen, daß er viele Male an diesen Tag, an die Stunde, da die Mutter am See gebetet hatte, zurückdenken und bei der Erinnerung Tränen des Glücks und der Bitternis vergießen würde, dankbar, daß die Mutter für ihn von Tengri die Gabe eines großen Manas-Sängers erfleht hatte. Später sollte ihn das Volk »Stimmgewaltiger Manastschi Eleman« nennen; noch aber konnte er nicht wissen, daß seine jungen Jahre von der schweren Zeit der Oiratenüberfälle überschattet sein und daß die Menschen das Lied von Manas nur bei heimlichen Zusammenkünften in abgelegenen Felsenschluchten hören würden, noch konnte er nicht wissen, daß ihn der Prolog des Manas stets an das Gebet seiner Mutter am See erinnern würde, seiner Mutter, die längst von den Oiraten getötet war, weil sie ihren Sohn, den Sänger, verborgen gehalten hatte, und daß er in dem prophetischen Sinn des Prologs sowohl Trost finden würde als auch eine Quelle für die Erkenntnis der Größe, der Schönheit und des gedanklichen Reichtums dieses Liedes, das von der Unsterblichkeit ihres Volkes kündete. Noch konnte er nicht wissen, daß gerade ihm bestimmt war, den verschreckten Menschen den »Manas« in die Erinnerung zu rufen:

»O Kirgisen, hört die Kunde von Manas, dem größten Sohn, den jemals unser Volk besaß.

Die Tage seither sind verronnen wie Sand, die zahllosen Nächte sind unwiederbringlich dahin, Jahre und Jahrhunderte sind, einer Karawane gleich, in spurloser Ferne entschwunden. Seit seinen Tagen lebten so viele Menschen auf dieser Welt, wie es Steine gibt auf Erden, vielleicht sogar mehr. Berühmte Leute waren darunter und unbekannte, gute und böse, hünenhafte und tigergleiche, weise und kunstfertige. Große Völker gab es, an die längst nur noch die Namen erinnern.

Was gestern war, ist heute vorbei. In dieser Welt ist alles im Kommen und Gehen. Allein die Sterne sind ewig, die ihre Bahn ziehen unter dem ewigen Mond, allein die ewige Sonne geht tagaus, tagein im Osten auf, allein die schwarzbrüstige Erde bleibt an ihrem ewigen Platz. Auf Erden aber lebt nur das menschliche Gedächtnis lange, dem Menschen selbst ist ein kurzer Weg beschieden – kurz wie der Abstand zwischen seinen Brauen. Allein der Gedanke ist unsterblich, den der Mensch dem Menschen überliefert, ewig ist das Wort, das ein Nachfahre dem andern weitergibt.

Viele Male seither hat die Erde ihr Antlitz verändert. Wo vorher keine Berge gewesen waren, wuchsen gewaltige Berge empor. Wo vorher Berge gestanden hatten, breiteten sich kahle Flächen aus. Schluchten ebneten sich ein, als verliefen sie durch Teig. Flußufer verschmolzen. Inzwischen schnitten Regengüsse neue Gräben und neue Abgründe in die Erde. Wo aber seit der Erschaffung der Welt blaue Meere gewogt hatten, lagen nun Sandwüsten in schweigender Weite. Städte wurden gebaut, Städte wurden zerstört, und über alten Mauern erhoben sich neue . . .

Doch seither gebar ein Wort ein neues Wort, gebar ein Gedanke einen neuen Gedanken, knüpfte Lied sich an Lied, erwuchs aus Begebenheiten die Legende. So erreichte uns die Sage von Manas und seinem Sohn Semetej, die zum Bollwerk der kirgisischen Stämme geworden sind, zu ihrem Schutz und Schirm vor vielen Feinden.

In dieser Sage erwecken wir die Stimmen der Väter und Vorväter, erleben wir den Vogelzug, der längst entschwunden, den Hufschlag, der längst verstummt ist, die Rufe von Recken, die sich im Zweikampf gegenübergestanden haben, Totenklage und Siegesgeschrei. Aufs neue ersteht in diesem Lied vergangenes Leben: für die Lebenden und zum Ruhme der Lebenden.

Beginnen wir also unser Epos von dem großen, dem einzigartigen Manas und seinem heldenmütigen Sohn Semetej, lassen wir es erklingen zum Ruhme der Lebenden!«

Wie sollte der Junge schon wissen, daß ihm dank Gottes Gnade bestimmt war, ein Künder des Volkswortes zu werden in den Tagen der Not und der schweren Prüfungen unterm Dsungarenjoch, wie sollte er wissen, daß die Feinde tausend edle Rosse auf seinen Kopf setzen würden und daß er, verraten, gemartert, mit ausgestochenen Augen, unter der glühenden kasachischen Steppensonne umkommen würde! Daß er sich in seinen letzten Augenblicken, verblutend, verdurstend, dieses Tags erinnern würde, dieser Stunde, dieses Sees, vor dem sich seine Mutter verneigte, und dieser Vögel, die bald in fremde Lande fliegen würden, und daß er, dieses Bild vor Augen, als wäre es Wirklichkeit, sterben würde, den Ruf »Mutter!« auf den Lippen.

All das lag für ihn noch in der Zukunft – Ruhm, Kampf und Tod.

Jetzt aber stand er einfach am Ufer des Issyk-Kul, dort, wo die Mutter gebetet hatte, und hielt den Jagdhund Utschar fest an der Leine, damit er sich nicht unversehens losriß und der Menge nachsetzte, die dem Blick bereits entschwand. Dann besann er sich, erinnerte sich des kranken Vaters.

»Komm, Utschar, komm!« rief er streng und eilte durch das schmale Tal zwischen den Uferbergen zum Ail. Während er sich vom See entfernte, hörte er in seinem Rücken noch lange das Stimmengewirr, die Schreie der schwärmenden Vögel.

In jener Nacht, als schon der Morgen graute, entschlief vor den Augen seines jüngsten Sohnes Eleman der große Jurtenbaumeister Sengirbai. Die letzten Worte, die der Vater sagte, röchelnd, nach Luft ringend, mit schwerer Zunge, waren kaum noch zu verstehen. Aber Eleman, der sich zitternd über ihn geneigt hatte und bei der flackernden Flamme des offenen Feuers in den Zuckungen seiner erstarrenden Lippen las, erriet, was er sagen wollte. Zwei Wörter hatte er erhascht: »Was . . . Taltschu.«

Da konnte er die Tränen der Verzweiflung nicht länger zurückhalten, ob er sich auch auf die Lippen biß, und er rief, laut aufschluchzend: »Nein, Vater, noch gibt es keine Kunde. Ich will dich nicht betrügen. Nichts wissen wir. Ich bin hier allein. Hörst du? Ich habe Angst. Stirb nicht, Vater, stirb nicht. Bald kommt Mutter zurück . . .«

Erreichten die Worte den sterbenden Vater? Wer weiß es! Er verschied im selben Moment mit offenen Augen. Und als das geschehen war, als der Schatten des Todes das Antlitz des Vaters blitzartig fremd und schrecklich gemacht hatte, stürzte der Knabe entsetzt aus der Jurte, rannte er besinnungslos, voller Furcht davon. Schreiend und schluchzend lief er, ohne zu wissen, wohin; hinterdrein sprang, den Schwanz erschrocken eingeklemmt, der Jagdhund Utschar. Erst am tosenden Gestade des Sees kam Eleman zur Besinnung. Erstarrt blieb er stehen. Der Issyk-Kul wütete in jener Nacht, wogte und brodelte unter schäumenden Brechern. Doch von oben drangen ganz andere Laute an Elemans Ohr – ein unaufhörliches Stimmengewirr. Er hob den Kopf, da war der grauende Himmel, so weit er sehen konnte, voller Vögel. In weiten Kreisen stiegen sie hoch über den See, um die Bergrücken zu überwinden. Noch ein letzter Kreis, dann formierten sie sich zu einem riesigen Strom, schwangen sich höher und höher und nahmen schließlich Kurs auf die Boom-Schlucht, über den Paß hinweg, in Richtung des Taltschu. Eleman begriff, daß sie einen weiten Flug vor sich hatten und für lange Zeit wegzogen, daß auf ihrem Weg in unbekannte ferne Gegenden das Tal des Taltschu lag; er nahm alle Kraft zusammen und schrie, so laut er konnte: »Unser Vater ist tot! Sagt es meinem Bruder Koitschuman – unser Vater ist tot, tooot!«

Wir flogen lange über Berge dahin. An einem Paß trieb heftiger Wind schiefergraue Wolkenballen auf uns zu. Erst gerieten wir in Regen, dann schlug uns eisiger Schnee entgegen, und unsere durchnäßten Federn begannen zu erstarren, schwerer und schwerer fiel uns das Fliegen. Unser Schwarm kehrte um, die anderen folgten uns, erneut kreisten wir schreiend über dem See, gewannen dabei noch mehr an Höhe und begaben uns erneut auf die Reise, diesmal hoch über den Bergen und über den Wolken. Als uns die Strahlen der Morgensonne einholten, hatten wir den Paß bereits überwunden, und unter uns dehnte sich weithin das Tal des Taltschu. O segenspendendes Tal, tief reicht es hinein in die großen Steppen; so weit wir blicken konnten, war es von Sonnenlicht übergossen, schon grünte das Land, und die Bäume standen voller Knospen – prall wie die Leiber trächtiger Stuten.

Silberglänzend schlängelte sich der Fluß Taltschu durchs Tal, und ebendiesen Fluß entlang führte uns die Reise. Mit sehnsüchtigen Rufen grüßten wir das Tal, und allmählich näherten wir uns wieder der Erde, denn vor uns, den Taltschu abwärts, auf weitem, schilfbewachsenem Schwemmland, harrte unser die erste Rast auf dem langen, ewig gleichen Weg der Vogelkarawanen. Hier wollten wir ausruhen, wollten Futter suchen, um danach die Reise mit neuer Kraft fortzusetzen. Doch diesmal verwehrte uns das Schicksal den gewohnten Rastplatz.

Mit Flügeln und Schwanzfedern den Flug drosselnd, näherten sich unsere Schwärme der vertrauten Flußniederung, da erblickten wir unter uns jäh ein menschliches Schlachtfeld. Es war ein schreckliches Schauspiel. Zahllose Menschen, Tausende und aber Tausende, beritten und zu Fuß, waren hier, auf unserem Schwemmland, aneinandergeraten. Die Luft war erfüllt von Getöse und Gebrüll, von Winseln und Stöhnen, von Wiehern und Schnauben. So weit wir sehen konnten, vernichteten die Menschen einander in blutiger Schlacht. Bald stürmten sie in großen Scharen, unter furchterregenden Schreien und mit gefällten Lanzen aufeinander los, stießen sich gegenseitig zu Boden, zerstampften die Gestürzten mit den Hufen der Pferde, bald wieder liefen sie auseinander; und wo die einen flohen, setzten ihnen die anderen nach. Manche kämpften im Schilf mit Messern und Säbeln, schnitten einander die Kehlen durch, schlitzten Bäuche auf. Menschen- und Pferdeleichen türmten sich, viele Erschlagene lagen im Wasser, auf überschwemmtem Grund, behinderten die Strömung, und das Wasser, bedeckt mit Blasen und von dunklem Blutschleim durchzogen, rann nach allen Seiten, wurde unter den Hufen der Pferde zu blutigem Brei.

Unsere Schwärme stockten ratlos, ein Höllenlärm erhob sich in den Lüften, unsere Reihen gerieten durcheinander, und so kreisten wir nun am Himmel – eine brodelnde Wolke verschreckter Vögel. Lange konnten wir uns nicht fassen, lange flogen wir über den unglücklichen Menschen, die einander töteten, lange sammelten wir unsere

Scharen, lange fanden wir keine Ruhe. Es gelang uns nicht, dort Rast zu machen, wir mußten diesen verfluchten Ort verlassen und weiterfliegen.

Verzeiht, ihr Zugvögel! Verzeiht, was war, verzeiht, was noch kommen wird. Ich kann euch nicht erklären, und ihr werdet nie verstehen, warum das menschliche Leben so eingerichtet ist, warum auf Erden so viele getötet wurden und weiterhin getötet werden. Verzeiht um Gottes willen, verzeiht, ihr Vögel am Himmel, die ihr in klarer Weite eure Bahn zieht... Nach der Schlacht praßten dort die Aasgeier, schlugen sich die Wänste voll bis zum Erbrechen, bis sie keinen Flügel mehr bewegen konnten. Schakale fraßen bis zum Umfallen, bis sie kaum noch kriechen konnten. Fliegt, fliegt weit weg von dieser grausigen Gegend!

So ist es seit Urbeginn: Sobald ihre Zeit gekommen ist, nicht früher und nicht später, begeben sich die Vögel auf die weite Reise. Sie fliegen unbedingt, unwandelbar, auf immer denselben Wegen, die nur sie kennen, fliegen vom einen bis ans andere Ende der Welt. Sie fliegen durch Gewitter und Sturm, bei Tag und bei Nacht, unermüdlich schlagen sie mit den Flügeln, sie schlafen sogar im Flug. So will es die Natur. Nach dem Norden, zu den großen Strömen fliegt die gefiederte Schar, um auf angestammten Nistplätzen die nächste Brut aufzuziehen. Im Herbst aber brechen sie samt ihrer inzwischen gekräftigten Nachkommenschaft gen Süden auf, und so geht es ohne Ende.

Nun fliegen wir schon viele, viele Tage. In dieser unirdischen, eisigen Höhe tost der Wind gleich einem endlosen Strom, oder ist es die Zeit selbst, die im unermeßlichen All unsichtbar dahinströmt, wer weiß wohin?

Unsere Hälse gleichen Pfeilen, unsere Körper aber gleichen Herzen, angestrengten und unermüdlichen Herzen. Noch lange müssen wir fliegen – Flügelschlag um Flügelschlag.

Wir fliegen, schwingen uns höher und höher. So hoch, daß die Berge flach werden, dann gänzlich verschwinden und die Erde, immer weiter entfernt, ihre Umrisse verliert: Wo ist da noch Asien, wo Europa? Wo sind die Ozeane, wo die Kontinente? Öde und leer ist alles ringsum – nur unsere Erdkugel wiegt sich sacht, zieht durchs endlose All wie ein Kameljunges, das sich in der Steppe verirrt hat und die Mutter sucht. Wo aber ist sie, die Kamelmutter – wo ist die Mutter der Erde? Kein Laut! Nur der Höhenwind tost, und die Erde, nicht größer als eine Faust, wiegt sich und zieht durchs All. Wie der Kopf eines verwaisten Kindes wiegt sie sich – so schutzlos, so verletzlich. Findet auf ihr wirklich so viel Gutes Platz, werden auf ihr wirklich so viele Übeltaten verziehn? Nein, ihr dürft nicht verzeihn, ich bitte euch, tut es nicht – ihr, die ihr dem Feuer gebietet, die ihr die Welt erkennt, die ihr des Schicksals Lauf lenkt.

Nur ein Vogel bin ich in diesem fliegenden Schwarm. Ich fliege mit den Kranichen und bin selbst ein Kranich. Auch ich orientiere mich nachts nach den Sternen, tags nach den Fluren und Städten. Und ich mache mir meine Gedanken.

Ich fliege und weine,
fliege und weine,
fliege und weine.
Ich beschwöre Menschen und Götter:
Bedenkt, was ihr tut,
daß ihr unbedacht nicht die Erde vernichtet!
Gewiß doch, ihr Menschen:

Wenn Kranichtränen euch netzen –
was kümmert es euch? Wischt sie weg!
Und dennoch, ja, dennoch:
Behüt euch der Himmel
vor Leid, das kein Mensch mehr erträgt,
vor Feuersbrünsten, die keiner mehr löscht,
vor blutigen Kriegen, die keiner aufhält,
vor Taten, die keiner mehr gutmacht.
Behüt euch der Himmel
vor Leid, das kein Mensch mehr erträgt.

Der Schwarm entschwindet in der Ferne dem Blick. Nicht mehr auszumachen sind die Flügelschläge. Eben noch wirkte der Vogelzug wie ein Pünktchen am Himmel, nun hat auch das sich verloren.

Doch die Zeit geht ins Land: Wieder ist Frühling, und wieder ertönen Kranichschreie hoch droben . . .

Der Soldatenjunge

Das erstemal sah er seinen Vater im Film. Da war er ein Knirps von etwa fünf Jahren.

Als Kino diente der große weiße Stall, in dem jedes Jahr die Schafe geschoren wurden. Dieser schiefergedeckte Schafstall steht heute noch hinter der Sowchossiedlung, kurz vorm Berg, an der Straße.

Dorthin war er mit der Mutter gegangen. Seine Mutter Dshejengul, Telefonistin im Sowchospostamt, arbeitete jeden Sommer als Hilfskraft auf dem Scherplatz. Dafür nahm sie ihren Urlaub, verlängert durch das »Abbummeln« ganzer Wochenenden und Nächte, die sie während der Aussaat und der Lammung am Schaltbrett zugebracht hatte. Sie blieb, bis das letzte Schaf geschoren war. Beim Scheren wurde nach Leistung bezahlt, da konnte man ganz gut verdienen. Und sie, die Soldatenwitwe, rechnete mit jeder Kopeke. Zwar bestand die Familie nur aus ihr und dem Sohn, aber Familie bleibt Familie, da muß man Brennstoff für den Winter beschaffen, muß Mehl kaufen, bevor es auf dem Basar teurer wird, muß für Kleidung und Schuhe sorgen und noch für vieles andere.

Zu Haus gab es niemanden, der nach dem Sohn hätte sehen können, und so nahm sie ihn mit zur Arbeit. Tagelang lief er schmutzverschmiert und glücklich zwischen den Scherenden, den Schäfern und den zottigen Hunden herum.

Als der Landfilmwagen in den Hof einfuhr, erblickte er

ihn zuerst, und sofort stürzte er davon, um allen dieses höchst erfreuliche Ereignis mitzuteilen.

»Das Kino ist gekommen! Das Kino!«

Die Vorführung begann nach der Arbeit, als es schon dunkel war. Bis dahin verging er fast vor Ungeduld. Doch seine Qualen wurden belohnt. Es war ein Kriegsfilm. Auf der weißen Leinwand, die zwischen zwei Pfosten hinten im Schafstall gespannt war, entbrannte eine Schlacht: Abschüsse dröhnten, pfeifend stiegen Leuchtkugeln hoch, zerrissen mit grellem Weiß die lärmdurchtoste Dunkelheit, strahlten die zur Erde geduckten Aufklärer an. Die Leuchtkugeln erloschen, und die Aufklärer stürzten wieder vorwärts. Maschinengewehre feuerten inmitten der Nacht, daß es dem Jungen den Atem verschlug. Wenn das nicht Krieg war!

Die Mutter hatte sich mit ihm auf Wollballen niedergelassen, hinter den anderen. Von da sah man besser. Er hätte freilich lieber in der ersten Reihe gesessen, dort, wo es sich die Kinder aus dem Sowchos bequem gemacht hatten. Er wollte gleich zu ihnen flitzen, doch die Mutter hielt ihn zurück.

»Nun reicht's aber, von früh bis spät tobst du rum, jetzt bleib mal bei mir.« Und sie nahm ihn auf den Schoß.

Der Filmapparat surrte, der Krieg ging weiter. Die Zuschauer wandten kein Auge von der Leinwand. Die Mutter seufzte; manchmal, wenn ein Panzer direkt auf sie zielte, fuhr sie erschrocken zusammen und preßte den Sohn fester an sich. Eine Frau, die neben ihnen auf den Ballen saß, schnalzte kummervoll mit der Zunge und murmelte: »Mein Gott, was geht da vor, mein Gott!«

Er aber fand es gar nicht so schrecklich; im Gegenteil, wenn die Faschisten fielen, war es sogar recht lustig. Fielen aber Sowjetsoldaten, dann meinte er, sie müßten gleich wieder aufstehen.

Überhaupt ist es komisch, wie die Menschen im Krieg fallen. Haargenau wie Kinder beim Kriegspielen. Er kann auch so fallen, mitten aus dem Lauf heraus, als hätte ihm jemand ein Bein gestellt. Weh tut es ja, wenn man so hinschlägt, doch was macht's, man steht wieder auf, der Angriff geht weiter, und vergessen ist der Schmerz. Diese hier aber stehen nicht mehr auf, sie bleiben als unbewegliche dunkle Hügel liegen. Er kann auch anders fallen, so wie die Soldaten nach einem Bauchschuß. Die fallen nicht sofort, sie greifen sich erst an den Leib, krümmen sich und lassen sich langsam ins Gras sinken, während ihnen die Waffe aus der Hand gleitet. Er verkündet danach immer, er sei gar nicht tot, und kämpft weiter. Diese hier aber standen nicht wieder auf.

Der Krieg ging weiter. Der Filmapparat surrte. Jetzt erschienen auf der Leinwand Artilleristen. Unter starkem Feuer, inmitten von Explosionen und Rauch, brachten sie eine Pak für den direkten Beschuß in Stellung. Sie schoben das Geschütz eine steile Böschung hinauf. Der Hang war hoch und breit, reichte fast bis an den Himmel. Und auf diesem hohen und breiten Hang, der unter den schwarzen Spritzern der Explosionen beinahe barst, arbeitete sich das Häuflein Artilleristen vor. In ihren Bewegungen, in ihrem Äußeren war etwas, was einem das Herz höher schlagen ließ und die Brust mit Stolz, Schmerz und der Erwartung von Schrecklichem und Großem erfüllte. Es waren sieben Mann. Ihre Kleidung schwelte. Einer der Artilleristen sah nicht wie ein Russe aus. Vielleicht hätte der Junge ihn gar nicht beachtet, wenn nicht die Mutter geflüstert hätte: »Schau nur, dein Vater ...«

Von da an wurde er sein Vater. Der ganze Film handelte

nun von seinem Vater. Der Vater war jung wie die Burschen aus dem Sowchos. Er war von niedrigem Wuchs, hatte ein rundes Gesicht und flinke Augen, die böse in dem von Schmutz und Rauch schwarzen Gesicht funkelten, er wirkte flink und geschmeidig wie eine Katze. Da, die Schulter gegen ein Rad des Geschützes gestemmt, drehte er sich um und rief jemandem weiter unten zu: »Munition! Schnell!« Seine Stimme wurde übertönt vom Donner einer neuen Explosion.

»Mama, ist das mein Vater?« fragte Awalbek die Mutter.

»Was?« Sie verstand nicht. »Sitz ruhig und paß auf!«

»Du hast doch gesagt, er sei mein Vater.«

»Ja freilich. Aber sei still, stör die andern nicht.«

Warum hatte sie das gesagt? Vielleicht einfach so, zufällig, unüberlegt; vielleicht in der Erregung, weil sie an ihren Mann erinnert wurde. Und er, der kleine Dummrian, glaubte es, war ganz verwirrt vor Freude, einer jähen, nie zuvor erlebten Freude, und ihn erfaßte kindlicher Stolz auf seinen Vater, den Soldaten. Das war doch ein richtiger Vater! Sein Vater! Und die Jungs neckten ihn dauernd, er habe gar keinen. Jetzt sollen sie seinen Vater endlich sehen, sie und auch die Hirten! Diese Hirten, die immerzu nur in den Bergen herumwandern und die Kinder nicht mal mit Namen kennen! Er hilft ihnen die Schafherden in den Pferch zum Scheren treiben, er jagt ihre Hunde auseinander, wenn sie sich raufen, und dennoch setzen ihm die Hirten mit Fragen zu. Soviel Hirten es auf der Welt auch gibt, jeder fragte ihn unbedingt: »Na, Dshigit, wie heißt du denn?«

»Awalbek.«

»Und wer ist dein Vater?«

»Ich bin der Sohn von Toktossun.«

Die Hirten wissen nicht gleich, wer das ist. »Von Toktossun?« fragen sie und beugen sich aus dem Sattel herab. »Von was für einem Toktossun?«

»Ich bin der Sohn von Toktossun«, beharrt er.

Die Mutter hat ihn geheißen, so zu antworten, und auch die blinde Großmutter ermahnt ihn, er dürfe den Namen des Vaters nie vergessen. Sie zieht ihn sogar an den Ohren. Die Böse . . .

»Aaah, wart mal, du bist doch der Sohn von der Telefonistin auf der Post, nicht wahr?«

»Nein, ich bin der Sohn von Toktossun.« Er bleibt dabei.

Da endlich kapieren die Hirten.

»Na freilich, du bist der Sohn von Toktossun! Bist ein tüchtiger Junge! Wir wollten dir ja bloß auf den Zahn fühlen. Nimm's nicht krumm, Dshigit, das ganze Jahr sind wir in den Bergen, und ihr wachst hier wie das Gras, wie soll man sich da auskennen.«

Dann tauschen sie lange Erinnerungen an seinen Vater aus. Flüstern miteinander, sagen, daß er blutjung an die Front gegangen ist, viele können sich gar nicht mehr an ihn erinnern. Gut, daß er einen Sohn hinterlassen hat, wie viele Burschen sind unverheiratet ins Feld gezogen, und keiner trägt heute mehr ihren Namen!

Seit dem Augenblick jedoch, da die Mutter ihm zuraunte: »Schau, dein Vater . . .«, wurde der Soldat auf der Leinwand sein Vater. Er sah tatsächlich dem Foto des Vaters, einem jungen Soldaten mit Käppi, sehr ähnlich. Dem Foto, das sie später vergrößern ließen und unter Glas gerahmt aufhängten.

Nun betrachtete Awalbek den Vater mit Sohnesaugen, und sein kindliches Herz wurde von einer heißen Woge nie gekannter Sohnesliebe und Zärtlichkeit durchflutet. Der Vater auf der Leinwand wußte anscheinend, daß der Sohn auf ihn blickte; es war, als wollte er sein kurzes Leben im Film so nützen, daß der Sohn ihn für immer im Gedächtnis behielt und auf ihn, den Soldaten, für immer stolz war. Jetzt erschien der Krieg dem Jungen gar nicht mehr unterhaltsam, und es war gar nicht mehr komisch, wie die Menschen fielen. Der Krieg wurde ernster, erregender, schrecklicher. Und zum erstenmal bangte er um einen ihm nahestehenden Menschen, um den, den er immer vermißt hatte.

Der Filmapparat surrte, der Krieg ging weiter. Vorn tauchten angreifende Panzer auf. Sie näherten sich drohend, rissen mit ihren Raupenketten die Erde auf, drehten die Türme und schossen im Fahren aus ihren Kanonen. Die sowjetischen Artilleristen aber zogen mit letzter Kraft die Pak hinauf.

»Schneller, Papa, schneller! Die Panzer kommen, die Panzer!« feuerte der Sohn den Vater an. Endlich hatten sie die Pak oben, schoben sie in ein Haselnußgestrüpp und eröffneten das Feuer auf die Panzer. Die schossen zurück. Es waren viele. Ihm wurde unheimlich.

Der Sohn meinte dort neben dem Vater zu sein, im Feuer und Kampfeslärm. Er zappelte auf den Knien der Mutter, wenn Panzer in Brand gerieten und schwarzer Rauch aufstieg, wenn es die Raupenketten von den Rädern riß und die Panzer blindwütig auf der Stelle mahlten. Er wurde still und krümmte sich zusammen, wenn Sowjetsoldaten bei dem Geschütz fielen. Es wurden immer weniger... Die Mutter weinte, ihr Gesicht war tränenfeucht und glühte.

Der Filmapparat surrte, der Krieg ging weiter. Der Kampf entbrannte mit neuer Kraft. Die Panzer kamen näher und näher. Neben der Lafette kauernd, schrie der Vater zornig etwas in den Hörer des Feldtelefons, aber in dem Lärm war nichts zu verstehen. Da fiel noch ein Soldat bei dem Geschütz; er versuchte vergeblich aufzustehen, dann stürzte er mit dem Gesicht auf die Erde. Der Boden färbte sich schwarz von seinem Blut. Nun waren nur noch zwei übriggeblieben, der Vater und ein anderer Soldat. Sie feuerten erst einen Schuß ab, dann zwei unmittelbar hintereinander. Doch die Panzer rollten vorwärts. Wieder schlug ein Geschoß ein, direkt neben der Pak. Explosion, Feuer und Dunkelheit. Jetzt erhob sich nur noch einer – sein Vater. Er stürzte aufs neue zum Geschütz. Lud selber, richtete selber. Es war der letzte Schuß. Die Leinwand wurde von einer Explosion verdunkelt. Vaters Kanone lag zerbeult auf der Seite. Doch er war noch am Leben. Stand langsam auf und ging dem Panzer entgegen, kohlschwarz und mit rauchenden Kleiderfetzen. In der Faust hielt er eine Handgranate. Er sah und hörte nichts mehr, sammelte die letzten Kräfte.

»Halt, du kommst nicht durch!« Er schwang die Handgranate und erstarrte für eine Sekunde in dieser Haltung, das Gesicht von Haß und Schmerz verzerrt.

Die Mutter preßte dem Sohn die Hand so fest zusammen, daß ihm der Atem stockte. Er wollte sich losreißen und zum Vater laufen, doch aus der Mündung des Panzer-MGs prasselte eine lange Salve, und der Vater stürzte wie ein gefällter Baum. Er rollte über die Erde, versuchte hochzukommen und fiel wieder auf den Rücken, die Arme weit ausgebreitet.

Der Filmapparat verstummte, der Krieg brach ab. Der erste Teil war zu Ende. Der Vorführer machte Licht, um einen neuen Streifen einzulegen. Als es im Stall hell wurde, verkniffen alle die Augen und blinzelten, aus der Welt des Films, aus dem Krieg zurückgekehrt in ihr wirkliches Leben. Der Junge purzelte von den Wollballen und rief triumphierend: »Kinder, das ist mein Vater! Habt ihr gesehn! Meinen Vater haben sie getötet!«

Niemand hatte dergleichen erwartet, und niemand verstand sogleich, was vorgefallen war. Der Junge aber rannte mit Triumphgeschrei zur Leinwand. Dort saßen in den ersten Reihen seine Freunde, an deren Meinung ihm soviel gelegen war. Für kurze Zeit herrschte im Stall eine seltsame, beklemmende Stille. Noch begriffen die Leute nicht, welch absurder Sinn in der Freude des kleinen Menschen lag, der nie zuvor seinen Vater gesehen hatte. Alle schwiegen verwirrt und zuckten die Achseln. Der Vorführer ließ die Filmdose fallen. Scheppernd rollte sie davon und zerfiel in zwei Hälften. Doch keiner achtete darauf, und auch der Filmvorführer lief nicht gleich hinterher. Das Soldatenkind aber, der Sohn des gefallenen Soldaten, ließ nicht locker. »Habt ihr gesehn, das ist mein Vater! Sie haben ihn getötet!« rief er, und je länger die Menschen schwiegen, um so stärker wurde seine Erregung. Er verstand nicht, warum sie sich nicht ebenso freuten wie er und auf seinen Vater stolz waren.

Ein Erwachsener zischte unzufrieden: »Sei still, was redest du daher?«

Doch ein anderer widersprach ihm: »Wieso? Sein Vater ist an der Front gefallen. Das stimmt doch, oder nicht?«

Da entschloß sich ein Nachbarjunge, der schon zur Schule ging, ihm die Wahrheit zu sagen: »Aber das ist nicht dein Vater. Was schreist du denn so? Das ist nur ein Schauspieler. Frag doch den Onkel Filmvorführer.«

Die Erwachsenen wollten dem Jungen nicht selbst seine bittere und schöne Illusion rauben; sie hofften, der fremde Filmvorführer würde ihm ohne Umschweife die Wahrheit sagen. Alle wandten sich ihm zu. Doch auch er schwieg und hantierte an seinem Apparat herum, als wäre er schwer beschäftigt.

»Doch, es ist mein Vater! Mein Vater!« Das Soldatenkind ließ sich nicht beirren.

»Wer ist dein Vater? Welcher?« nahm der Nachbarjunge erneut den Streit auf.

»Der mit der Handgranate auf den Panzer losgegangen ist. Hast du es denn nicht gesehen? So ist er gefallen!«

Der Junge warf sich hin und rollte ein Stück, um zu zeigen, wie der Vater gefallen war. Und er machte es haargenau so, wie er es im Film gesehen hatte. Er lag vor der Leinwand auf dem Rücken, die Arme weit ausgebreitet.

Die es sahen, mußten unwillkürlich lachen. Er aber lag wie tot da und lachte nicht. Wieder wurde es beklemmend still. »Kümmre dich um deinen Jungen, Dshejengul«, sagte eine alte Hirtin vorwurfsvoll, und alle sahen, wie die Mutter leidgebeugt und streng zu ihrem Sohn ging, Tränen in den Augen.

Sie hob das Kind auf.

»Komm, Söhnchen, komm. Es war dein Vater«, flüsterte sie ihm zu und führte ihn aus dem Schafstall.

Der Mond stand bereits hoch. Gegen die dunkelblaue nächtliche Ferne hoben sich weiß die Gipfel der Berge ab, und unten lag die Steppe, gewaltig und finster wie ein tiefer Wasserstrudel.

Jetzt erst, zum erstenmal in seinem Leben, kam ihm die Bitternis des Verlustes zum Bewußtsein. Plötzlich wurde ihm unerträglich traurig zumute beim Gedanken an den Vater, der im Kampf getötet worden war. Er wollte die Mutter umarmen, wollte, daß sie mit ihm weinte. Doch sie schwieg. Da schwieg auch er und schluckte an seinen Tränen.

Er wußte nicht, daß der Vater, der längst gefallen war, von dieser Stunde an in ihm zu leben begann.

1965

Das Wiedersehen mit dem Sohn

Der alte Tschordon kam in merkwürdiger Stimmung nach Hause. Ob ihn ein Erlebnis bestürzte und aufregte oder niedergeschlagen und traurig machte, jedenfalls erriet seine Frau sofort, daß etwas geschehen war. Und als sie es heraushatte, war sie so betroffen, daß sie nicht wußte, was tun. Er hatte sich etwas derart Sonderbares in den Kopf gesetzt, daß ein normaler Mensch es für eine Altersschrulle, für Unsinn oder sonstwas halten mußte, nie und nimmer jedoch für die Handlungsweise eines nüchtern denkenden Mannes.

Der Alte hatte einen Sohn, der vor zwanzig Jahren an der Front gefallen war, blutjung, außer dem Vater erinnerte sich wohl niemand mehr an ihn. Auch Tschordon hatte ihn, seit sie zusammenlebten, kaum je erwähnt. Nun aber hatte er plötzlich beschlossen, dorthin zu fahren, wo sein Sohn vor dem Krieg als Lehrer gearbeitet hatte.

»Ich stell' mir dauernd vor, er ist noch am Leben, er müßte auch jetzt noch da sein. Es zieht mich dorthin, ich möchte ihn wiedersehen«, sagte er.

Erschrocken blickte seine Frau ihn an und wollte ihn zuerst sogar auslachen: Ja bist du denn bei Verstand, was spinnst du da zusammen? Doch sie nahm sich noch rechtzeitig zusammen. An der Art, wie er es gesagt hatte, an dem schlichten und ruhigen Augenausdruck, an der Überzeugtheit und Aufrichtigkeit des Tonfalls merkte sie, daß es ihm ernst war und er seine Sinne durchaus beisammen hatte. In diesem Augenblick spürte sie, daß es trotz der Ungereimtheit seines Wunsches unrecht wäre, ihn wie ein Kind davon abbringen zu wollen, ihn, diesen Mann mit dem alten bräunlichen Gesicht, den verkniffenen gütigen Augen, dem schlohweißen Bart und den müden, groben Händen, die wie große Fische auf seinen Knien ruhten. Sie empfand plötzlich Mitleid mit ihm, doch zugleich wußte sie, wie unsinnig sein Vorhaben war.

»Warum bist du denn nicht früher hingefahren?« fragte sie behutsam.

»Ich weiß nicht«, erwiderte Tschordon seufzend. »Aber jetzt zieht es mich an diesen Ort. Ich muß dahin, solange ich noch am Leben bin, mein Herz befiehlt es mir. Morgen in aller Frühe breche ich auf.«

»Nun, wie du meinst.«

Sie vermutete, der Alte würde es sich noch anders überlegen. Warum auch sollte er in den fernen, unbekannten Ail reiten, was konnte er da schon finden, was sehen? Doch ihre Erwartungen erfüllten sich nicht. Tschordon blieb bei seinem Vorsatz.

Das Dorf am Fuße des Hügels lag längst in tiefem Schlummer, alle Fenster waren dunkel, nur in Tschordons Haus flammte immer wieder Licht auf. Der Alte fand keine Ruhe. Etlichemal in der Nacht stand er auf, zog sich an, ging hinaus und warf jedesmal dem Pferd einen Armvoll Klee in die Krippe. Nicht irgendwelchen, sondern zartblättrigen, von der ersten Mahd. Es tat ihm nicht einmal leid, vorzeitig den Kleevorrat anzugreifen, der schon seit dem Sommer ordentlich unterm Scheunendach lag. Sonst hätte er sich einen derartigen Luxus schwerlich gestattet; vor dem Winter erlaubte er nie, das Heu anzurühren, sondern trieb Kuh und Pferd zum Weiden vors Dorf, auf abgeerntete Gemüsefelder, ins Grummet, ins herbstliche Salzkraut und auf die Stoppelfelder. Jetzt aber war ihm nichts zu schade, sogar Hafer für unterwegs hatte er in die Umhängetasche, den Kurdshun, geschüttet.

So wirtschaftete er die ganze Nacht herum, und auch seine Frau konnte nicht einschlummern. Sie stellte sich zwar schlafend, um den Alten nicht bei seinen Vorbereitungen zu stören, doch jedesmal, wenn er aus dem Haus trat, seufzte sie schwer. Ihm sein Vorhaben ausreden zu wollen war sinnlos. Auch jetzt hätte sie ihm am liebsten gesagt: Überleg doch, wohin du fährst! Weshalb? Bist du kindisch geworden, die Leute werden über dich lachen! Doch sie schwieg. Sie fürchtete, der Alte könnte ihr sagen: Wärst du seine leibliche Mutter, würdest du mir nicht abreden! Solche Worte wollte sie nicht hören. Ja, sie hatte seinen Sohn nie gesehen, hatte keine Vorstellung von ihm. Die alte Tschordon war vor zehn Jahren gestorben, sie war die zweite Frau. Ohnehin war es ihr peinlich, und sie fühlte sich ständig unverdient schuldig vor ihrem Mann, weil seine beiden verheirateten Töchter, die mit ihren Familien in der Stadt lebten, aus unerfindlichem Grund nie zu Besuch kamen und keinerlei Verbindung zu ihnen hatten. Nur hin und wieder, sehr selten, suchte Tschordon sie selber auf, wenn er gerade in der Stadt war. Er erzählte fast nichts von ihnen, und sie fragte ihn auch nicht. Besser, die Stiefmutter hält sich in solchen Fällen heraus, da gibt es keine Unstimmigkeiten. So kam es, daß sie sich auch mit dem ungewöhnlichen Einfall des Alten abfand. Sie hatte eine Weile überlegt und war zu dem Schluß gekommen: Vielleicht ist ihm wirklich schwer ums Herz. Soll er nur hinreiten, das wird ihn erleichtern, ihm die Unruhe nehmen, und sein Leid wird ihm erträglicher erscheinen.

Tschordon stand im Morgengrauen auf. Er sattelte das Pferd, kam zurück, zog seinen neuen dicken Tuchrock an, nahm den Kantschu von der Wand, beugte sich im Dunkeln über das Bett seiner Frau und flüsterte: »Nassipkan, ich breche auf. Mach dir keine Sorgen. Morgen nacht bin ich zurück. Hörst du? Warum sagst du nichts? Begreif doch, er ist mein Sohn. Ich weiß ja alles, aber ich muß mal dort gewesen sein. Mein Herz verlangt danach, begreif doch.«

Die Frau richtete sich schweigend auf, und als sähe sie im Finstern, was der Alte auf dem Kopf trug, knurrte sie: »Solltest dir mal deine Mütze ansehen. Vierzig Flicken. Willst ja schließlich nicht ins Holz, sondern auf Besuch.« Sie tastete nach der Truhe am Kopfende ihres Lagers, zog die Lammfellmütze ihres Mannes heraus und reichte sie ihm. »Da, setz die auf. Mußt dich ja schämen mit der alten Mütze.«

Tschordon wechselte die Kopfbedeckung und ging zur Tür.

»Wart mal«, rief sie ihm nach. »Nimm noch vom Fensterbrett das Bündel mit Essen, steck's in den Kurdshun. Sonst verhungerst du mir noch unterwegs bis zum Abend.«

Tschordon wollte sich bedanken, sagte aber nichts. Er war es nicht gewohnt, seiner Frau »danke« zu sagen.

Das Dorf schlief noch, als Tschordon auf seiner Stute hinter den Höfen davonritt, die Straße meidend, um nicht die Hunde rebellisch zu machen. Am Dorfrand schwenkte er auf einen Feldweg ab, der in die Berge führte.

Tags zuvor gegen Mittag war Tschordon auf demselben Weg mit Brennholz nach Hause geritten, dieselbe braune Stute vor einen klapprigen alten Karren gespannt. Er mußte Wintervorrat heranschaffen.

Am Eingang zur Kleinen Felsschlucht hatte er Reisig von wilden Sträuchern geschlagen und den Karren bis oben hin vollgeladen, dann saß er im Sattel, stemmte die Füße auf die Gabeldeichsel und ritt gemächlich dahin, wobei er ab und an sogar einnickte. Die Räder holperten wie üblich durch die Schlaglöcher, der Karren knarrte, es war ein ruhiger, warmer Tag.

Es gibt eine Zeit im Herbst, da muß jeden Tag die Kälte einsetzen, doch zuvor, wie zum Abschied, sind die Tage ausnehmend hell und klar. Von der Anhöhe bot sich dem Blick diesmal die gesamte Umgebung dar: die Dörfer im Tal mit den dunklen Obstgärten und den weißen Hauswänden, die vertrockneten rotbraunen Stauden der Tabakplantagen, die Traktoren, die die Herbstfurche zogen, ein silbernes Flugzeug hoch am Himmel und fern am Horizont der starre graue Dunstschleier über der tiefer gelegenen Stadt. Und über diesem Stück Welt flog rasch und lautlos eine dunkle Wolke von kreisenden Vögeln dahin.

Tschordon wußte, es waren Schwalben. Am Morgen schon, als er ins Holz fuhr, hatten sich Schwalbenschwärme auf den Telegrafendrähten gesammelt. In langen, langen Reihen saßen sie einander gegenüber, reglos, alle mit den gleichen gedrechselten Köpfchen, alle mit den gleichen blitzenden Doppelpfeilen der Schwänze. Sie saßen friedlich da und zwitscherten sich nur zuweilen verhalten etwas zu, fast sah es aus, als warteten sie auf eine bestimmte Stunde, um sich gemeinsam zu erheben und auf die Reise zu begeben. Etwas Feierliches war in dieser Schwalbenversammlung, das in seiner Herbheit und Schönheit ans Herz rührte. Was sind dagegen Spatzen, dachte Tschordon stolz.

Und nun flogen die Schwalben vor seinen Augen davon. Sie zogen Abschiedsrunden über dem Land, wo sie den Sommer verbracht hatten, sie schwebten in der Luft, lautlos, zielstrebig, ein riesiger, in der Sonne schillernder, glänzender schwarzer Schwarm.

Tschordon schaute ihnen lange zu. Schließlich zogen sie noch eine letzte große Runde über dem herbstlich öden Garten, ein Zittern ging durch die Vogelschar, alle schwirrten durcheinander, ordneten sich wieder und flogen rasch in Richtung der großen Steppen davon. Immer kleiner wurde der Schwarm, er entschwand im Himmelsblau wie das Echo eines fernen Liedes in der Weite und verwandelte sich schließlich in einen dunklen Punkt. Die Schwalben flogen in fremde Länder. Am Morgen noch hatte man sie sehen, sich an ihnen freuen, ihr Gezwitscher hören können. Unbegreiflich süße Wehmut flutete dem Alten, einer berauschenden Woge gleich, ins Herz, Tränen trübten ihm den Blick, längst sah er nichts mehr, doch er schaute noch immer zum Himmel und sehnte sich wer weiß wonach, nach etwas Vertrautem, Teurem, unwiederbringlich Verlorenem. Wäre er jung gewesen, er hätte ein Abschiedslied gesungen.

Tschordon erwachte aus seinen Gedanken, als er in der Nähe Hufgetrappel vernahm. Auf einem guten schnellen Pferd kam jemand den Hügel hinauf. Tschordon erkannte den Reiter nicht sogleich. Es war Saparaly, ein alter Mann aus dem Nachbardorf, wie sich herausstellte. Die beiden waren bloß flüchtig miteinander bekannt, begegneten sich nur hin und wieder bei Totenfeiern oder Toi-Festen und begrüßten einander. Damit erschöpften sich eigentlich ihre Beziehungen. Saparaly ritt offensichtlich zu Besuch, er trug einen neuen Velvetonrock, nagelneue Itschigen und neue spitze Gummiüberschuhe, auf dem Kopf hatte er einen prächtigen Fuchspelz-Tebetej und in der Hand einen Kantschu mit einem Griff aus rotem Spierzweig.

»Was träumst du, Schmied?« rief Saparaly laut und freundlich und zog die Zügel straff.

Ja, früher einmal war Tschordon Schmied gewesen.

»Die Schwalben fliegen davon«, sagte Tschordon verwirrt.

»Was? Die Schwalben? Wo denn?«

»Sie sind schon fort.«

»Na meinetwegen. Fährst wohl Brennholz?«

»Ja, für den Winter. Und wohin bist du unterwegs?«

Saparalys noch jung wirkendes, rotes Gesicht mit dem schwarzen Bart zerfloß in einem zufriedenen Lächeln.

»Zum Sohn. Er ist doch Sowchosdirektor in Ak-Sai, am Fuß der Großen Berge.« Mit einem weiten Schwung seines Kantschus wies Saparaly die Richtung.

»Von Ak-Sai hab' ich gehört.« Tschordon nickte.

»Da reite ich also hin. Der Sohn hat bestellen lassen: ›Vater soll doch mal für zwei Tage oder so kommen!‹ Sie sind zwar da große Chefs, aber ohne uns alte Leute geht's eben nicht. Der Enkel heiratet. Also muß ich die Hochzeitsfeier richten, damit es nach altem Brauch zugeht, wir werden viele Gäste haben, ich möchte ein Pferderennen veranstalten.«

Saparaly begann vom Sowchos des Sohnes zu erzählen. Man habe dieses Jahr viel Wolle geschoren, die Schafhirten hätten hohe Prämien erhalten, die Leute seien mit ihrem Direktor zufrieden, man munkle sogar, der Sohn sei für einen Orden vorgeschlagen.

All das war ja sehr schön, aber Tschordon dachte im Augenblick an etwas ganz anderes; er spürte plötzlich wieder die alte, unerwünschte, zu ewigem Schweigen in den tiefsten Herzwinkel verbannte, aber stets lebendige Sehnsucht, die ihn so schmerzhaft überfallen hatte, als die Schwalben fortflogen. Jetzt flammte sie erneut machtvoll in seiner Brust auf. Es war die Sehnsucht nach dem Sohn, ja, nach ihm, der längst nicht mehr auf Erden weilte. Aber er hatte schließlich auch einmal dort, in der Nähe von Ak-Sai, gearbeitet, und auch er hatte den Vater früher eingeladen, ihn zu besuchen. Und ohne sich Rechenschaft darüber abzulegen, was er da sagte, unterbrach Tschordon Saparaly wie im Fiebertraum mit den Worten: »Mich hat mein Sohn ebenfalls zu sich gebeten.«

»Ist denn dein Sohn auch dort?«

»Ja«, flüsterte Tschordon und wurde kalt vor Entsetzen.

»Das hab' ich gar nicht gewußt.« Arglos zuckte Saparaly die Schultern. »Um so besser, warum nicht? Wo sie auch sein mögen, Gott schenke ihnen Gesundheit. Leb wohl!« Mit diesen Worten trieb er sein Pferd an.

Kaum war er ein Stück weg, kam Tschordon zur Besinnung. Ein klirrender Abgrund von Stille und Leere tat sich schlagartig vor ihm auf. Was habe ich nur angerichtet? Gelogen habe ich, die Unwahrheit gesagt! Warum bloß?

Tschordon sprang vom Pferd und lief Saparaly nach.

»Halt, halt an, Saparaly!« schrie er und rannte auf ihn zu, um sich zu entschuldigen und die Wahrheit mitzuteilen.

Saparaly wendete das Pferd. »Was ist denn?« fragte er beunruhigt.

Tschordon kam keuchend heran und wollte ihm alles erklären, doch abermals hinderte ihn eine unabwendbare Kraft, die Wahrheit zu sagen – der Wunsch, an den Sohn zu denken, als lebte er, nachdem er soeben durch seine eigenen Worte zufällig wieder lebendig geworden war und im Bewußtsein des anderen Mannes bereits existierte. Er konnte ihn nicht schon wieder begraben. Er wagte nicht zu sagen, daß es den Sohn längst nicht mehr gab, daß er schon vor langer Zeit im Krieg gefallen war. Er wollte, daß der Sohn noch eine Weile lebte, und sei es auch nur für ein paar

Minuten. Später würde er alles erklären, er käme schon noch zurecht.

»Hast du keinen Naspai? Ich halt's ohne einfach nicht aus, gib mir doch bitte was!« bat er.

»Der Teufel soll dich holen, hast mir einen schönen Schrecken eingejagt!« Erleichtert seufzte Saparaly auf und faßte in die Tasche. »Na, halt schon die Pfote auf. Ich kenne die verflixte Tabaksucht ja von mir«, sagte er und schüttete Tschordon aus einem Glasbehälter etwas Naspai auf die Hand.

»Nanu, dir zittert ja die Pfote, Schmied. Bist alt geworden.«

»Ja, habe im Krieg bis zur Erschöpfung gehämmert, und die Jahre machen sich auch bemerkbar«, erwiderte Tschordon.

»Verzeih, daß ich dich aufgehalten habe.«

»Macht nichts. Na schön, ich reite weiter.«

»Guten Weg«, sagte Tschordon.

Jetzt wäre es schon peinlich gewesen, den Mann aufzuhalten. Tschordon freute sich sogar, daß Saparaly so schnell weg war und er ihm nichts vom Tod des Sohnes sagen mußte.

Er blieb noch eine Zeitlang in Gedanken versunken stehen, dann öffnete er die Hand, schüttete den Tabak auf die Erde und ging zurück zu seinem Karren.

Er ging langsam, mit gesenktem Kopf. »Was hab' ich nur gemacht, bin ich denn von allen guten Geistern verlassen?« murmelte er, blieb mitten auf dem Weg stehen, blickte sich nachdenklich um, schaute lange zum Himmel über den großen Steppen, dorthin, wohin der Vogelschwarm geflogen war, und flüsterte: »Und doch habe ich einen Sohn, jawohl, er ist am Leben!« Und dann schrie er es plötzlich heraus, röchelnd und voller Schmerz: »Ich habe einen Sohn, ja, ich habe einen, ich werde auch zu ihm reiten, werde ihn wiedersehen!«, und verstummte wieder.

Den ganzen Weg zum Dorf suchte sich Tschordon einzureden, daß er es sich nicht so zu Herzen nehmen dürfe, daß das Vergangene unwiederbringlich dahin sei, dennoch loderte der Wunsch, in jenen Ail zu fahren, wie ein Brand in ihm. Dazu hatte es kommen müssen. Diese Glut glomm schon lange in seinem Herzen, viele, viele Jahre. Oft hatte er daran gedacht, bisweilen sogar begeistert davon geträumt, wie er eines Tages hinfahren und sich vor den Orten verneigen würde, wo sein Sohn die letzten Tage verbracht hatte, bevor er zur Armee ging. Die Begegnung mit Saparaly war nur ein zufälliger Funke gewesen. Nun aber begann der Sohn in Tschordons Bewußtsein unwillkürlich zu leben, seltsam verschmolzen die Jahre, Ersehntes wurde Wirklichkeit, Phantasie – Realität. Tschordon stellte sich vor, wie er in jenen Ail reiten und wie der Sohn ihn begrüßen würde, worüber sie reden würden. Gewiß würde er sich freuen: »Vater, endlich bist du da!« und ihm entgegeneilen.

»Ja, ich bin gekommen, mein Lieber, guten Tag. Du hast dich nicht verändert. Ich aber bin alt geworden, wie du siehst.«

»Aber nein, Vater, du bist gar nicht so alt, es ist einfach viel Zeit verronnen. Warum hast du mich so lange nicht besucht? Wie viele Jahre sind vergangen, zwanzig oder sogar noch mehr. Hast du dich denn nie nach mir gesehnt?«

»Und ob! Mein Lebtag hab' ich Sehnsucht nach dir gehabt. Verzeih, daß ich dich so lange habe warten lassen, ich konnte mich nie aufraffen. Du weißt ja selbst, Mutter ist gestorben, wir haben sie zu Grabe getragen. Nachdem du gefallen warst, ist sie nie mehr aufgestanden. Nun aber bin ich gekommen, dein Andenken zu ehren. Ich bin gekommen, mich vor den Leuten zu verneigen, in deren Mitte du gelebt hast. Ich will mich vor dieser Erde verneigen, vor diesen Bergen, vor der Luft, die du geatmet, vor dem Wasser, das du getrunken hast. Nun haben wir uns doch wiedergesehen, mein Sohn. Was schaust du nur so, führ mich, zeig mir deine Schule, zeig mir den Ail, du hast doch so viel davon erzählt.«

Tschordon bemühte sein Gedächtnis vergeblich, er kam nicht auf den Namen des Jägers, in dessen Haus sein Sohn Sultan gewohnt hatte. Er wußte nur, daß es ein guter Mensch gewesen war, der Sohn hatte ihn gemocht, jetzt mußte er wohl an die Siebzig sein. Ob er noch lebte? Wie oft hatte er Tschordon bestellen lassen, er möge ihn doch einmal besuchen, sie könnten zusammen auf die Jagd gehen, mit einem abgerichteten Königsadler. Ob es den noch gab? Adler wurden ja alt.

Ihn dünkte, der Jäger habe einen kleinen Sohn gehabt. Er war bei Sultan in die erste Klasse gegangen; als er in der zweiten war, hatte schon der Krieg begonnen. Dieser Junge hatte jetzt sicher bereits eine Familie. Die Frau des Jägers war freundlich gewesen. Aber sie hatte es schwer gehabt, sowohl im Kolchos als auch in der häuslichen Wirtschaft. Einst bat sie Sultan, ein paar Jagdhunde wegzuschaffen und sie dem Vater zu überlassen. Es ging über ihre Kräfte, für die ganze Hundemeute Futter zu kochen. Einmal tat Sultan ihr auch den Gefallen, er brachte einen weißen Jagdhund mit gelben Flecken an den Flanken mit nach Hause. Ach, war das ein Hund! Nur dort, bei den Großen Bergen, gibt es so schöne Jagdhunde, flink wie die Uferschwalben. Sie bringen es sogar fertig, wilde Ziegenböcke in Fallen zu treiben. Aber am nächsten Morgen nahm Sultan den Hund doch wieder mit. »Sein Besitzer wird zu Tode beleidigt sein. Da helf' ich schon lieber beim Futterkochen«, sagte er. Und so lief der märchenhafte Jagdhund hinter seinem Fahrrad her. Es tat Tschordon leid, sich von ihm zu trennen, doch er wußte, was der Hund dem Jäger bedeutet; zudem kam er nicht aus der Schmiede heraus. Ob diese weißen Windhunde schon tot sind, oder ob sie noch Füchse jagen?

Während Tschordon darüber nachdachte, kam er auf ein weiteres überzeugendes Argument. Ja, er mußte diesen Mann aufsuchen. Ist er gestorben, wird er sich vor seiner Asche verneigen, lebt er, wird er ihm die Hand drücken und ihm danken für die Sorge um seinen Sohn.

Nur einen Gedanken unterdrückte Tschordon immer wieder. Sooft er ihm kam, betäubte er sich mit allerlei Alltagssorgen: Er überschlug, was diesen Winter die Kartoffeln und das Heu kosten würden, wann er am besten den Hammel schlachten und ob er das Kalb noch behalten oder verkaufen sollte.

Er bemühte sich, den Gedanken nicht zuzulassen, denn er hatte ihn um und um gewälzt. In schlaflosen Nächten und in der Schmiede war er zusammen mit seinem Hammer viele Jahre auf den Amboß niedergesaust, war im Schmiedeherd geschmolzen, im Wasser gehärtet. Tschordon hatte längst entschieden, daß allein Gott darüber befinden würde, ob er im Recht war oder nicht. Sollte er den Sohn in jener anderen Welt wiedersehen, dann würde er ihm alles erzählen, alles, wie es gewesen war. Aber um Verzeihung bitten würde er nicht. Selbst damals, hinterher, als seine Töchter in der Stadt ihm die ungeheuerlichen Worte ins Gesicht schleuderten, hatte Tschordon nichts bereut, hatte Tschordon geschwiegen.

Sie aber konnten ihm bis heute jenen schrecklichen Vorfall nicht verzeihen. Ereignet hatte er sich an dem

Tag, da Sultan an die Front fuhr, auf dem Bahnhof der Stadt.

Im Oktober 1941 kam jemand zu Tschordon in die Schmiede gelaufen. »Schnell«, rief er, »geh nach Hause, dein Sohn ist gekommen, will sich verabschieden!« So wie er war, mit dem versengten, rußgeschwärzten Schmiedeschurz, rannte Tschordon los, noch das Dröhnen vom Amboß in den Ohren. Er hastete die Straße entlang und konnte es noch nicht recht glauben. Der Sohn war doch eigentlich zu jung, um einberufen zu werden. Aber es stimmte. Sultan war auf einem geliehenen Pferd aus der Kreisstadt angesprengt gekommen, um die kranke Mutter noch einmal zu sehen. Sie lag schon ein halbes Jahr darnieder. Den Vater bat er, in die Stadt zu kommen und ihn zum Bahnhof zu begleiten. Sie kamen weder dazu, sich richtig auszusprechen, noch Abschied zu nehmen, wie sich das gehört. Die Zeit war ja auch nicht danach. Wieviel Worte blieben ungesagt, wieviel Gedanken behielt jeder für sich! Kaum je wird es gelingen, wiederzugeben, was das Volk damals bewegte.

In der Stadt ritt Tschordon im Trab. Er jagte die dreißig Kilometer dahin, ohne das Pferd zu schonen. Das erste, was ihm in die Augen fiel und ihn ganz benommen machte, war das Menschengewühl und das Stimmengewirr vor dem Bahnhof. Was drängte sich dort nicht alles! Lkws mit rotem Fahnentuch an den Seiten, Kutschen, zweispännige Kamelwagen mit Heu und Stroh, angespannte und gesattelte Pferde; auf den Gleisen dagegen pfiffen Lokomotiven, klirrten Waggons. Und mitten in diesem Durcheinander Menschen über Menschen aus Dörfern, Ailen und aus der Stadt: alte, junge, Kinder.

Tschordon saß ab. Er band die Stute inmitten einer Unmenge anderer Pferde an die erstbeste Kutsche und machte sich auf die Suche nach dem Sohn. Er drängte sich durch das Volk, bat um Auskunft. Man sagte ihm, die Eingezogenen seien im Park vor dem Bahnhof, man lasse aber niemand zu ihnen, bald würden sie abtransportiert. Schließlich hatte er sich zum Park durchgearbeitet. Hinter dem Zaun standen Kolonnen von Soldaten, Kommandos ertönten, Namen wurden aufgerufen. Tschordon war bestürzt – wie konnte man hier jemanden finden? Auch hinderten ihn die Bäume daran, die Männer in der Formation zu erkennen. Plötzlich hörte er ganz in seiner Nähe rufen: »Vater! Vater! Hierher!« Die beiden Töchter winkten ihm. Sie standen am Parkeingang. Tschordon drängte sich zu ihnen durch und erblickte den Sohn in Reih und Glied. Auch er bemerkte den Vater, winkte ihm zu und lächelte. Sein Lächeln wirkte gespannt und verlegen. Tschordon empfand Mitleid mit dem Sohn. Er war blutjung, hatte noch keinen Bart, nur in der Größe glich er den anderen, sonst aber, den Schultern und seinem ganzen Äußeren nach, war er der reinste Junge. Er wuchs noch und mußte noch wachsen. Tschordon erkannte in ihm die eigenen Züge, der Sohn würde ein kräftiger, starker Mann werden. Noch zehn Jährchen, und er würde ein stattlicher Bursche sein.

Später, wenn Tschordon an den Sohn dachte, suchte er immer wieder herauszufinden, was Besonderes an ihm war, daß er ihn nicht nur geliebt, sondern auch geachtet hatte. Jeder liebte ihn schließlich, er aber achtete ihn von Kind an als vernünftigen, gleichberechtigten Menschen, obwohl er doch mitunter ein rechter Schlingel war. Tschordon konnte sich nicht erklären, warum. Vor allem, nachdem der Sohn Lehrer geworden war, hatte Tschordon ihm noch mehr Hochachtung entgegengebracht und ihn ernst genommen, auch wenn Sultan bisweilen mit dem Pioniertuch um den Hals nach Hause kam, er war in der Schule Pionierleiter. Der junge Mann war noch hitzig und draufgängerisch, doch mit der Zeit, so hatte Tschordon gedacht, würde er schon ausgeglichen werden. Man darf den Menschen nicht gängeln, dauernde Belehrungen sind ihm lästig. Sultan würde seinen Weg schon selbst finden, hatte Tschordon gemeint. Möglicherweise war das der Grund seines Zerwürfnisses mit den Töchtern. Beide, die ältere, Sejnesch, und die jüngere, Salika, hatten in der Stadt gelernt. Dort hatten sie geheiratet und waren Städter geworden. Auch Sultan hatten sie in die Stadt geholt, hier hatte er das Pädagogische Institut absolviert, und nun arbeitete er schon ein Jahr als Lehrer.

Kaum hatte Tschordon sich zu den Töchtern durchgezwängt, da wollten sie ihn aus der Menge zerren. Naßgeschwitzt und wütend, beschimpften sie leise den Bruder, nannten ihn einen vorwitzigen Grünschnabel, einen Schafskopf. Überall, wohin man auch blickte, wimmelte es von Menschen, die Töchter hatten es eilig und waren nervös, und so kam es mitten auf dem Platz, in dem Gewühl, zwischen ihnen und dem Vater zu folgendem Gespräch:

»Weißt du, daß dein Sohn als Freiwilliger einrückt?«

»Nein«, sagte Tschordon verwundert. »Und was wollt ihr?«

»Wir haben im Kreis angeläutet, im Kriegskommissariat, und es stellte sich heraus, er hat sich selbst aufgedrängt, hat ein Gesuch eingereicht, wollte von allein in den Krieg.«

»Er ist doch noch so jung, begreifst du denn nicht?«

»Also hat er sich gesagt, es ist nötig.«

»Nötig?« Die Töchter fielen über den Vater her. »Begreifst du denn nicht, Vater? Es reicht schon, daß unsere Männer dort sind. Wer weiß, ob sie zurückkehren. Genügt es nicht, daß wir allein geblieben sind? Muß auch noch der letzte in der Familie alles dransetzen, um an die Front zu kommen?«

»Er wird dort draufgehen wie ein Vogeljunges. Das ist doch was anderes als Pionierleiter sein.«

»Warum sagst du nichts, Vater?«

»Was soll ich denn sagen, was kann ich tun?«

»Geh sofort zu ihm, wir bitten, daß man dich durchläßt. Geh zu ihm und sag ihm, er soll es bleiben lassen. Red es ihm aus, solange es nicht zu spät ist.«

»Er soll zurücktreten, noch ist es möglich. Nur du kannst ihn zur Umkehr veranlassen.«

»Nein, wartet mal«, murmelte Tschordon. Es fiel ihm schwer, in dieser Umgebung, in diesem Wirrwarr, den Töchtern vernünftig zu erklären, daß man so etwas von niemandem verlangen darf. Wie könnte Sultan sein Wort zurücknehmen? Wie sollte er dann jenen in die Augen blikken, mit denen er schon in Reih und Glied stand? Was würde man von ihm denken, und was würde er selbst später von sich halten?

»Das ist wohl unangebracht, es würde ihm peinlich sein«, sagte Tschordon.

»Was soll da peinlich sein!«

»Wen geht's was an, wer kennt ihn hier schon, mein Gott, wer braucht etwas davon zu wissen!«

»Aber er selber würde es«, wandte Tschordon düster ein. »Und das ist die Hauptsache.«

»Unsinn, Vater, er ist ja noch ein Junge. Geh, solange es nicht zu spät ist.«

Plötzlich nahm das Stimmengewirr zu, das Volk geriet

in Bewegung und drängte zur Seite. Eine Blaskapelle schmetterte einen Marsch, ein rotes Banner flatterte in der Luft, und aus dem Parktor marschierten die Soldaten – der Befehl zum Einsteigen war gegeben. Die Töchter aber klammerten sich an Tschordons Ärmel, schubsten ihn und schrien inmitten der Hunderte von Stimmen und der Musik: »Schnell zum Kommissar! Er ist auf dem Bahnhof. Du mußt deinen Sohn retten!«

»Vater, komm, unserer kranken Mutter zuliebe! Sag dem Kommissar, daß Mutter im Sterben liegt!«

Bei diesen Worten wurde Tschordon schwankend. Und sie zerrten ihn durch die Menge der Abschiednehmenden zum Bahnhof, wo sich der für den Abtransport verantwortliche Kommissar befand.

Vom Platz führte eine hohe Steintreppe zum Bahnhofsgebäude. Sie war voller Menschen. Die Töchter zogen ihn zwischen den erhitzten, schwitzenden Leibern hindurch nach oben, vorbei an Hunderten vom Leid des Krieges verdüsterten Blicken, durch Tränen, Tapferkeit und Verzweiflung voneinander Abschied nehmender Menschen, durch Trommelwirbel und Militärmusik, durch die Abschiedsrufe der Soldaten auf dem Platz, durch seinen eigenen Schmerz und den lautlosen Schrei seines Herzens.

Und obwohl Tschordon ausgezeichnet begriff, daß die Schwestern nur Gutes für den Bruder wollten, nur das Beste für ihn und die ganze Familie, daß sie ihn auf ihre Weise liebten und zu schützen suchten, stieg in ihm dumpfe Wut hoch auf die Töchter, die ihn dazu bringen wollten, daß er sich hinterm Rücken des Sohnes über dessen Willen und selbständiges Handeln hinwegsetzte, daß er dessen Menschenwürde zerstörte. Sie aber zogen ihn immer weiter hinauf, bahnten sich auf der Treppe den Weg durch die brodelnde Menge. Als sie die oberen Stufen erreicht hatten, erblickte Tschordon schließlich die Marschkolonne, in der auch sein Sohn war. Am Ende ging die Blaskapelle, die als letzte Gruppe den Transportzug besteigen sollte. Sultan marschierte im Außenglied. Tschordon erkannte ihn sofort und sah, wie er sich umblickte. Er suchte in dem Gewimmel Vater und Schwestern. Hätte er gewußt, daß der Vater in diesem Moment zum Kommissar gezerrt wurde, damit er ihn freibettle, ihn in seinen eigenen Augen herabsetzte, ihm seine Menschenwürde nahm!

Dann sah Tschordon, wie aus der Menge ein Mädchen mit rotem Tuch gelaufen kam. Es stürzte auf Sultan zu, wurde aber gleich wieder abgedrängt und konnte ihm nur die Hand drücken.

Als sie sich zum Dienstraum des Bahnhofsvorstehers, in dem sich der Kommissar befand, durchgearbeitet hatte, stießen ihn die Töchter zur Tür.

»Geh, schnell, sag, daß du sein Vater bist, erzähl von Mutter. Sag, er hat unüberlegt gehandelt, er ist ja noch ein Junge. Bitte ihn flehentlich, sie sollen ihn aus dem Transport nehmen. Erklär alles so, wie's ist.«

»Geh doch, Vater, was starrst du so! Jede Minute zählt!«

Tschordon begann sich vor den Leuten zu schämen, obwohl niemand auf ihn achtete. Soldaten und Zivilisten liefen besorgt hin und her, jeder mit seinen Angelegenheiten beschäftigt.

»Ich bin so was nicht gewohnt, ich geh' nicht«, lehnte er schroff ab.

»Doch, du gehst!«

»Wenn du nicht willst, dann gehen wir selber! Wir schaffen es auch allein.« Die Töchter hatten die Geduld verloren und stürzten auf die Tür des Kommissars zu.

»Untersteht euch! Geht nicht!« Tschordon packte sie an den Armen und zog sie weg.

Er schleppte sie mit schrecklicher Kraft zurück, wieder durch die Menschenmenge die Stufen hinab. Und da mußte er von ihnen hören, was selten jemand von seinen Kindern gesagt bekommt: »Du treibst deinen Sohn in den Tod! Sei verflucht, du bist uns kein Vater mehr.«

»Du bist uns kein Vater!« bekräftigte die zweite.

Erbleichend löste Tschordon langsam die verkrampften Finger und gab ihre Arme frei. Schweigend wandte er sich um und stürzte, die Leute beiseite schiebend, zum Platz. Er beeilte sich, um vom Sohn Abschied zu nehmen, drängte sich durch den Menschenwald vorm Bahnhof, durch das Stimmengewirr und die Schreie zum Bahnsteig, wo die Soldaten einstiegen. Aber der Zugang war bereits gesperrt. Auf dem Bahnsteig wogte eine dunkle Menschenmenge, schmetterte die Blaskapelle, da konnte niemand mehr hin.

Ans Bahnsteiggitter gepreßt, blickte Tschordon über das Meer von Köpfen hinweg auf die roten Waggons des endlos langen Zuges.

»Sultan, Sultan, mein Sohn, ich bin hier! Hörst du mich?« schrie er und streckte die Hände durchs Gitter.

Aber wie hätte sein Schrei den Sohn erreichen können. Ein Eisenbahner, der neben ihm stand, fragte ihn: »Hast du ein Pferd?«

»Ja«, antwortete Tschordon.

»Weißt du, wo der Rangierbahnhof ist?«

»Ja, in der Richtung.«

»Na, Papachen, dann sitz mal auf und spreng dorthin. Du kommst noch zurecht, es sind etwa fünf Kilometer, nicht mehr. Der Transport hält dort für ein paar Minuten, da kannst du dich von deinem Sohn verabschieden, aber beeil dich, steh hier nicht rum!«

Tschordon rannte auf dem Platz hin und her, bis er endlich sein Pferd gefunden hatte, er wußte nur noch, wie er mit rascher Handbewegung den Knoten der Leine gelöst, den Fuß in den Steigbügel gesetzt, dem Pferd mit dem Kantschu eins übergebrannt hatte und dann, tief vorgeneigt, die Straße entlanggesprengt war, die parallel zur Bahnlinie verlief. Wie ein grimmiger Nomade jagte er auf der öden, hallenden Straße dahin und erschreckte die vereinzelten Fußgänger und Fahrzeugführer. Wenn ich nur noch zurechtkomme, wenn ich's nur noch schaffe, ich hab' dem Sohn so viel zu sagen! dachte er und sprach, die Zähne fest zusammengepreßt, innerlich ein Gebet und die Beschwörungsformel des dahinsprengenden Reiters: Helft mir, Geister der Ahnen! Hilf mir, Kambar-ata, du Beschützer der Pferde, laß mein Roß nicht stolpern! Gib ihm die Schwingen eines Falken, ein ehernes Herz, die Beine eines Elches, die Lungen eines Fisches!

Tschordon bog von der Straße auf einen Pfad unterhalb des Bahndamms ein und trieb das Pferd nochmals an. Bis zum Rangierbahnhof war es nicht mehr weit, als ihn der Lärm des Transportzuges einholte. Wie eine Lawine stürzte das schwere, heiße Dröhnen der beiden hintereinandergekuppelten Lokomotiven auf seine vorgebeugten breiten Schultern.

Der Transportzug überholte den dahinpreschenden Reiter. Das Pferd war bereits abgehetzt. Dennoch rechnete Tschordon fest damit, zurechtzukommen, wenn nur der Zug hielt, bis zum Rangierbahnhof war es gar nicht mehr weit. Die Furcht, die Sorge, der Zug könne plötzlich doch nicht anhalten, ließen ihn an Gott denken: Großer Gott, wenn es dich auf Erden gibt, halte den Transportzug an! Ich bitte dich, halt ihn an, halt den Zug an!

Der Transportzug stand schon auf dem Rangierbahnhof, als Tschordon die letzten Wagen erreichte. Der Sohn lief dem Vater entgegen. Als Tschordon ihn erblickte, sprang er vom Pferd. Schweigend fielen sie einander um den Hals und verharrten, alles auf der Welt vergessend.

»Vater, verzeih mir, ich rücke als Freiwilliger ein«, sagte Sultan.

»Ich weiß, mein Sohn.«

»Ich habe die Schwestern beleidigt, Vater. Sie sollen die Kränkung vergessen, wenn sie können.«

»Sie haben dir verziehen. Sei nicht böse auf sie, vergiß sie nicht, schreib ihnen, hörst du? Und vergiß auch Mutter nicht.«

»Gut, Vater.«

Ein kurzer Glockenton erklang, sie mußten sich trennen. Zum letztenmal schaute der Vater dem Sohn ins Gesicht und fand darin für einen Moment seine eigenen Züge wieder, sich selbst als jungen Menschen, im Lenz seines Lebens; er drückte ihn fest an seine Brust. Mit seinem ganzen Wesen wollte er in diesem Augenblick dem Sohn die Vaterliebe geben. Er küßte ihn und sagte immer wieder ein und dasselbe: »Sei ein Mensch, mein Sohn! Wo immer du sein magst, sei ein Mensch! Bleib immer ein Mensch!«

Die Waggons ruckten an.

»Tschordonow, es geht los!« rief der Kommandeur.

Als sie Sultan in den fahrenden Wagen zogen, ließ Tschordon die Arme sinken, dann wandte er sich um, preßte das Gesicht an die verschwitzte heiße Mähne des Pferdes und brach in lautes Schluchzen aus. Er weinte, hielt den Hals des Pferdes umschlungen und zitterte so stark, daß unter der Schwere seines Leids das Tier nervös zu tänzeln begann.

Die Eisenbahner gingen schweigend vorüber. Sie wußten, warum in jenen Tagen die Menschen weinten. Und nur die Jungen von der Bahnhofssiedlung wurden plötzlich still und blieben stehen; neugierig und mit kindlichem Mitgefühl blickten sie auf den weinenden großen alten Mann.

Die Sonne stand schon hoch wie zwei Pappeln über den Gipfeln, als Tschordon die Kleine Felsschlucht hinter sich ließ und ins weite hüglige Tal hinausritt, das sich bis an die fernen Schneeberge erstreckte. Ihm stockte der Atem. In dieser Gegend hatte sein Sohn gelebt.

1964

Der rote Apfel

Schon ist Nacht, aber Issabekow sitzt noch immer grübelnd da. Wie den Brief beginnen? Was überhaupt schreiben? Schwer ist das, einfach unmöglich. Zu viel muß er sagen, zu lange hat es sich angestaut. Ob sie begreifen wird, was er ihr da so spät bekennt? Jahre schwieriger Ehebeziehungen liegen hinter ihnen mit einer Kette gegenseitiger Kränkungen, unzähligen, oft grundlosen Vorwürfen, immer neuen Zänkereien und Versöhnungen und zuletzt diesem Bruch. Wird sie ihn jetzt, nach all dem, nüchtern oder, besser gesagt, einfach menschlich verstehen können und ihm verzeihen? Wird sie wieder sein können wie in den ersten Jahren ihres gemeinsamen Lebens – schlicht, freimütig und gütig? Und wenn nicht? Wenn sie ihn nicht begreift oder, schlimmer noch, beleidigt ist und wieder von Frauenstolz und unglücklichem Schicksal redet, was dann?

Issabekow erinnert sich, daß er ihre Forderungen Weiberdünkel genannt hat.

Ständig ist sie auf ihre Freundinnen neidisch gewesen.

»Hast du bemerkt, sogar als sie zu Besuch waren, hat er kein Auge von ihr gewandt. Er hat sich auch nicht geniert, vor allen Leuten niederzuknien und ihr die Schuhe zuzuschnüren.«

»Mir liegt so ein Scharwenzeln und Hofieren nicht«, hat Issabekow schroff erwidert.

»Was heißt da Scharwenzeln! Du hast kein Feingefühl,

keine Herzenswärme, ich weiß nicht, wie ich's nennen soll, vielleicht schämst du dich deiner Liebe? Ich will nicht so leben, ich will, daß der Mann, den ich liebe, sich nicht scheut, seine Liebe zu mir auch offen zu zeigen. Sonst ist es erniedrigend. Du hast einfach noch nie darüber nachgedacht.«

»Das mag ich auch gar nicht. Hab' keine Zeit für so was. Und mir ist unerklärlich, wie du bei deiner vielen Arbeit, schließlich steht die Verteidigung deiner Dissertation vor der Tür, überhaupt auf solchen Unsinn achten kannst, wer wem den Schuh zuschnürt.«

»Mit dir zu reden ist sinnlos, du begreifst rein gar nichts.«

Doch jetzt begreift er es; er begreift, was sie gemeint hat, und obwohl er es sich nicht eingesteht, spürt er, daß sie mehr oder weniger doch im Recht gewesen ist.

Wenn sie die Straße entlangging und die Passanten ihr nachblickten, war es Issabekow angenehm. Auch er fand sie fraulich, bezaubernd und klug. Und ihr Gang gefiel ihm. Überhaupt bewegte sie sich anmutig, und wenn sie die Schuhe mit den Pfennigabsätzen anhatte, dachte man, da ginge ein Mädchen. Und wie elegant sie tanzte, wie glücklich und jung ihre Augen wurden, wenn sie merkte, daß sie Eindruck machte! In solchen Augenblicken mochte er sie sehr.

Dennoch hinderte ihn ständig etwas daran, sie ungehemmt zu lieben, ohne darüber nachzudenken, weshalb. Einfach zu lieben. Vage spürte er, daß er sich innerlich einen Ruck geben mußte, um seine Verkrampftheit zu überwinden, und er wünschte sich die Jugend zurück, als hätte er dort etwas zurückgelassen, was man nie verlieren darf.

Jetzt mußte Issabekow seine Schuld bekennen, falls man es Schuld nennen konnte. Stärker beunruhigte ihn jedoch etwas anderes: Nun, da sie beide, wie man so sagt, charakterlich nicht zueinander paßten und für eine Weile getrennt lebten, um endgültig zu entscheiden, was weiter zu geschehen habe – würde sie sich nun überwinden können und versuchen, ihr Leben anders, mit Abstand zu betrachten? Und wenn nicht? Dann war es also aus? Zu Ende? Nein, das ließ er nicht zu!

Issabekow griff einigemal zur Feder, warf sie jedesmal wieder hin, ging zum Fenster und blieb eine ganze Weile an die Wand gelehnt stehen – groß, hager, mit zerzaustem Haar.

An der Ecke hielten die letzten Busse, nahmen rasch Fahrgäste auf und rollten, mit den roten Lichtern blinkernd, in das dämmrige Herbstdunkel.

Ein junger Mann brachte nun schon etlichemal die Nachbarstochter bis vors Haustor, dann kehrten sie wieder um, kamen erneut zurück, und die ganze Zeit hielten sie sich an den Händen wie im Kindergarten. Nicht daß Issabekow sie beneidet hätte, doch es war etwas Gutes und Rührendes an ihnen, etwas schmerzlich Bekanntes.

In der Ferne, weit hinter den verstreuten Lichtern der Stadt, hoch in den Bergen wahrscheinlich, leuchtete wie ein Stern lebendiger Flammenschein. Sicher ein Hirtenfeuer. Wie gern wäre er in diesem Augenblick dort gewesen und hätte, an nichts denkend und vor der gruseligen nächtlichen Finsternis erschauernd, knisternde Wacholderzweige in die Glut geworfen.

Er trat vom Fenster zurück und ging ins Schlafzimmer, um nach seiner Tochter Anara zu sehen. Sie war schon groß, pflegte sich aber immer noch aufzudecken und wurde dann ganz blau vor Kälte. Diesmal schlief Anara ruhig, offenbar war sie tagsüber tüchtig herumgetollt. Ja, die Tochter schlummerte friedlich und ahnte nicht, was sie heute angerichtet hatte. Ach, Anara, in welche Aufregung hast du den Vater heute versetzt, daß er selbst zu dieser Stunde noch keinen Schlaf findet! Während Issabekow auf die Tochter blickte, sagte er in Gedanken zu ihr: Gut, daß du ruhig schläfst. Wenn du groß bist, wirst auch du Nächte des Grübelns kennenlernen. Das bleibt wohl niemandem erspart. Einstweilen aber schlaf und träum was Schönes.

Am Tag war er mit Anara vor die Stadt gefahren. Er hatte ihr draußen im Freien sagen wollen, wie es um ihn und ihre Mutter stand. Seine Frau hatte es in einem Brief entschieden verlangt. Er hatte dem Mädchen erklären wollen, daß sich die Mutter nicht nur wegen ihrer Dissertation in Moskau aufhielt, sondern auch, weil es für beide besser war, wenn sie getrennt lebten, und daß Anara entscheiden müsse, bei wem sie bleiben wolle. Issabekow hatte nicht den Mut gehabt, dieses für das Kind so schreckliche Gespräch zu Hause zu beginnen. Er redete sich ein, außerhalb der Stadt sei es leichter und die Tochter würde ohnehin bei ihm bleiben; sie würde nicht nach Taschkent fahren, wo die Mutter in einem Forschungsinstitut arbeiten wollte.

Anara spielte auf dem Hof, als der Vater rief:

»Zieh den Pullover an, wir machen einen Ausflug.«

»Einen Ausflug!« Anara klatschte in die Hände und fragte plötzlich verwundert: »Warum denn?«

»Einfach so, wir wandern ein Stück.«

Issabekow ärgerte sich, daß auf den Straßen so starker Verkehr herrschte – die Wagen kamen nur im Schneckentempo voran. Sonntags war das immer so. Als sie endlich die Stadt hinter sich gelassen hatten, versiegte der Fahrzeugstrom. Sanft federnd, beschleunigte der Wolga die

Geschwindigkeit. Von hohen Bäumen gesäumt, führte das glatte, matt schimmernde Asphaltband in sanfter Steigung weit in die Berge hinauf. Stumm blickte Issabekow auf die in klarem Weiß vor ihnen liegenden Gipfel.

»Papa, geht's nicht langsamer?« bat Anara.

Issabekow drosselte die Geschwindigkeit.

»Hast du Angst?«

»Nein, nur so«, erwiderte sie und preßte die Nase wieder an die Scheibe.

»Du wolltest doch sonst immer schnell fahren.«

Anara drehte sich nicht um und gab keine Antwort, als hätte sie nicht gehört.

Issabekow betrachtete ihre eckigen Kinderschultern, die unter dem Pullover hervortraten, den mageren Hals und die weichen schwarzen Locken und spürte in ihrer schweigsamen, an die Wagentür gepreßten kleinen Gestalt etwas Unbekanntes, an ihr Ungewohntes. Das Mädchen wirkte beklommen.

Vielleicht ahnte sie es? Wir vergessen ja oft, daß Kinder äußerst feinfühlig sind. Aber warum hat sie nie gefragt?

Issabekow wurde elend bei diesem Gedanken. Doch nein, woher sollte sie etwas wissen? Das konnte gar nicht sein. Weder er noch seine Frau hatten ihr gegenüber das Geringste verlauten lassen. Außerdem, wer sollte sich da zurechtfinden! Das Schlimmste, wovor er sich immer gefürchtet hatte, wäre, wenn das Kind psychisch Schaden nähme. Die menschliche Seele ist nun mal so beschaffen: so leicht sie zu vereisen ist, sie wieder zu erwärmen ist schwer, mitunter sogar unmöglich. Und dann wachsen Neurastheniker heran. Nein, Anara war ein ganz normales Mädchen. Vielleicht spürte sie etwas. Er hatte als Kind ja auch gewußt, wenn zu Hause etwas nicht stimmte. Und niemand hatte geahnt, wie er litt. Was half's, früher oder später mußte sie es erfahren. Sagte er ihr's nicht, dann die Mutter, geradezu, wie sie war. Nein, lieber er. Was blieb ihm übrig? Weiter hinausschieben ging nicht... Vielleicht bildete er sich das mit Anara auch alles nur ein, am Ende schaute sie einfach zum Fenster hinaus und freute sich an dem fallenden Laub. Wie dem auch sei, er mußte es ihr dennoch sagen. Ach, ein prächtiger Tag war das heute! Wenn ihm nur auch so prächtig zumute wäre!

Die laubübersäte Straße wirkte herbstlich verlassen. Issabekow dachte, daß es tatsächlich unsinnig sei, derart zu rasen. Langsam kreiselten die Blätter zu Boden. Manche fielen auf die Motorhaube, klebten einen Augenblick an der Windschutzscheibe, wirbelten dann beiseite und flogen eine Zeitlang neben dem Wagen her, als wollten sie nicht hinter ihm zurückbleiben. Zu beiden Seiten der Straße lagen sonnenüberflutete gelbe Stoppelfelder, dürre, abgeerntete Weinberge, breite grüne Kleefelder. Hinter pflügenden Traktoren flatterte ein Starenschwarm. Letzte goldene Herbsttage.

Bald setzt der Regen ein, dann wird alles welk, dunkel und verliert seine Schönheit, dachte Issabekow bedauernd. Er schnipste mit einem Feuerzeug, rauchte eine Zigarette an und blickte wieder auf Anara. Sie schaute zum Fenster hinaus.

»Warum sagst du nichts, Anara?«

Verwundert wandte sich das Mädchen dem Vater zu, antwortete aber nicht.

»Hast du gestern deine Schulaufgaben gemacht?«

Sie nickte.

»Schön hier, nicht?«

»Ja, sehr.«

Issabekow wurde verlegen. Was sollten diese gequälten, langweiligen Fragen? Aber was hatte sie nur? Sonst plauderten sie doch immer lebhaft und ungezwungen miteinander. Sicher war er heute selber langweilig.

Um dem Mädchen eine Freude zu machen, schaltete er das Radio ein. Im Wagen erklang eine bekannte, zu Herzen gehende Knabenstimme.

»Robertino!« Anara wurde munterer. »Ach Vati, Robertino! In unserer Klasse mögen ihn alle. Die Jungen und die Mädchen. Du magst ihn doch auch? Mutti mag ihn.«

»Ja, Anara, ja. Natürlich mag Mutti ihn auch. Ach, hübsch bist du geworden, Töchterchen.« Issabekow tätschelte ihr den Kopf und wunderte sich, daß jäh braune Goldfunken in ihren weit geöffneten Augen aufblitzten. »Ich hab' schon gedacht, du wärst mir böse.«

»Aber Vati!«

»Ist ja gut, nun wollen wir aber zuhören. Und dann erzähle ich dir von Schubert und von Robertinos Heimat.«

Während sie miteinander sprachen, klang das »Ave Maria« getragen durch die herbstlichen Weiten, als beseele es auch diesen Herbst, dieses Land und die Menschenherzen. Plötzlich überkam Issabekow das Gefühl einer allumfassenden Harmonie, welche die Sonne, die vor ihnen schimmernden Berge, Robertinos Stimme und die Erregung der Tochter vereinte.

Wahrscheinlich lebt in jedem die Sehnsucht nach dem Schönen. Das liegt wohl in der menschlichen Natur. Aber wie oft geben wir dieses Schöne preis, ohne uns darüber Rechenschaft abzulegen. So stand auch Issabekow jetzt bevor, eine halb märchenhafte und noch nicht gefestigte Welt kindlicher Vorstellungen zu zerstören . . .

Robertino sang, und Anara summte leise mit. Der Wagen bog indes hinter dem Zaun einer Apfelplantage von der Chaussee ab und fuhr zum Fluß.

Die Issabekows kamen oft im Sommer hierher. An diesen Ort verirrte sich selten jemand, das Flüßchen war flach, durch das eisige Gebirgswasser schimmerte der steinige Grund. Einen Strand gab es nicht. Dafür waren die Berge nah, ragten, ein gewaltiges graues Massiv, hinter kahlen Hügeln auf. Von dort oben waren die riesigen Feldsteine gekommen, auf die Anara gern kletterte. Vielleicht zog es die Issabekows gerade deshalb hierher.

Weit und breit herrschte mittägliche Stille. Anara lief zu den Steinen, wobei ihre Robertino nachahmende Stimme mal dahinter verstummte, mal dazwischen ertönte.

Die Klänge des »Ave Maria« ließen Issabekow nicht los, alles ringsum schien ihm verändert.

Der bereits verödete Garten lag abgeerntet und sauber über dem Flüßchen und schien zu lauschen, ob nicht noch Menschen nach Früchten kämen. Und die Heuschober längs des Zauns wirkten wie Denkmäler des entschwundenen Sommers. Sie würden den Duft der Gluthitze am längsten bewahren. Im Sommer war hier sicher alles anders gewesen, doch er erinnerte sich nicht daran, als hätte es für ihn keinen Sommer gegeben. Auf einmal waren auch Wolken da, wie weiße Kameljunge sahen sie aus. Ach, wieder einmal im Ail sein! Wie lange war er nicht mehr dort gewesen.

Als Issabekow sah, daß Anara den Pfad entlang zu den Apfelbäumen lief, fiel ihm ein, weshalb sie hierhergefahren waren, und er rief ihr zu: »Wo willst du hin?«

»In den Garten. Ich will auf einen Baum klettern.«

»Ich muß mit dir reden.«

»Worüber? Über Robertino?«

»Ja.«

»Ich hör' dir nachher zu, bin gleich wieder zurück.« Damit hüpfte Anara in den Garten.

Und wieder überlegte Issabekow, was er der Tochter sagen und wie er's tun würde. Sein Vorhaben schien ihm selber seltsam, ungereimt und ungeheuerlich, es paßte ganz und gar nicht zu diesem Herbsttag und den Gefühlen, die das »Ave Maria« und Robertinos Stimme geweckt hatten. Ihm wurde unbehaglich. Gern hätte er jetzt gesehen, daß Anara noch länger herumtollte und ihn nicht zwang, zu sagen, was er ihr mitteilen mußte. Als aus dem Garten ihre Stimme zu ihm drang, über irgend etwas verwundert und entzückt, fuhr er zusammen und setzte sich mit dem Rükken zu ihr auf die Erde, den Kopf gesenkt.

»Vati! Vati! Sieh mal, was ich gefunden habe!«

Er wandte sich nicht um, hörte, wie sie angerannt kam, atemlos und erhitzt. Mitten aus dem Lauf fiel Anara dem Vater um den Hals und streckte ihm einen großen roten Apfel hin.

»Du hast einen Apfel gefunden?«

»Ja, er hatte sich dort im Laub versteckt, ist gar nicht zu sehen gewesen! Ein Schlaukopf! Aber ich hab' ihn doch entdeckt! Er hat geleuchtet wie eine Laterne. Der letzte und beste Apfel. Im ganzen Garten gibt's sonst keinen mehr. Sieh nur, wie schön er ist und wie er duftet! Eine richtige Sonne!«

»Ja, er sieht gut aus, ein Winterapfel.« Plötzlich, für sich selbst überraschend, setzte er hinzu: »Weißt du, Anara, der bringt Glück. Dieser Apfel hat den ganzen Sommer auf dich gewartet und sich versteckt, daß niemand ihn sieht. Du aber hast ihn gefunden. Und wer den Apfel ißt, wird sehr glücklich.«

Issabekow rieb die Frucht mit einem Tuch ab und reichte sie der Tochter. »Da, iß.«

»Und wann erzählst du mir von Robertino?«

»Später. Spiel noch ein bißchen im Garten.«

»Weißt du, Vati, ich kann fein auf Bäume klettern. Die

Apfelbäume sind groß und hoch und die Äste schön dick. Nur der Urjuk, das ist ein böser Baum mit vielen Ästen und Stacheln.«

»Darfst eben nur auf gute Bäume klettern.« Issabekow lachte.

»Vati, hast du auch schon mal einen solchen Apfel gefunden?« fragte Anara plötzlich.

Issabekow geriet in Verwirrung. Er schwieg eine Weile und sagte dann leise: »Ja. Geh noch ein bißchen spielen, ich bleib' einstweilen hier sitzen.«

Anara lief mit dem roten Apfel in der Hand in den Garten, er aber dachte an einen anderen roten Apfel und war betroffen angesichts der seltsamen, unwahrscheinlichen Wiederholung der Ereignisse. Auch er hatte einmal solch einen schönen roten Apfel gefunden, fast an derselben Stelle, ja, gerade hier, nur auf der anderen Seite des Gartens, dort, wo die Apfelbäume vom Hügel bis zu den Feldern hinunterreichten.

Nach dem Krieg war er in die Stadt gekommen, um am Landwirtschaftsinstitut zu studieren, demselben, an dem er jetzt Vorlesungen hielt.

An einem Herbsttag wie dem heutigen fuhren alle Studenten ihres Studienjahres frühmorgens auf der Kopfsteinpflasterstraße, damals war sie noch nicht asphaltiert, in einen Kolchos vor der Stadt zur Rübenernte.

Sie arbeiteten den ganzen Tag, die Ration Schwarzbrot war bald aufgegessen, und gegen Abend kehrten sie müde und hungrig in die Stadt zurück. Unterwegs inspizierte die ganze Truppe den Kolchosobstgarten. Die Ernte war längst eingebracht, doch in Gras- und Laubhaufen entdeckte der eine oder andere noch ein paar Äpfel. Sie teilten sie brüderlich, aßen sie und bekamen danach nur noch größeren Hunger. Da zogen sie los und durchkämmten den ganzen Garten. Doch sie fanden nichts von Bedeutung und brachen auf.

Issabekow war, wie er sich erinnerte, quer durch den Garten seinen Kameraden nachgelaufen, als plötzlich an einem Zweig vor ihm etwas aufleuchtete. Er blieb stehen, konnte aber nichts erkennen. Schon dachte er, es sei nur eine Halluzination gewesen, doch nach einigen Schritten machte er wieder kehrt. Er umkreiste den jungen Apfelbaum, der mitten unter alten Bäumen stand. Das schmucke Bäumchen trug im Unterschied zu den anderen noch bronzefarbenes dichtes Laub. Mit trockenem weißen Glanz vergoldete die Sonne das dunkle Braun der welken Blätter. Hätte man ein brennendes Streichholz darangehalten, wäre der Apfelbaum aufgeflammt. Da fand er das Leuchtende doch wieder und flüsterte überrascht: »Oh!«

Ein purpurner Apfel, so groß wie zwei Männerfäuste, vielleicht die einzige Frucht des jungen Baumes, hing, von Laub verdeckt, schwer an einem hohen dünnen Ast.

Einige Sekunden stand Issabekow da und betrachtete das Wunder, dann sprang er hoch, bog den Stamm zu sich herab, stellte sich auf die Zehenspitzen und riß die gewichtige rote Kugel ab. Sie verströmte so süßen Duft, daß ihm schwindelte. Unter der dünnen roten Schale schimmerte sonnengetränktes saftiges Fruchtfleisch. Am liebsten hätte er kräftig hineingebissen. Schon wollte er den Apfel entzweibrechen, doch im letzten Augenblick überlegte er's sich.

Er würde diesen Apfel *ihr* geben!

Wieso kam ausgerechnet sie ihm in den Sinn? Das traf sich gut! Aber er dachte ja immer an sie, dieses unbekannte Mädchen, dessen Namen er nicht mal wußte. Wie sollte er da nicht auf sie kommen! Ohne weitere Überlegung wollte Issabekow den Apfel in die Hosentasche stecken. Doch das ging nicht. Da trennte er das Jackenfutter auf, schob den Apfel durch den Schlitz und rannte den anderen nach. Sie standen am Straßenrand und warteten auf einen Wagen, der sie mitnahm. Issabekow beschloß, den Kameraden ehrlich von seinem Fund zu erzählen.

»Kinder, ich hab' einen Apfel gefunden, aber ich gebe ihn nicht her. Ich schenke ihn jemandem.«

»Wo ist er denn, dein Apfel?«

»Hier. Fühlt mal.«

»Oh, ist der groß!«

»Was heißt jemandem schenken? Wem?« fragte der schlaksige Scher herausfordernd.

»Ist's nicht egal, wem?« erwiderte Issabekow.

»Na, so was, er hat einen Apfel gefunden.« Herablassend lächelnd klopfte Scher Issabekow auf die Schulter. »Laß die Faxen, gib ihn her.« Er lachte Issabekow ins Gesicht und packte ihn an der Jacke, in der Absicht, sei es im Scherz oder Ernst, ihm den Apfel fortzunehmen.

Issabekow schlug ihm kräftig auf die Hand. Scher sprang beiseite.

Die jungen Leute brachen in freundschaftliches Gelächter aus.

Da kam ein Laster gefahren, und alle kletterten in den Wagenkasten.

Issabekow wollte den prächtigen Apfel jenem unbekannten Mädchen schenken. Er sah sie oft in der Stadtbibliothek. Eigentlich trabte er nur ihretwegen tagtäglich vom Stadtrand, wo das Landwirtschaftsinstitut lag, ins Zentrum. Wenn er im Lesesaal saß, erriet er auf unerklärliche Weise genau, wann sie erscheinen würde. Er sehnte sie stets so voller Ungeduld herbei, daß er manchmal gar nicht erfaßte, was er las. Sein Platz war der Tisch gegenüber der

Tür; und sobald sie auftauchte, riß er sich vom Buch los, und ihre Blicke trafen sich für einen Moment. Er wagte nicht, den Blick länger auf sie zu heften. Und als verstünde sie seine Verlegenheit, begab sie sich mit kaum merklichem Lächeln rasch zu einem freien Platz, legte ihre Mappe auf den Tisch und ging Bücher holen. Issabekow aber wartete wieder, wann sie mit den Büchern vorbeigehen würde – stolz, selbstbewußt, immer adrett und hübsch gekleidet.

Sicher war sie klug und gebildet. Issabekow dachte es voller Entzücken. Er freute sich, daß sie so war, und ihn erfüllte Stolz auf sie. Ihre bloße Anwesenheit im Lesesaal bereitete ihm Qual und Freude. Gern betrachtete er von der Seite ihr sonnengebräuntes feines Profil, das sorgfältig gekämmte Haar, schaute er auf die nachdenklich gesenkten Wimpern, die weiche, flinke Hand, die ständig etwas in ein Heft schrieb. Und Gott behüte, daß irgend so ein Kerl plötzlich neben ihr stehenblieb oder junge Leute ihr Zettel auf den Tisch warfen, die sie las. Dann ballte Issabekow unterm Tisch die Fäuste und war bereit, auf alle loszugehen. Wie triumphierte er aber, wie dankbar war er ihr, wenn sie diese unverschämten Schmierereien zerriß und sich nicht mal umsah, weil geflüstert oder gelacht wurde!

Issabekow dachte, ihr gefiele hier niemand, allenfalls er selbst ein wenig. Er wollte das so sehr und träumte so davon, daß er das kaum merkliche Lächeln und das leichte, achtlose Kopfnicken für den Ausdruck einer gewissen Sympathie ihm gegenüber hielt. Sie anzusprechen, wagte er jedoch nicht. Sie schien ihm viel zu schön und intelligent, er aber war nur ein einfacher Bursche aus dem Ail, ein Student unter Hunderten in der Stadt. Obendrein schämte sich Issabekow seines Aussehens. Er trug die Uniformbluse und die Stiefel seines älteren Bruders, der im Krieg gewesen war, auch dessen Feldtasche. Und im Winter würde er im Uniformmantel des Bruders herumlaufen müssen.

Sie kam immer recht spät in die Bibliothek und blieb manchmal, bis der Lesesaal geschlossen wurde. Wenn sie sich dann von ihrem Tisch erhob und die Bücher abgab, packte Issabekow rasch seine Siebensachen zusammen, die Bibliotheksbände hatte er schon vorher abgeliefert, um nicht aufgehalten zu werden, und ging auf die Straße. Er überquerte sie und wartete, bis sie herauskam. Und in diesem Abstand, sie über die Köpfe der durcheinanderhuschenden Passanten im Blick behaltend, folgte er ihr bis nach Hause. Sie wohnte in der Nähe, zwei Häuserviertel von der Bibliothek entfernt, in einem großen grauen Gebäude.

Nach diesem Geleit lief er zu Fuß durch die ganze Stadt zu seinem Wohnheim. Unterwegs machte er einen Abstecher in den Stadtpark. Dort gab es eine Tanzfläche. Wenn jemand gewußt hätte, wie er die Burschen beneidete, die ihre Mädchen einfach bei der Hand nahmen, sie um die Taille faßten und im Takt der Musik drehten! Die jungen Männer redeten mit ihren Freundinnen, die aber lächelten und wurden dadurch noch anziehender. Sooft Issabekow die Tanzenden beobachtete, wählte er sich das allerschönste und, so schien es ihm jedenfalls, verliebteste Paar aus und stellte sich vor, der Mann sei er und das Mädchen sie. Und seine Empfindungen waren so täuschend echt, daß er mit seiner Angebeteten nicht nur tanzte, sondern sogar mit ihr sprach. Diese eingebildeten Gespräche sahen etwa so aus:

»Wissen Sie, ich gehe nur Ihretwegen in die Bibliothek.«

»Ja, ich weiß, daß Sie immer auf mich warten.«

»Ich denke den ganzen Tag an Sie, während der Vorlesungen, in der Kantine und im Wohnheim. Ich sitze im

Kino und sehe nicht, was sich auf der Leinwand abspielt. Was meinen Sie, wie glücklich mich allein der Gedanke an Sie macht!«

»Seltsam, ich denke zuweilen ebenfalls an Sie. Aber warum kommen Sie niemals auf mich zu, sprechen mich nicht an?«

»Ich bin auch so glücklich. Und wenn Sie bis morgens in der Bibliothek säßen, ich würde gleichfalls bleiben, nur um Sie anzusehen.«

»Wenn mich aber junge Männer nach Hause brächten, was dann?«

»Das ließe ich nicht zu. Und Sie würden es auch gar nicht erlauben, denn ich liebe Sie.«

»Woher wollen sie wissen, daß ich es nicht gestatten würde?«

»Sie sind nicht so.«

»Sie wissen doch gar nichts von mir, wie können Sie sich ein Urteil erlauben?«

»Ich glaube an Sie. Ich kenne Sie. Kenne den Duft Ihres Haars, weiß, wie Sie lachen, obwohl ich Ihre Stimme nie gehört habe. Ich vertraue Ihren Augen, Sie sind gut und schön, sind die Hübscheste und Klügste.«

»Oi, was Sie da zusammenschwatzen! Und all das ist wahr?«

»Ja.«

Als Issabekow an jenem Abend im Wohnheim ankam, legte er den Apfel ins Nachtkästchen und lief sofort los, sich zu waschen und die Stiefel zu putzen, er mußte sich ja zurechtmachen, bevor er in die Bibliothek eilte. Doch nach einem Blick auf die Korridoruhr sah er ein, daß es zu spät war.

Im Zimmer schliefen schon alle, er aber wälzte sich im

Dunkeln noch lange von einer Seite auf die andere und versuchte sich vorzustellen, wie er ihr morgen den wunderschönen roten Apfel schenken würde. Er sah ihr Staunen und ihre Freude, dem Riesenapfel kam in Farbe und Duft zu dieser Jahreszeit auf der ganzen Welt kein anderer gleich. Bis in alle Einzelheiten wird er ihr von seinem Fund berichten: von dem jungen Apfelbaum in dem alten Herbstgarten und daß dieser Baum mit seinen bronzefarbenen Blättern, die in den Strahlen der Abendsonne wie dunkles Gold leuchteten, wunderschön aussah.

Dann wird er ihr noch seine Träume erzählen und beichten, wie er sie jedesmal nach Hause begleitet, wie er mit ihr im Park tanzt und mit ihr redet. Sicher wird sie lachen und sagen: »Drolliger Knabe!« Doch in ihrem Tonfall liegt kein Spott, es klingt zärtlich. Und dann werden sie sicher ins Kino gehen, und er wird neben ihr sitzen und ihre Nähe spüren; vom Film wird er natürlich nichts sehen, aber das will er ja auch gar nicht. Wenn er doch bloß einen anständigen Anzug und Schuhe hätte, so in Stiefeln ist es direkt peinlich neben ihr. Aber sie ist ja klug, auf so was wird sie nichts geben!

Mit diesen Gedanken schlief Issabekow ein. Doch mitten in der Nacht fuhr er hoch. Er träumte, der freche Scher futtere seinen roten Apfel. Im Halbschlaf stürzte er zu Scher hin, aber der schnarchte hingebungsvoll, und auch die anderen schliefen. Dennoch öffnete Issabekow das Nachtschränkchen und beruhigte sich erst, als er im Dunkeln den Apfel ertastete. »Paß auf, du!« flüsterte er ihm zu.

Als die jungen Leute am Morgen die Klappfenster öffneten, schnupperten sie neugierig. »Hast du aber einen Apfel, Issabekow! Dieser Duft! Du willst ihn wohl jemandem ins Krankenhaus bringen, mach bloß schnell, sonst futtert Scher ihn dir weg!«

»Ich wollte ja schon gestern«, sagte Scher bissig. »Ihr habt mich bloß nicht unterstützt.«

»Versuch's nur!« drohte Issabekow ihm leise.

Dann gingen sie zum Unterricht. Ach, die Vorlesungen nahmen und nahmen kein Ende!

Nach der Pause stellte Issabekow fest, daß Scher nicht im Hörsaal war. Ihm wurde heiß und kalt. Er sprang auf und sagte mitten in die Lektion des Zoologieprofessors hinein: »Verzeihung, ich muß unbedingt schnell fort.«

»Was haben Sie denn, junger Mann?« wunderte sich der Professor.

»Ich kann es Ihnen nicht erklären, doch ich bitte Sie sehr, lassen Sie mich gehen.«

Vom Vorlesungsgebäude zum Wohnheim raste er mit geballten Fäusten. Im Zimmer war Scher nicht. Issabekow stürzte zum Nachtschränkchen, der Apfel lag noch da. Er war beschämt und freute sich zugleich. Scher hatte also einfach Zoologie geschwänzt. Atemlos vom Lauf und von der Erregung, flüsterte Issabekow, auf dem Bett sitzend: »Verzeih mir, Scher, verzeih mir! Ich will nie wieder schlecht von dir denken!«

Den in Zeitungspapier gewickelten Apfel unterm Arm, ging er am Abend endlich in die Bibliothek. Er war früher da als sonst, nahm gegenüber der Tür Platz, breitete Bücher und Hefte auf dem Tisch aus und wartete. Wie immer saßen um ihn herum Menschen, über Bücher geneigt, flüsterten miteinander, gingen in den Raucherraum und kamen wieder zurück. Issabekow sah all das wie im Schlaf. Er wartete. Der in die Zeitung gewickelte Apfel lag unterm Tisch auf seinen Knien, deshalb fürchtete er, sich zu rühren. Anderthalb Stunden vergingen. Sie kam nicht. Zwei Stunden – immer noch nicht. Drei Stunden – nein, auch nicht. Issabekow harrte aus. Sie blieb weg.

Am nächsten Tag ging er wieder zu den Vorlesungen, sehnte wieder den Abend herbei und marschierte wieder mit dem Apfel durch die Stadt. Diesmal wartete er mit noch größerer, noch quälenderer Ungeduld in der Bibliothek auf sie. Als sie dann in der Tür auftauchte, fühlte er sich vom eigenen Herzschlag wie betäubt. Wie stets lächelte sie kaum merklich, schien ihm sogar leicht zuzunikken und ihn im Vorbeigehen mit dem Arm zu streifen, nahm am übernächsten Tisch Platz und ging Bücher holen.

Trunken vor Freude und Erregung, saß Issabekow da und hielt unterm Tisch seinen verheißungsvollen roten Apfel in der zitternden Hand.

Dann kam sie mit den Büchern zurück und begann etwas in ein Heft zu schreiben, wie immer, ohne jemanden anzusehen und ohne auf irgend etwas anderes zu achten.

Issabekow wartete.

Erneut zog sich die Zeit qualvoll in die Länge, wieder wurde ihm bange und froh bei dem Gedanken, daß heute endlich sein Traum wahr würde. Er schaute von der Seite auf ihr sonnengebräuntes feines Profil, das sorgfältig gekämmte Haar, auf die nachdenklich gesenkten Wimpern, die weiche, flinke Hand und stellte sich vor, wie sie gleich lächeln und »drolliger Knabe« sagen würde. Ihm stockte der Atem vor Glück. Ja, er würde ihr alles erzählen: wie er sich plötzlich ihrer erinnert hatte, als er gerade in den schönen Apfel beißen wollte, und zwar, weil er ständig an sie dachte, weil er immer, wenn er etwas Schönes und Gutes erlebte, wollte, daß sie bei ihm sei, daß sie es gemeinsam mit ihm sehe, fühle und sich freue, denn nur an ihrer Seite vermochte er das Schöne voll zu empfinden.

Auf der Straße brannte schon Licht, der Lesesaal leerte sich nach und nach, sie aber saß noch immer da. Issabekow wartete. Dann, als sie aufbrechen wollte, stopfte er rasch die Konspekte in die Tasche, nahm den in die Zeitung gewickelten Apfel und ging auf die Straße. Er überquerte sie nicht, sondern blieb am Tor stehen, nicht mehr fähig, sein klopfendes Herz zu beschwichtigen. Sein Mund war trokken, er hätte gern etwas getrunken. Endlich klapperten auf den Steinstufen ihre Absätze, und sie erschien im fahlen Licht der Laterne, schön und leichtfüßig, in einem kurzen Mantel. Den Apfel an die Brust gepreßt, zwang sich Issabekow, ihr einen Schritt entgegenzutreten. Schweigend ging sie an ihm vorüber.

»Hallo, Sie!« rief er mit unsicherer Stimme.

»Ja?« Sie blieb stehen und drehte sich um. »Wollten Sie mir etwas sagen?«

Eine idiotische Pause trat ein.

»Ich habe einen ... Apfel für Sie«, stieß Issabekow schließlich hervor.

»Einen Apfel? Na, so was! Glauben Sie etwa, ich hab' noch nie einen Apfel gegessen?«

»Nein, begreifen Sie doch, ich hab' ihn gefunden.«

»Na und? Ich verstehe nicht, was Sie von mir wollen«, sagte sie gereizt und ging rasch weg, ohne sich noch einmal umzusehen.

Sie lief vor ihrem roten Apfel davon.

Issabekow aber blickte ihr verdutzt nach, in der Hand sein Prachtstück, und begriff nicht, was geschehen war. Die wundersame Welt, die er sich um den roten Apfel geschaffen hatte, war plötzlich zusammengestürzt, in tausend Stücke zerbrochen.

Niedergeschlagen trottete er nach Hause. Plötzlich holte er weit aus und schleuderte den roten Apfel mit voller Wucht in die Nacht. Er klatschte irgendwo dumpf gegen eine Mauer.

Wie betrunken ging er durch die verlassenen Straßen, mitten auf dem Pflaster. Die vereinzelten Autos machten vorsichtig einen Bogen um ihn.

Später gab es viele Mädchen in seinem Bekanntenkreis, aber keiner hätte er den roten Apfel schenken wollen. Sie hätten ihn auch nicht gemocht . . .

Dennoch gab es die eine Frau, die ihn das ganze Leben lang um einen roten Apfel bat, ihn von ihm begehrte, hartnäkkig fordernd. Das war seine Frau, Sabira. Daran mußte Issabekow denken, während er am Zaun des herbstlichen Gartens saß.

Gegen Abend kehrten Issabekow und Anara nach Hause zurück. Es wurde rasch dunkel. Vor ihnen flammten die Lichter der Stadt auf. Lautlos rollte der Wagen durch die laubübersäten Straßen. Issabekow holte eine Zigarette heraus, schnipste das Feuerzeug an und sah in Anaras Hand den roten Apfel.

»Nanu? Hast du ihn denn nicht gegessen?«

»Nein. Ich hab' ihn für Mutti aufgehoben«, antwortete das Mädchen leise.

»Für Mutti?« murmelte Issabekow. Ein heißer Klumpen stieg ihm in die Kehle. »Hast recht, wir bringen ihn Mutti.«

Mehr sprachen sie nicht miteinander. Issabekow dachte über die Tochter nach. Offenbar begriff sie doch alles. Wenn sie nur immer so bliebe und nie auf ihren roten Apfel verzichtete!

So kam es, daß Issabekow den Brief doch nicht schrieb. Am Morgen, er schlief noch, erblickte Anara auf des Vaters Schreibtisch ein noch nicht nach Moskau abgesandtes Telegramm: »Sabira, wir kommen zu Dir.« Das Mädchen nahm den Federhalter und schrieb mit Schönschrift hinzu: »Komm uns abholen, Mutti. Wir bringen Dir einen roten Apfel mit.«

1964

Das Kamelauge

I

Kaum hatte ich einen halben Eimer Wasser aus dem Brunnen geschöpft, als ohrenbetäubendes Gebrüll durch die Steppe dröhnte. »He-e! Akademiker, ich schlag' dir die Fresse grün und blau!«

Ich erstarrte. Lauschte. Eigentlich heiße ich Kemel, aber hier hat man mir den Spitznamen »Akademiker« gegeben. So war's: Der Traktor drüben schwieg unheilschwer. Der da verkündete, mir die Fresse grün und blau zu schlagen, war Abakir. Wieder würde er mich anbrüllen, mich ausschimpfen, ja sogar die Hand gegen mich erheben.

Traktoren gab es hier zwei, doch ich – war allein. Und ich mußte für sie mit dieser einspännigen Fuhre da Wasser, Treibstoff, Schmieröl und was weiß ich noch alles heranschaffen. Die Traktoren rollten täglich immer weiter von dem einzigen Brunnen in der Gegend weg. Mehr und mehr entfernten sie sich von unserem Feldlager, wo in einem Tankwagen der Treibstoff aufbewahrt wurde. Man hatte beabsichtigt, das Feldlager woanders aufzuschlagen, aber das ging nicht, es war auch ans Wasser gebunden. Doch Abakir wollte von alldem nichts wissen: »Ich schlag' dir die Fresse grün und blau für den dauernden Stillstand! Soll ich mich hier zu Tode rackern wegen eines lächerlichen Studentleins, das mir die Zeit stiehlt!«

Dabei war ich gar kein Student. Ich hatte nicht einmal

versucht, ein Institut zu beziehen. Kaum hatte ich die Schule beendet, da war ich sofort hierhergekommen, nach dem Anarchai. Auf der Abschiedsversammlung hieß es, wir, folglich auch ich, seien »ruhmreiche Neulandbezwinger, kühne Pioniere der zu neuem Leben erweckten Gebiete«. Das war ich gewesen. Und jetzt? Offen gestanden, könnte man sich schämen: ein »Akademiker«. Den Spitznamen hatte mir Abakir angehängt. Ich bin selbst an allem schuld. Ich kann meine Gedanken nicht verheimlichen, träume laut wie ein kleiner Junge, und die Leute lachen mich nachher aus. Doch wenn sie wüßten, daß weniger ich der Schuldige war, sondern vielmehr unser Geschichtslehrer Aldijarow. Der Landeskundige! Mehr als genug hatte ich unserem Landeskundigen zugehört, und nun mußte ich büßen.

Ohne die Tonne vollgefüllt zu haben, fuhr ich durch die Niederung auf den Weg. Eigentlich war hier noch nie ein Weg gewesen. Den hatte erst ich mit meiner Wasserfuhre eingefahren.

Der Traktor stand am Ende des riesigen schwarzen Akkers. Und oben auf dem Fahrersitz thronte Abakir. Mit den Fäusten fuchtelnd, fluchte er immer noch auf mich, schimpfte wie ein Rohrspatz.

Ich trieb den Gaul an. Das Wasser in der Tonne schwappte gegen meinen Rücken, doch ich stürmte in vollem Galopp dahin.

Ich hatte mich ja selber hierhergedrängt. Niemand hatte mich gezwungen. Die anderen waren nach Kasachstan gefahren, in ein richtiges Neuland, von dem die Zeitungen berichteten. Nach dem Anarchai war nur ich gegangen. Hier hatte man erst in diesem Frühjahr mit der Arbeit begonnen, und das nur mit zwei Traktoren. Ein Jahr zuvor hatte der Agronom Sorokin, er war hier unser aller Vorgesetzter, auf einem kleinen, unbewässerten Feld versuchsweise Gerste gesät. Wie's hieß, nicht ohne Erfolg. Sollte sie auch weiterhin so gedeihen, dann würde man es vielleicht schaffen, das Futterproblem in der Anarchaisteppe zu lösen.

Doch einstweilen mußte man noch mit Umsicht vorgehen. Gar zu große Hitze und Dürre herrschten im Sommer im Anarchai. Sogar die Spitzkletten, ja, auch das kam vor, vertrockneten bis auf die Wurzeln. Die Kolchosen, die im Herbst ihr Vieh zum Überwintern hierhertrieben, wagten es vorläufig noch nicht, zu säen, sie warteten ab: Wollen mal sehen, sagten sie sich, was bei den anderen rauskommt. Deshalb auch konnte man uns hier an den Fingern abzählen: zwei Traktoristen, zwei Geräteführer, die Köchin, ich, der Wasserfahrer, und der Agronom Sorokin. Das war die ganze Armee der Neulandbezwinger. Von uns hörte wohl kaum jemand etwas, aber auch wir wußten nicht, was in der Welt geschah. Hin und wieder brachte Sorokin eine Neuigkeit. Er pflegte ins Nachbartal zu den Hirten zu reiten; dort zankte er sich über die Funkstation mit den Behörden und gab Rechenschaftsberichte durch.

Ja-a, und ich hatte gedacht – ein Neuland, weltbekannt! Eigentlich hatte unser Geschichtslehrer Aldijarow alles eingebrockt. Er hatte uns, seinen Schülern, den Anarchai bildhaft geschildert: »Eine seit Jahrhunderten unberührte prachtvolle Wermutsteppe, die sich von der Kurdaihochebene bis zum Schilfdickicht des Balchaschsees hinzieht. Wie die Sage berichtet, sollen sich in alten Zeiten große Pferdeherden in den hügligen Anarchai verirrt haben und spurlos verschwunden sein. Hernach sollen dort noch lange, lange verwilderte Hengste, Stuten und Füllen umhergeschweift sein. Anarchai – der stumme Zeuge vergangener Tage, der Schauplatz gewaltiger Schlachten, die

Wiege der Nomadenstämme. Doch nun ist dem Anarchaiplateau beschieden, eins der reichsten Viehzuchtgebiete mit Freigehegen zu werden.« Na, und so weiter und so fort.

Schön war es gewesen, den Anarchai auf der Landkarte zu betrachten, dort lag er klar auf der Hand. Und jetzt? Vom Morgengrauen an hetzte ich mit dieser dämlichen Wasserfuhre hin und her. Abends spannte ich mit Mühe das Pferd aus und gab ihm gepreßtes Heu zu fressen, das auf Lastern hierhergebracht worden war. Dann aß ich ohne Appetit, was mir unser Aldej vorsetzte, fiel in der Jurte aufs Lager und schlief wie ein Toter. – Jaja, Anarchai, die prachtvolle Wermutsteppe – und sie war es in der Tat. Man könnte hier stundenlang umherstromern und sich an ihrer Schönheit ergötzen, aber ich hatte keine Zeit.

Alles wäre zu ertragen gewesen, nur eins begriff ich nicht: Warum gefiel ich dem Abakir nicht, warum haßte er mich so? Hätte ich geahnt, was mich hier erwartete... Ich hatte mich sozusagen auf alle elementaren Schwierigkeiten gefaßt gemacht. War ja nicht zu Besuch hierhergekommen. Doch an die Menschen, mit denen ich zusammen leben und arbeiten würde, hatte ich aus unerfindlichen Gründen überhaupt nicht gedacht. Menschen sind Menschen, überall gleich.

Zwei Tage und zwei Nächte lang war ich auf einem Laster hierhergefahren. Im Wagenkasten war außer mir auch diese vierrädrige Wasserfuhre verfrachtet gewesen, und mir war derzeit nicht mal der Gedanke gekommen, daß ich gerade ihretwegen so viel Unannehmlichkeiten erleben würde.

Ich sollte hier als Geräteführer arbeiten. Ich dachte, ich würde das Frühjahr hindurch am Traktor sein, angelernt und selbst Traktorist werden. So hatte man mir im Kreis gesagt. Mit solchen Träumen war ich nach dem Anarchai gegangen. Aber an Ort und Stelle angelangt, stellte sich heraus, Geräteführer waren bereits da, und ich war als Wasserfahrer vorgesehen. Natürlich hätte ich die Arbeit sofort aufgeben und nach Hause zurückkehren müssen. Zumal ich noch nie mit Kummets und Gabeldeichseln zu tun gehabt hatte. Im Grunde genommen hatte ich überhaupt noch nicht gearbeitet, einzig und allein an den Subbotniks, da hatte ich meiner Mutter in der Zuckerfabrik geholfen. Mein Vater war im Krieg gefallen. Ich konnte mich nicht mehr an ihn erinnern. So beschloß ich denn, ein selbständiges Leben zu beginnen... Trotzdem hätte ich sofort zurückkehren müssen. Doch ich schämte mich. Soviel Aufhebens wurde damals auf der Versammlung gemacht! Auch die Mutter wollte mich nicht weglassen, sie wünschte, daß ich Arzt würde. Aber ich blieb hartnäckig, überredete sie: ich würde sie unterstützen. Ich riß mich danach, hierherzukommen, konnte die Zeit nicht mehr erwarten. Hätte ich danach noch einem Menschen in die Augen schauen können, wenn ich gleich wieder umgekehrt wäre? Ich mußte einfach auf die Wasserfuhre klettern. Jedoch nicht sie war der Grund meines Unglücks.

Bereits während der Fahrt hierher betrachtete ich, im Wagenkasten stehend, aufmerksam die Gegend. Das war also der uralte, sagenhafte Anarchai! Der Laster sauste einen kaum sichtbaren Weg entlang, der sich inmitten der sanft hügligen, grün schimmernden Steppe verlor. In der Ferne berührten hellblaue Nebelschleier zart die Flur. Die Erde roch noch nach schmelzendem Schnee. Aber die feuchte Luft war schon vom jungen, bitteren Duft des rauchfarbenen Anarchaiwermuts geschwängert, dessen Triebe neben den Wurzelstöcken vorjährigen Gestrüpps aus dem Boden stachen. Der Gegenwind trug das helle

Klingen der Steppenweite und der klaren Frühlingsluft herüber. Wir stürmten dem Horizont entgegen, der uns jedoch über die ausgewaschenen sanften Kämme ferner Hügel stets wieder entfloh und hinter den Anhöhen immer neue Weiten vor uns eröffnete.

Mir war, als hörte ich Stimmen vergangener Zeiten. Die Erde bebte, dröhnte vom Getrappel Tausender Pferdehufe. Wie eine Meereswoge sprengten Nomadenreiter mit wildem Feldgeschrei heran, die Lanzen gefällt, die Fahnen gesenkt. Vor meinen Augen spielten sich schreckliche Schlachten ab. Metall klirrte, Menschen schrien, prallten aufeinander, Pferde stampften mit den Hufen. Auch ich war inmitten dieses brodelnden Geplänkels. Doch die Kämpfe gingen zu Ende, und weiße Jurten schossen verstreut im frühlingsheiteren Anarchai empor. Über den Nomadensiedlungen stieg Mistrauch auf, ringsherum weideten Schaf- und Pferdeherden; Kamelkarawanen zogen mit Glockengebimmel durch die Steppe, niemand wußte, woher sie kamen, niemand wußte, wohin sie zogen . . .

Ein gedehnter, schallender Lokomotivpfiff riß mich in die Wirklichkeit zurück. Dichte Rauchschwaden über die Waggons speiend, rollte die Lokomotive davon wie ein galoppierendes Pferd mit wehender Mähne und wehendem Schweif. So schien es mir aus der Ferne. Der Zug wurde kleiner, verwandelte sich in einen dunklen Strich und verschwand völlig.

Wir überquerten die Bahnlinie an einer einsam in der Steppe liegenden Ausweichstelle und fuhren weiter.

Gleich am ersten Tag nach meiner Ankunft hatte ich mich verraten. Ich war noch im Banne der Bilder, die mir während der Fahrt erschienen waren. In der Nähe des Feldlagers ragte auf einer Anhöhe ein uraltes Götzenbild. Der graue, grob behauene Granitblock stand schon Jahrhunderte dort, gleichsam auf Wacht, tief in den Boden gesunken, den Blick stumpf und leblos in die Ferne gerichtet. Sein rechtes, ein wenig schräges, von Regen und Wind zerfurchtes Auge sah aus, als sei es hohl, ausgelaufen, und flößte mit seinem böse zugekniffenen schweren Lid Schrecken ein. Ich betrachtete lange das Götzenbild, und zur Jurte zurückgekehrt, fragte ich Sorokin: »Was meinen Sie, Genosse Agronom, wer hat die Skulptur hier aufgestellt?«

Sorokin war im Begriff wegzureiten: »Sicher die Kalmücken«, entgegnete er, schwang sich in den Sattel und ritt davon.

Hätte ich mich doch damit zufriedengegeben! Aber nein! Ich konnte den Mund nicht halten und wandte mich an die Traktoristen und Geräteführer, mit denen ich mich noch nicht mal richtig bekannt gemacht hatte.

»Nein, das stimmt nicht ganz. Die Kalmücken waren im siebzehnten Jahrhundert hier. Das aber ist ein Grabstein aus dem zwölften Jahrhundert. Dieses Götzenbild haben offenbar die Mongolen während des großen Feldzuges nach dem Westen aufgestellt. Gleichzeitig mit ihnen kamen auch wir, die Kirgisen, vom Jenissei hierher in das Gebiet des Tienschan. Vor uns hausten hier Kiptschakenstämme und noch früher rothaarige, helläugige Menschen.«

Ich wäre noch weiter in die Geschichte vorgedrungen, doch ein Mann in Arbeitskleidung, der am Traktor stand, unterbrach mich. Es war Abakir.

»Heda, Kleiner!« Er warf mir stirnrunzelnd einen ärgerlichen Blick zu. »Bist allzu gelehrt. Lauf mal und hol das Schmieröl aus der Jurte.«

Wie sich herausstellte, hatte ich ihm Wagenschmiere gebracht.

»Ach, du Akademiker!« stieß er verächtlich durch die Zähne und schielte mich mit seinen stechenden, rotgeäderten Augen an. »Hältst uns Ungebildeten Vorlesungen, aber kannst nicht mal ein Pferd vom Kamel unterscheiden.«

Seit der Zeit schimpfte man mich »Akademiker«.

So auch jetzt. Obgleich ich mich Abakir mit meiner Wasserfuhre bereits näherte, beruhigte er sich nicht. Er rannte mir entgegen, wobei seine Füße immer wieder im Ackerboden versanken.

»Kriechst wie 'ne Schnecke! Wie lange soll ich noch auf dich warten? Ich dreh' dir den Hals um, und ein rotznasiger Akademiker weniger wird auf der Welt sein!«

Stumm fuhr ich an den Traktor heran. Was sollte ich auch zu meiner Rechtfertigung sagen? Der Traktor stand doch tatsächlich durch mein Verschulden still. Noch gut, daß mich die Geräteführerin Kalipa in Schutz nahm.

»Nun beruhige dich schon, beruhige dich, Abakir! Mit deinem Geschrei erreichst du nichts. Guck mal, wie er aussieht, nicht wiederzuerkennen. Hat sich wie 'n Klepper abgehetzt, der Arme.« Sie nahm mir den Eimer aus der zitternden Hand und füllte den Kühler mit Wasser. »Er strengt sich schon genug an. Schau, wie naß er ist, zum Auswringen.«

»Was geht mich das an!« fauchte Abakir. »Er hätte ja zu Hause bleiben und seine Bücher lesen können.«

»Hör endlich auf!« wies ihn Kalipa zurecht. »Wieviel Bosheit doch in dir steckt. Das ist nicht schön, Abakir.«

»Wenn du solchen wie dem da alles verzeihst, ihm alles durchgehen läßt, bist du bald erledigt. Von mir fordert man, daß der Plan erfüllt wird, und nicht von dir. Wen interessiert schon, daß mich dieser gelehrte Tölpel noch ins Grab bringt!«

Dem war aber meine Gelehrsamkeit in die Knochen gefahren. Warum hatte ich bloß gelernt, warum mußte mir der Geschichtslehrer Aldijarow über den Weg laufen?

Ich sah zu, daß ich so schnell wie möglich wegkam. Man wartete noch am anderen Feldende auf mich. Dort arbeitete der Traktorist Sadabek, ein bejahrter, ernster Mann, der nie brüllte, auch nicht, wenn er böse war.

Hinter mir bullerte der Motor los. Abakirs Traktor ruckte von der Stelle und knatterte davon. Ich atmete erleichtert auf und schauerte unter dem nassen Flanellhemd zusammen. Warum war Abakir so widerwärtig, so boshaft? Er war noch nicht alt, kaum über dreißig. Sein Gesicht war zwar etwas grob, mit Knötchen auf den Wangenknochen, und Hände hatte er wie ein Schraubstock, richtige Pranken; doch im großen und ganzen war er ein stattlicher Mann. Aber die Augen, die waren böse, giftig. Beim geringsten Anlaß wurden sie rot, dann hieß es auf der Hut sein, dann war ihm alles egal.

Neulich gab es bei uns einen Krawall: Abends fing es an zu regnen, es nieselte die ganze Nacht hindurch. Schwermütig, monoton raunend, floß das Regenwasser über den durchnäßten Jurtefilz.

Auch am Morgen hörte der Regen nicht auf. Zur Untätigkeit verdammt, dösten wir in der Jurte herum. Der Agronom Sorokin war weggeritten, er hatte, ob Regen oder Wind, alle Hände voll zu tun. Er war ja auch für die Viehzucht verantwortlich, deshalb hatte er keinen Augenblick Ruhe, saß Tag für Tag im Sattel.

Als der Regen ein wenig nachgelassen hatte, sattelte Esirkep, Sadabeks jüngerer Bruder, mein Pferd und ritt gleichfalls weg zu den Hirten. Aldej und Kalipa nahmen die Eimer und gingen zum Brunnen, um Wasser zu holen. In der Jurte blieben wir drei – Abakir, Sadabek und ich.

Wir schwiegen mürrisch, jeder mit eigenen Dingen beschäftigt. Abakir lag da, den Oberkörper aufgerichtet, die Beine ausgestreckt, und rauchte. Sadabek hockte auf einer Sattelunterlage am Herd und machte sich mit Ahle und Pechdraht an seinem zerfledderten Stiefel zu schaffen. Ich hatte mich in die Ecke verkrochen und las.

In der Jurte war es feucht und langweilig. Der durchweichte Filz strömte faden Schafsgeruch aus. Von Zeit zu Zeit fielen große teegelbe Tropfen von der Decke. Und draußen rauschte der Regen ohne Unterlaß, lispelte in den Pfützen.

Abakir gähnte gelangweilt, reckte sich, daß die Gelenke krachten, verkniff die Augen und schleuderte, ohne aufzuschauen, den Zigarettenstummel weg, der auf einen Filzzipfel fiel. Im selben Augenblick fing der versengte Wollstoff zu schwelen an. Sadabek hob den Stummel auf und warf ihn in die Asche.

»Kannst ruhig 'n bißchen vorsichtiger sein«, sagte er und zog den Pechdraht durch das Leder. »Fällt dir wohl schwer, dich hochzurappeln?«

»Was ist denn passiert?« Abakir hob herausfordernd den Kopf.

»Der Filz ist verbrannt.«

»Sieh mal an, was für 'ne Kostbarkeit!« Abakir grinste verächtlich. »Du flickst deinen zerfledderten Stiefel, also flick ihn und kümmere dich nicht um andere Dinge!«

»Kostbarkeit hin, Kostbarkeit her, darum geht's nicht. Du bist hier nicht allein und nicht bei dir zu Hause.«

»Weiß ich, daß ich hier nicht zu Hause bin! Bei mir würde ich anders mit dir reden. Verstanden, du Hampelmann in Lederhosen? Ist wirklich 'ne Strafe Gottes, hier in diesem Zwangsarbeitslager Anarchai zu sitzen, wo solche Dummköpfe wie du und deine Frau hingehören!«

Sadabek zerrte den Pechdraht mit aller Kraft durch die Sohle. Die Ahle sprang ihm aus der Hand und flog hinter ihn. Lange musterte er Abakir mit haßerfülltem Blick, dann beugte er sich drohend vor, in der einen Hand den Stiefel, in der anderen den wie eine Saite gespannten Pechdraht.

»Na schön, mag ich und mag auch meine Frau ein Dummkopf sein, weil sie mit mir gekommen ist und uns alle hier füttert!« sagte er schwer atmend. »Aber die andern Anarchaier, was sind sie deiner Meinung nach, Zuchthäusler? Hast du sie etwa hergetrieben? Los, antworte, du Lump!« schrie Sadabek, sprang auf und packte mit der Rechten den Schaft des eisenbeschlagenen Stiefels.

Abakir stürzte sich auf den abseits liegenden Schraubenschlüssel und zog den Kopf zwischen die Schultern, bereit, auf den Gegner loszugehen. Ich erschrak. Es war fürchterlich. Sie würden sich gegenseitig totschlagen.

»Laß das, Abakir!« Ich trat zwischen sie. »Schlag ihn nicht! Lassen Sie das, Sadabek, geben Sie sich nicht mit ihm ab!« flehte ich und tanzte hin und her.

Sadabek stieß mich zur Seite, und sie begannen in der Jurte rumzutänzeln wie zwei Panther vor dem Kampf, den Blick starr aufeinander gerichtet. Dann schnellten sie gleichzeitig vor, und der Schraubenschlüssel sauste auf Sadabeks Kopf zu. Doch Sadabek wich im letzten Moment zurück und fing den Schlüssel mit beiden Händen ab. Aber Abakir war stark wie ein Hüne. Er drückte den Gegner nieder, und beide rollten keuchend und fluchend über den Boden. Ich sprang hinzu, warf mich auf den Schraubenschlüssel, den Abakir hatte fallen lassen, und nachdem ich ihn endlich erwischt hatte, raste ich aus der Jurte.

»Aldej! Kalipa!« schrie ich den Frauen zu, die vom Brunnen zurückkamen. »Kommt schnell, schnell! Sie raufen sich, schlagen sich tot!«

Die Frauen stellten die vollen Eimer hin und rannten los. Als wir in die Jurte stürmten, wälzten sich Sadabek und Abakir immer noch auf dem Boden. Wir trennten sie gewaltsam; sie waren blutbesudelt, ihre Kleider zerfetzt. Aldej zerrte ihren Mann zum Ausgang. Abakir jedoch riß sich aus Kalipas Armen los.

»Na warte, du lahmer Hund! Wirst mich noch um Gnade bitten, du Mistvieh! Wirst noch zu spüren bekommen, wer Abakir ist!«

Die kleine, hagere Aldej trat auf ihn zu und schrie ihm ins Gesicht: »Na los doch, rühr ihn an, versuch's nur! Ich kratz' dir die Augen aus! Du wirst dich selber nicht mehr erkennen!«

Sadabek nahm seine Frau ruhig bei der Hand.

»Hat keinen Sinn, Aldej. Er ist's nicht wert . . .«

Währenddessen war ich hinausgegangen, suchte den Schraubenschlüssel, den ich in dem Durcheinander verloren hatte, entfernte mich ein Stück von der Jurte und versteckte ihn in der Nähe des steinernen Götzenbildes. Sodann setzte ich mich und fing plötzlich an zu weinen. Ein dumpfes, würgendes Schluchzen erschütterte meinen Körper. Niemand sah mich, auch ich begriff nicht, was mit mir los war. Nur das steinerne Götzenbild schielte mich böse aus seiner leeren, schwarzen Augenhöhle an, als belauschte es mich in meinem Kummer.

Ringsum breitete sich still und träge die regennasse Steppe. Nichts, kein Laut störte ihre ewige tiefe Ruhe, nur ich schluchzte und schluchzte. Ich saß lange dort, bis es dunkelte . . .

So also lebte ich in dieser prachtvollen Wermutsteppe.

Ich strengte mich an, es allen recht zu machen, doch ich hatte es bis jetzt noch nicht geschafft. Soeben war Abakir wieder über mich hergefallen. Wie sollte es weitergehen? Ich wußte es nicht. Dennoch durfte man den Mut nicht verlieren, mußte auf seinem Posten bleiben, bis man zusammenbrach.

»Hü, Serko, hü! Schneller! Wir beide dürfen den Kopf nicht hängenlassen, die Arbeit eilt.«

2

Am nächsten Tag stand ich im Morgengrauen auf, früher als sonst. Noch tags zuvor hatte ich, als ich in der Jurte lag, beschlossen: Und wenn ich mich zu Tode schufte, ich werde so arbeiten, daß niemand mehr wagt, mich auszuschimpfen oder mir auch nur Vorwürfe zu machen. Schließlich und endlich mußte ich beweisen, daß ich nicht schlechter war als die anderen. Vorerst fuhr ich den Treibstoff aus und goß ihn in die Tanks. Darauf rumpelte ich mit meiner Tonne zum Brunnen, um noch vor Arbeitsanfang die Kühler mit Wasser zu füllen. Dann beeilte ich mich mit dem Frühstück, und ohne einen Moment Zeit zu verlieren, schaffte ich wieder Wasser heran. Einstweilen verlief alles so, wie ich es mir vorgenommen hatte.

Indes hatte sich hinter dem weißlichen Dunstschleier am Horizont die Sonne zu regen begonnen. Sie ging lange nicht auf, zögerte, als fürchte sie sich, einen Blick auf die Weite des Anarchai zu werfen. Doch alsbald stieg sie höher und lugte mit einem Auge hervor. Gab es etwas Schöneres als die Steppe im Morgenrot? Es war, als wäre sie von einem unermeßlichen lasurfarbenen Meer überschwemmt, dessen erstarrte himmelblaue Wogen hier und da dunkelgrün und gelb schimmerten.

O Anarchai, o du riesige Steppe! Warum schweigst du, woran denkst du? Was verbirgst du seit Ewigkeit in deinem Innern, was erwartet dich in Zukunft?

Was machte es schon, daß ich bloß Wasserfahrer war. Ich würde noch über dieses Land und die Maschinen herrschen. Unsere zwei Traktoren und das, was wir hier schafften, waren ja erst der Anfang. Irgendwo hatte ich gelesen, Geologen hätten große unterirdische Flüsse im Anarchai entdeckt. Vielleicht war das vorläufig nur eine Vermutung. Doch wie dem auch sei, ich war überzeugt, die Menschen würden dieses Land bewässern, und im Anarchai würden grüne Gärten wogen, Wasser würde in kühlen Aryks fließen, und die Steppenwinde würden über goldene Getreidefelder wehen. Städte und Dörfer würden emporwachsen, und unsere Nachkommen würden diese Steppe das gesegnete Land Anarchai nennen. Und sollte in vielen, vielen Jahren ein junger Bursche wie ich nach dem Anarchai kommen, würde er bestimmt nicht tagaus, tagein mit einer Wasserfuhre durch die Steppe jagen und sich das Gekeife eines despotischen Querkopfs anhören müssen.

Und trotzdem beneidete ich ihn nicht; denn ich war ja als einer der ersten hierhergekommen!

Ich hielt die Wasserfuhre an und betrachtete die taufrischen weiten Flächen. In diesem Augenblick war ich der glücklichste, der stärkste und sogar der schönste Mensch auf der Welt. Anarchai, du glückliches Land der Zukunft!

Die Sonne war schließlich doch, groß und leuchtend, hinter dem Horizont hervorgekrochen.

Der Tag hatte nicht schlecht begonnen. Zumindest verstummten die Motoren nicht – ich schaffte genug Wasser heran. Aber bis zum Abend war es noch lange.

Auf einer meiner Touren entdeckte ich neben dem

Brunnen eine kleine Herde Schafe mit Lämmern. Ein Mädchen hatte sie hergetrieben. Sie tränkte sie am Bach, ließ sie nicht an den Brunnen heran. Woher kam sie? Wahrscheinlich aus dem Tal, das dort hinter dem zweiköpfigen Hügel lag. In dieser Gegend hatten sich Hirten niedergelassen. Das Gesicht des Mädchens kam mir bekannt vor. In einer Zeitschrift hatte ich einmal ein Bild einer blutjungen Chinesin mit Pony, wie ihn dieses Mädchen trug, gesehen. Deshalb schien es mir wohl, als sei sie mir schon mal begegnet.

Wir blickten uns stumm an. Mein Auftauchen hier war für sie genauso eine Überraschung wie ihre Anwesenheit für mich. Doch ich sprang von der Fuhre, als wäre nichts geschehen, begann geschäftig, Wasser aus dem Brunnen zu schöpfen und füllte meine Tonne.

Mittlerweile hatten die Schafe getrunken, und das Mädchen trieb sie weiter. Als sie an mir vorbeiging, fragte sie: »Wie heißt der Brunnen?«

Ich blickte überlegend in das runde Becken hinunter. Das Wasser, das ich beim Schöpfen aufgerührt hatte, schimmerte trüb. In der Tat, unser einziger Brunnen mußte doch einen Namen haben. Während ich nachdachte, hatte sich das Wasser geklärt, war an der Oberfläche heller und in der Tiefe dunkler geworden.

»Kamelauge!« sagte ich und drehte mich nach dem Mädchen um.

»Kamelauge-Brunnen?« Sie warf den Pony aus der Stirn und lächelte. »Schön! Er ähnelt wirklich einem Kamelauge, ist so versonnen ...«

Wir kamen ins Gespräch. Wie sich herausstellte, war das Mädchen aus meiner Gegend. Sie kannte sogar meinen Lehrer Aldijarow. Ach, war das fein, hier, in der Steppe, den Namen des geliebten Lehrers aus dem Munde eines unbekannten Mädchens zu hören, das anscheinend auch nicht ohne seinen Einfluß hierhergeraten war. Sie hatte vor einem Jahr die Schule beendet, nicht unsere, sondern eine andere, und nun arbeitete sie als Hirtengehilfin.

»Bei uns in der Schäferei ist das Brunnenwasser salzig«, erzählte das Mädchen. »Ich hörte, daß es in der Umgebung eine Quelle gebe. Ich wollte sie gern sehen und die Lämmer tränken, damit auch sie wissen, wie richtiges Wasser schmeckt. Ich werde sie aufziehen, in die Herde geben, und im Herbst gehe ich auf die Universität.«

»Ich will später auch studieren«, sagte ich. »Maschinenkunde. Hier sollte ich eigentlich auf dem Traktor arbeiten, das da«, ich deutete auf die Tonne, »mach' ich nur aushilfsweise. Es soll demnächst ein anderer Wasserfahrer kommen.«

Da hatte ich mich aber vergaloppiert, völlig unnötigerweise. Ich hatte gar nicht gemerkt, wie mir diese Worte rausgerutscht waren. Mir wurde unerträglich heiß vor Schande, doch im selben Augenblick lief es mir kalt über den Rücken.

»He-e, Akademiker, ich schlag' dir die Fresse grün und blau!« ertönte Abakirs verhaßte Stimme aus der Ferne.

»Ach, bin ich aber ins Schwatzen gekommen!«

»Was will er denn?« fragte das Mädchen verständnislos.

»Nichts«, murmelte ich und wurde rot. »Muß Wasser hinbringen.«

Das Mädchen trieb langsam die Schafe davon. Und er, Abakir, stand auf dem Traktor am anderen Ende des Akkers, brüllte aus voller Kehle und drohte mit den Fäusten.

»Ich komme ja, ich komme ja schon! Beruhige dich! Es schickt sich doch nicht, in Gegenwart Fremder so zu brüllen!« flüsterte ich verzweifelt und setzte das Pferd in Galopp.

Das Wasser in der Tonne gluckste, schwappte über, durchnäßte mich von Kopf bis Fuß. Meinetwegen! dachte ich. Und wenn kein Tropfen in der Tonne bleibt! Ich kann diese Beleidigungen nicht mehr ertragen!

Abakir sprang vom Traktor und stürzte wie jüngst auf mich zu. Ich brachte das Pferd zum Stehen.

»Wenn du weiter so schreist, schmeiß' ich die Arbeit hin und geh' weg!«

Er war baff vor Erstaunen, doch dann pfiff er durch die Zähne und zeterte los: »Der Anarchai hat ohne dich rotznasigen Akademiker bestanden und wird auch jetzt nicht zugrunde gehen, und wenn's Feuer und Schwefel regnet! Hau ab, scher dich nach Hause! Reißt hier noch groß das Maul auf, dieser lumpige Student!«

Ich sprang von der Fuhre, schleuderte die Peitsche hinter den Traktor und zog los.

»Halt, Kemel! So was macht man nicht! Wo willst du hin, bleib hier!« rief Kalipa hinter mir her.

Aber das spornte mich noch mehr an, und ich schritt wackerer aus.

»Was rufst du ihn zurück, laß ihn doch laufen!« hörte ich Abakir brüllen. »Wir kommen auch ohne ihn aus!«

»Ein Ungeheuer, ein Tier bist du, und kein Mensch! Was hast du bloß wieder angestellt!« fiel Kalipa über ihn her.

Ich hörte noch lange, wie sie schrien und sich zankten.

Ohne den Schritt zu verlangsamen, stiefelte ich immer weiter. Mir war es gleich, wohin ich ging. Ringsum war niemand, nicht eine Menschenseele, und vor mir lagen alle Wege offen. Ich ließ den Brunnen, das Feldlager hinter mir, stakte an der Anhöhe vorbei, dort, wo das steinerne Götzenbild stand. Boshaft grinsend glotzte mich der Götze mit seinem hohlen, schwarzen Auge an, tief in den Boden gesunken, wie er schon seit Jahrhunderten einsam in der Steppe stand.

Ich ging und dachte an nichts. Ich hatte nur einen Wunsch: wegzukommen, so schnell wie möglich von hier wegzukommen, und dann konnte er mich gern haben, dieser verfluchte Anarchai.

Verlassen, öde breitete sich vor mir die Steppe aus. Überall Hügel, Abhänge und Täler, alles ringsum ähnelte einander bis zum Überdruß. Wer hatte diese tote, trostlose Eintönigkeit erschaffen? Warum mußte ich, Beleidigter und Erniedrigter, diese unendlichen grauen Weiten bitteren Wermuts durchmessen? Wohin man auch blickte – weit und breit leblose Einöde. Was sollte hier ein Mensch? Gab es denn wenig Platz auf der Erde? Meine Träume am Morgen kamen mir nun äußerst unsinnig vor.

Da hast du die herrliche Wermutsteppe, da hast du das Land Anarchai, lachte ich mich aus, mit allen Fasern meines Herzens fühlend, wie verlassen, wie obdachlos, wie niedergeschlagen ich war.

Hoch über mir wölbte sich der Himmel, ringsum dehnte sich die riesengroße Erde, und ich selbst war winzig klein, allein, ein von irgendwoher verschlagenes Menschlein in Steppjacke, wasserdichten Stiefeln und mit einem abgetragenen, verschossenen Käppchen.

So trottete ich dahin. Nirgends ein Pfad, nirgends ein Weg. Ich ging der Nase nach. Irgendwo stoß' ich schon auf den Bahndamm, dachte ich, dann zottle ich die Schwellen entlang und springe an einer Ausweichstelle auf einen Güterzug. Fahre wieder zu Menschen . . .

Als hinter mir Pferdegetrappel und Schnauben ertönte, sah ich mich nicht um. Es war Sorokin. Wer sollte es sonst sein? Gleich würde er mir Vorhaltungen machen, mich zu überreden versuchen, aber ich – Teufel noch mal! – würde nicht umkehren, ich dachte nicht daran.

»Warte!« rief mir Sorokin leise zu.

Ich blieb stehen, Sorokin ritt auf dem schweißgebadeten Pferd heran. Er sah mich stumm an mit seinen blauen Augen unter den verblichenen Brauen, griff in die Kartentasche und holte ein rotes Papier hervor – meinen Komsomolauftrag, den ich ihm am Tag meiner Ankunft voller Stolz überreicht hatte.

»Hier, nimm, den darfst du nicht dalassen!« Ruhig hielt er mir das Dokument hin.

Aus seinem Blick war weder ein Vorwurf noch Verachtung zu lesen. Er tadelte mich nicht, auch bedauerte er mich nicht. Es war der ernste Blick eines vielbeschäftigten Mannes, der Überraschungen aller Art gewohnt war. Sorokin fuhr sich mit der Hand über das abgespannte, mit rötlichen Bartstoppeln bedeckte Gesicht.

»Wenn du zur Ausweichstelle willst, dann halt dich rechts, da, durch die Niederung.« Er wies mir die Richtung, wendete das Pferd und ritt langsam zurück.

Ich schaute ihm verdutzt nach. Warum hatte er mich nicht ausgeschimpft, nicht versucht, mich zu überreden? Warum saß er so schlapp auf seinem kopfhängerischen Gaul? Seine Familie, Frau und Kinder, waren weit, und er irrte hier seit Jahren allein in der Steppe umher. Was war er für ein Mensch, was hielt ihn in dem öden Anarchai?

Ohne mir erklären zu können, warum, stapfte ich langsam hinter ihm her.

Am Abend versammelten wir uns in der Jurte. Alle schwiegen. Es war still, nur das Feuer knisterte trocken. Ich war an allem schuld. Das Gespräch hatte noch nicht begonnen, doch nach Sorokins finsterem, gespanntem Gesicht zu urteilen, wollte er etwas sagen.

»Nun, wie soll es weitergehen?« fragte Sorokin schließlich, ohne sich an jemand zu wenden.

»Was ist, wird der Anarchai von einer Hochwasserflut bedroht?« fragte Abakir boshaft zurück.

Bei diesen Worten erhob sich Sadabek und verließ die Jurte. Seit der Rauferei sprach er nicht mehr mit Abakir, und auch jetzt verspürte er offenbar keine Lust, sich in die Unterhaltung einzumischen. Sein Bruder, der Geschäftsführer Esirkep, wollte sich gleichfalls erheben, überlegte es sich aber und blieb.

Abakir stand auch mit ihm auf Kriegsfuß. Esirkep hatte mir für einen Tag seinen Platz auf Sadabeks Traktorenpflug abgetreten und war selber auf die Wasserfuhre geklettert. Natürlich, wie konnte es anders sein, hatte er sich mit dem Wasser ein wenig verspätet, und Abakir war über ihn hergezogen. Doch Esirkep hatte sich das nicht gefallen lassen, auch er verstand seine Faust zu gebrauchen. Er war ja drei Jahre älter als ich.

Keiner antwortete Abakir.

»Was gibt's da zu überlegen«, fuhr er fort. »Wer die Arbeit hingeworfen hat, der soll auch Rede und Antwort stehen.«

»Es geht nicht darum, wer schuldig ist und wer nicht. Wir wollen hier über das Schicksal eines jungen Menschen entscheiden, wollen entscheiden, was nun mit ihm werden soll.«

»Ha, 'n Schicksal!« Abakir grinste. »Das Schicksal solcher Akademiker ist längst entschieden, alles Tagediebe, eignen sich für nichts!« Er machte eine geringschätzige Handbewegung. »Na, sag mal selbst, Sorokin, wofür eignen sie sich? Während wir mit unseren Händen Getreide anbauten und ernteten, haben sie zehn Jahre lang gelernt und noch länger. Wir haben sie ernährt, mit Schuhwerk versorgt, gekleidet, und was ist das Ergebnis, was haben sie gelernt? Sie kennen keine Maschine, verstehen nicht, dem Pferd ein Kummet anzulegen, nicht mal den Kummetriemen können sie richtig festziehen. Warum soll ich für ihn die Suppe auslöffeln? Was nützt mir, Teufel noch mal, seine Gelehrsamkeit? Man bedenke, ein Kenner steinerner Götzen! Aber mit der Arbeit kommt er nicht zu Rande. So ist's – folglich, heidi, geh hin, wo der Pfeffer wächst, und halt andere Leute nicht von der Arbeit ab! Und du, Sorokin, zwieble mich nicht, ich schufte ohne Ablösung, und ich werde keinem was durchlassen. Paß' ich euch nicht – bitte, morgen seht ihr mich hier nicht mehr. Doch was ich einmal gesagt hab', dabei bleib' ich. Ich würde alle diese Akademiker ...«

»Genug!« unterbrach ihn Sorokin barsch und sah ihn auch jetzt nicht an. »Das ist uns bekannt. Darum geht es nicht. Nun, Kemel, was denkst du?«

Ich antwortete nicht sofort. Als ich Abakir zugehört hatte, war mir der Gedanke gekommen, in seinen Worten sei doch ein Körnchen Wahrheit. Aber wie er es gesagt hatte, wie giftig, wie gehässig! Warum? Hatte ich denn keine Hände, oder war ich so ein Dummkopf, daß ich nie begreifen würde, was Abakir begriffen hatte? Oder sollte vielleicht meine Lese- und Schreibkundigkeit ein Hindernis für mich sein? Mir war das völlig unverständlich. Dennoch bemühte ich mich, Sorokin so gelassen wie möglich zu antworten.

»Ich bin hierhergekommen, um als Geräteführer zu arbeiten. Das ist für mich von Wichtigkeit. Mit dem Kummet und Kummetriemen komm' ich schon zurecht. Das wissen alle, das weiß auch Abakir. Ich könnte ja die Arbeit weitermachen. Aber ich will kein Wasserfahrer sein. Ich will's aus Prinzip nicht.«

»Eine andere Arbeit haben wir nicht für dich«, entgegnete Sorokin.

»Also, dann muß ich von hier weg«, erklärte ich.

Kalipa richtete den Blick auf mich und seufzte traurig.

»Ich würde dir gern meinen Posten abtreten und mich selbst auf die Wasserfuhre setzen, Kemel, aber du wirst nicht wollen.«

Das kam unerwartet. Vielleicht hatte sie es aus Gutmütigkeit gesagt, vielleicht auch, weil sie stets ein peinliches Gefühl wegen Abakir hatte, sich seiner schämte, wenn er brüllte und schimpfte, und deshalb seine Grobheit nach Möglichkeit milderte, abschwächte – deshalb oder nicht, sie hatte es gesagt, und ich platzte unbedacht heraus: »Ich will!«

In der Jurte wurde es mäuschenstill. Nur das Feuer knisterte leise pfeifend. Alle starrten mich verdutzt an. Vielleicht warteten sie, daß ich es mir überlegte, mein Vorhaben aufgab. Es war doch so, daß ich von allein in die Klauen eines Menschen kroch, der mich haßte, mir nicht wohlgesinnt war. Doch ich schwieg. Gesagt, getan. Sorokin sah mich noch mal forschend an.

»Bleibt's dabei?« fragte er kurz.

»Ja.«

»Von mir aus!« Abakir spuckte ins Feuer. »Aber ich warne dich, die geringste Kleinigkeit, und ich dreh' dir den Hals um!« Seine Augen blitzten kalt im Halbdunkel, lächelten hämisch und herausfordernd.

»Was heißt, die geringste Kleinigkeit? Warum drohst du ihm von vornherein?« brauste Esirkep auf, der die ganze Zeit geschwiegen hatte. »Er wird's schon schaffen, als ob das so 'n Kunststück wäre! Er hat auf meinem Pflug gearbeitet.«

»Dich hat keiner gefragt. Steck deine Nase nicht in

fremde Dinge. Werd's schon selbst sehen. Ich bin verantwortlich für den Traktor, für die Arbeit.«

»Schluß!« unterbrach Sorokin erneut Abakir und wandte sich an mich: »Morgen früh mach dich an die Arbeit.« Er erhob sich und ging zum Ausgang. »Und jetzt ist Zeit zum Schlafen.«

In der Nacht tat ich fast kein Auge zu. Wie würde ich mit Abakir auskommen? Bis jetzt hatte ich mit ihm nur hin und wieder zu tun gehabt, doch nun würde ich ihm ständig, Tag und Nacht, unterstehen. Die Pflichten eines Gerätefährers schreckten mich nicht besonders, wenngleich hierfür Ausdauer und Geduld erforderlich waren. Selbstverständlich mußte man genau aufpassen und die Pflugschare an der richtigen Stelle rasch hochziehen und wieder herunterlassen, damit der Traktor keinen Augenblick aufgehalten wurde. Außerdem oblag mir, dem Traktoristen bei allem behilflich zu sein – bei der Wartung und Instandsetzung der Landmaschine. Und wehe, man reichte Abakir nicht den richtigen Schraubenschlüssel, den richtigen Bolzen, die passende Mutter oder was weiß ich noch.

Auch Aldej schlief nicht. Sie trat im Dunkeln zu mir, setzte sich und strich mir über den Kopf.

»Überleg's dir, Kemel. Ihr paßt nicht zusammen. Du bist gut, tust keinem was zuleide. Er wird dich schurigeln, du wirst ihn nicht zufriedenstellen.«

»Hab' auch nicht die Absicht, ihn zufriedenzustellen. Und seine Schurigeleien, die bin ich längst gewohnt.«

»Na, du mußt es ja wissen«, erwiderte sie leise, seufzte und ging zu ihrem Schlaflager zurück.

3

Gleich am ersten Tag begann unser Zweikampf.

»Schläfst du ein, fällst du unter die Pflugschare, ich trag' nicht die Verantwortung!« warf mir Abakir vor Beginn des Pflügens als einziges an den Kopf.

Mir war natürlich nicht zum Schlafen zumute. Eine Spannung ohnegleichen hatte sich meines Körpers bemächtigt; ich war bereit, exakt und einwandfrei zu arbeiten. Wenn man daran dachte, man könnte zufällig unter die Schare geraten, war es besser, gar nicht erst mit der Arbeit anzufangen.

In der Tat, unter meinen gespreizt auf dem Rahmen stehenden Beinen waren stählerne Schare am Pflugbaum befestigt. Sie bewegten sich schräg, in einer Reihe, eins nach dem anderen schnitten sie in die Ackerkrume und warfen die dampfenden wurzligen Neulandschollen zur Seite.

Die Wermutstauden in den Boden pressend, jagte der Traktor dahin, ohne anzuhalten, und rasselte und klirrte laut mit den Raupenketten.

Abakir schaute sich nicht einmal um, er interessierte sich nicht für mich. Ich sah nur seinen wuchtigen Stiernacken. Schon allein das sagte mir, Abakir würde mich so lange auf die Probe stellen, bis ich aufgab oder bis er sich überzeugt hatte, daß ich nicht zurückwich. Vielleicht jagte er absichtlich den Traktor so rastlos über den Acker, um mich mürbe zu machen, mich zum Rückzug zu zwingen. Keiner wußte so gut wie er, daß es alles andere als ein Vergnügen war, vor Staub und Auspuffgasen fast erstickend, auf dem harten, ungefederten Metallsitz zu hocken. Trotzdem dachte ich nicht daran nachzugeben. Die Nerven, die Augen, das Gehör bis aufs Äußerste angespannt, die Hände fest um den Stellhebel geklammert, saß ich da. Während der ganzen

Zeit sagte ich kein Wort, ich schwieg sogar, wenn Abakir den Traktor mit besonders boshafter Hartnäckigkeit über steinige Stellen führte, wo der Pflug immerfort aus der Furche sprang, die Messer knirschend über die Steine wetzten, Funken emporstoben und es mich auf dem Sitz unheimlich durchrüttelte. Als Abakir gegen Abend den Traktor anhielt, war ich müde wie noch nie in meinem Leben. Der Mund, die Nase, die Ohren – alles war voller Staub und Sand. Ich verspürte Lust, mich auf den Boden zu werfen und sofort einzuschlafen. Doch ich rührte mich nicht vom Fleck, ich wartete auf Abakirs Befehle.

»Zieh die Schare hoch!« schrie er und steckte den Kopf aus dem Fahrerhaus. Dann fuhr er den Traktor vom Acker, stellte den Motor ab und trat an den Pflug heran. Er beugte sich über die Schare und befühlte die Schneiden. »Sie müssen ausgewechselt werden, sind stumpf geworden. Daß mir bis morgen früh alles in Ordnung ist!« brummte er.

»Gut!« entgegnete ich. »Laß mir die Ersatzschare hier, und fahr den Traktor vom Pflug weg.«

Er erfüllte meinen Wunsch und trollte sich schweigend zum Feldlager. Ich sah ihm nach, und dabei stellte ich fest, daß ich nicht nur wütend auf ihn war, sondern ihn auch beneidete. Da zog er watschelnd davon, als wäre er überhaupt nicht müde. Mir hatte er natürlich das Mark aus den Knochen gesaugt, aber auch er hatte sich nicht einen Moment Ruhe gegönnt. Arbeiten konnte er, der Schuft!

Ich seufzte und machte mich daran, Salzkraut zu pflükken, das ich, einen Armvoll nach dem anderen, neben dem Pflug aufschichtete. Damit ich es schaffte, über Nacht die Schare auszuwechseln, mußte ich mir ein Feuer anzünden. Nachdem ich einen großen Haufen Gesträuch zusammengetragen hatte, ging ich Abendbrot essen.

Die liebe, gute Aldej! Wie guckte sie mich betrübt an, als

ich hastig und stumm den Beschbarmak hinunterwürgte, den sie mir vorsorglich aufgehoben hatte. Doch zum Trödeln hatte ich keine Zeit. Ich bat sie, mir die für alle Fälle bereitstehende Laterne zu geben.

»Wozu brauchst du sie?« fragte sie mich und reichte sie mir.

»Brauch' sie halt. Will die Pflugschare auswechseln.«

»Was soll das, was sind das für Mätzchen!« brauste Aldej auf und wandte sich an Abakir. »Ich erlaub' es nicht! Ich lass' den Jungen nicht schikanieren!«

»Meinetwegen, erlaub's nicht«, brummte Abakir, der Anstalten machte, sich schlafen zu legen.

»Misch dich nicht ein!« wies Sadabek seine Frau zurecht. »Kemel muß selber wissen, was er tut.«

»Trotzdem, wir helfen dir, Kemel. Esirkep, komm!« Kalipa erhob sich und schickte sich an, mit mir zu gehen.

»Ist nicht nötig«, sagte ich. »Macht euch keine Sorgen. Ich schaff's schon.«

Sodann verließ ich die Jurte und stakte im Licht der Laterne los.

Ringsum war Nacht, stumme, unendliche Nacht. Ich ging auf einen Sprung zum Brunnen, um Wasser zu trinken. Leise gluckernd, strömte er Ruhe und Kühle aus. Matt leuchtete es aus der dunklen, versonnenen Tiefe herauf. Wahrhaftig, er ähnelte einem Kamelauge. Mir fiel das Hirtenmädchen ein. Ich war nicht mal dazu gekommen, es nach seinem Namen zu fragen. Wo war es jetzt, das niedliche Mädchen mit dem Pony?

Am Pflug angelangt, machte ich mich sofort an die Arbeit. Ich zog soweit wie möglich die Schare hoch und zündete das Feuer an. Auch die Laterne war mir selbstverständlich von Nutzen. Ich schraubte die Muttern ab, drehte sie gleich auf die Schraubbolzen und legte alles in mein Käppchen, damit nichts verlorenging. Die ganze Nacht hindurch krabbelte ich unter dem Pflug herum. Es war nicht leicht, die Muttern anzuziehen. Sie staken in sehr engen, schwer zugänglichen Nuten. Immer wieder ging das Feuer aus. Wie eine Natter kroch ich unter dem Pflug hervor und fachte es, auf dem Boden liegend, erneut an. Ich wußte nicht, wie spät es war, aber ich gab mich nicht eher zufrieden, bis ich nicht alle Schare ausgewechselt hatte. Dann schleppte ich mich wie benebelt zum Traktor und warf mich ins Fahrerhaus. Die zerkratzten Hände schmerzten und brannten die ganze Nacht.

In aller Frühe weckte mich Kalipa. Sie war mit der Wasserfuhre gekommen.

»Den Kühler hab' ich schon gefüllt. Komm dich waschen, Kemel«, forderte sie mich auf, »ich gieß' dir Wasser in die Hände!«

Sie fragte mich nichts, und ich war ihr dafür dankbar. Es ist nicht immer angenehm, bedauert zu werden. Als ich mich gewaschen hatte, holte sie von der Fuhre ein Bündel mit Essen und ein Flasche Dsharma. Welch ein Genuß, den säuerlichen Kwaß aus geröstetem Korn zu trinken! Natürlich war es Aldej, die an mich gedacht hatte.

Abakir kam. Er sagte kein Wort. Es war ja auch kein Grund zum Nörgeln vorhanden. Schweigend fuhr er den Traktor zum Pflug, ich kuppelte ihn mit einer Lasche an, und wir rollten wieder über den Acker.

An dem Tag saß ich bereits sicherer auf dem Pflug. Ich vertraute auf mein Können. Die erste Prüfung hatte ich bestanden, nun würde ich bis zum Schluß durchhalten!

Vor mir, im Fenster des Fahrerhauses, zeichnete sich wieder derselbe wuchtige Stiernacken ab. Der Traktor fuhr wieder genauso rastlos, mit lautem Gedröhn und Geklirr, und auch ich saß unverändert da, die Hände fest um den Stellhebel geklammert.

Mittags stellte Abakir überraschend den Motor ab.

»Steig runter«, sagte er. »Pause.«

Wir saßen stumm im Schatten des Traktors auf dem Boden. Abakir rauchte, wobei er ärgerlich an der Zigarette kaute. Dann zog er den Arbeitsanzug und das Hemd aus und legte sich auf den Kleidern in die Sonne. Er hatte einen breiten, muskulösen, glänzenden Rücken. Auch ich bekam Lust, mich in der Sonne zu wärmen, und zog das Hemd aus. Als ich es ausbreiten wollte, wandte mir Abakir sein finsteres, erschöpftes Gesicht zu.

»Kratz mir den Rücken!« befahl er, und zutiefst überzeugt, daß ich losstürzen würde, um seine Laune zu erfüllen, ließ er den Kopf schwer auf die Arme fallen.

Ich schwieg.

»Hörst du nicht!« Er zuckte, ohne den Kopf zu heben, drohend mit den Schultern.

»Ich denk' nicht dran!«

»Und ich sag' dir, du tust's!« Er robbte ruckweise auf mich zu. »Na, wie lange soll ich noch warten?«

Ich rutschte ein wenig zurück.

»Du schlägst dich immer an die Brust und sagst: ›Ich bin Arbeiter! Ich ernähr' euch alle.‹ Aber du bist nur deshalb Arbeiter, weil du arbeitest; im Grunde deiner Seele bist du ein richtiger Bei.«

»Bin ich. Und du kümmere dich nicht um mein Seelenheil!« Er gab mir unverhofft einen Nasenstüber.

Ich sprang auf und stürzte mich mit geballten Fäusten auf ihn. Abakir schien darauf nur gewartet zu haben. All seinen tagelang aufgespeicherten Haß und Zorn legte er in einen furchtbaren Schlag, der mich mit einer Wucht zu Boden warf, daß ich noch ein paar Meter weit rollte. Mit Mühe zwang ich mich auf die Knie, und völlig außer mir vor Wut, stürzte ich mich erneut auf Abakir. Fast jeder seiner Schläge warf mich nieder.

»Da, kannst mal an meiner Faust riechen! Dir werd' ich meine Seele schon einbleuen!« knurrte er und hieb mit eiserner Faust auf mich ein.

Doch ich sprang wieder und wieder auf und warf mich wortlos, wütend auf ihn. Ich zielte nach seinem Gesicht, nach seiner abscheulichen Fratze, er aber schlug mich genau berechnet in den Bauch, in die Rippen, in den Brustkorb.

Noch einmal raffte ich mich hoch und ging langsam auf ihn zu. Er hob den Arm, und wie ein Fleischer ächzend, ließ er die Faust mit aller Kraft auf meinen Nacken niedersausen. Ich lag da, an den Boden gepreßt, und kniff die Lippen zusammen, um keinen Seufzer von mir zu geben.

»Da liegst du nun, Akademiker! Na, riech nur, wie die Erde duftet!« sagte er keuchend und spuckte das Blut von seinen aufgesprungenen Lippen. »Das ist was anderes als eine Vorlesung über steinerne Götzen halten.«

Er ging zu seinen Kleidern, auf denen wir herumgetrampelt hatten, schüttelte sie aus, und in dem Gefühl, seine Pflicht getan zu haben, zog er sich langsam an. Er ahnte nicht, daß ich auch diesen Kampf gewonnen hatte. Ja, ich war unbesiegbar, obgleich ich auf der Erde lag. Mir wurde klar, daß man auch mit den Fäusten für die Wahrheit kämpfen kann. Ich begriff, daß man den, der uns schlägt, auch schlagen darf und schlagen muß. Für mich war es ein Sieg.

Während Abakir sich anzog, in die Kombination kroch, erholte ich mich und kam wieder zu mir. Als er den Motor anließ, stand ich auf, streifte mir schnell das Hemd über und nahm meinen Platz auf dem Pflug ein.

Der Traktor heulte auf und ratterte über den Acker. Wieder zeichnete sich der wuchtige Stiernacken im Fenster des Fahrerhauses ab, wieder hielt ich mich krampfhaft am Stellhebel des Pfluges fest.

4

In unserem Leben waren einige Veränderungen eingetreten. Man hatte uns auf Lastern einen zweispännigen Wagen mit Pferden geschickt, der das Saatkorn zum Acker schaffen sollte. Auch ein neuer Kumpel war gekommen, ein Fuhrmann. Nun hatte es der Wasserfahrer leichter. Sadabeks und Esirkeps Traktor wurde zum Säen eingesetzt, Abakir und ich pflügten nach wie vor.

Und noch eine sehr wichtige Neuigkeit.

Vor einigen Tagen, als wir nach dem Mittagessen mit dem Wagen aufs Feld fuhren, erblickte ich das Hirtenmädchen am Brunnen. Ich sprang vom Wagen. Der Fuhrmann wollte die Pferde zum Stehen bringen, doch Abakir ließ es nicht zu. »Heda! Weiterfahren!« befahl er unzufrieden.

Ich rannte auf das Mädchen zu, auch sie kam mir, ihre Schafe zurücklassend, entgegen. Dennoch lief ich nicht bis zu ihr hin, ich mußte ja dem Wagen nachjagen, mußte pünktlich mit der Arbeit beginnen. Ich blieb stehen.

»Guten Tag!« rief ich.

»Guten Tag!« antwortete sie und blieb auch stehen.

Ich freute mich sehr, daß ich sie wiedersah, wußte aber nicht im entferntesten, was ich ihr sagen sollte.

»Warum sieht man Sie nicht mehr auf der Wasserfuhre? Wo arbeiten Sie jetzt?«

»Ich bin jetzt auf dem Traktor!« rief ich nicht ohne Stolz.

»Wir arbeiten da auf dem Feld! Entschuldigen Sie, aber ich hab's eilig!«

»Laufen Sie, laufen Sie!« Sie winkte mir zu.

Ich rannte los, hinter dem Wagen her. Nur einmal sah ich mich um. Das Mädchen stand noch auf derselben Stelle und schaute mir nach. Der Wagen hielt nicht an. Aber ich stürmte leicht und frei dahin. Ich war glücklich, daß sie mir zugewinkt hatte und daß ich durch die weite, frühlingsheitere Steppe lief.

Anderntags tauchte das Mädchen unweit unseres Schlages auf. Sie stand auf einer Anhöhe und hütete die Mutterschafe und Lämmer. Wie gern wäre ich für einen Augenblick zu ihr gegangen. Aber hätte es denn Abakir erlaubt, war er überhaupt einer solchen Tat fähig? Und ich bat ihn nicht darum.

Als das Mädchen das nächstemal auf der Anhöhe erschien, standen Abakir und ich am dröhnenden Traktor; er überprüfte etwas am Motor.

»Warum kommt denn die so oft hierher?« fragte er.

»Weiß ich nicht.«

»Und wie heißt sie?«

»Weiß ich auch nicht.«

»Ach, du Akademiker!« Er spuckte höhnisch aus und schielte zu dem Mädchen hin. »Netter Käfer ...«

Ich sah ihn wütend an.

»Geh, troll dich auf deinen Platz!« brüllte er, und wir fuhren weiter.

Währenddessen hatte das Mädchen die Schafe von der Anhöhe aufs freie Feld, kaum hundert Schritt von unserem Acker entfernt, getrieben. Wie gern wäre ich zu ihr gelaufen, hätte mich neben sie gesetzt, mich mit ihr unterhalten oder einfach ihren kecken Pony angeguckt.

Der Traktor hielt plötzlich. Abakir beugte sich aus dem Fahrerhaus. »Zieh den Hebel an! Komm her!«

Ich kletterte vom Pflug und ging verdutzt zu ihm. Ins Fahrerhaus hatte er mich während der Arbeit noch nie gelassen. »Setz dich.« Er rückte zur Seite. »Lern den Traktor führen!«

Ich war baff. Das hätte ich von ihm nicht erwartet. Was war mit ihm geschehen, hatte sich seine Einstellung zu mir gebessert? Ich überlegte jedoch nicht lange, sondern spitzte die Ohren. Ich wollte alles tun, was er sagte.

»Drück das Kupplungspedal nach unten. Schalt den Gang ein. Ja, so. Jetzt laß die Kupplung langsam kommen. Halt den Schalthebel fest.«

Der Traktor wummerte los, ruckte von der Stelle, und wir rollten über den Acker. Mir stockte der Atem vor Freude. Ich dachte an nichts; nichts auf der Welt interessierte mich. Ich hatte nur einen Wunsch: den Traktor zu beherrschen, seinen Mechanismus kennenzulernen. Wie lange hatte ich davon geträumt! Und nun bewegte sich der gewaltige Schlepper vorwärts, gehorchte meinen Händen und wühlte rasselnd den Boden mit den Raupenketten auf. Auch ich schien mich in einen Mechanismus verwandelt zu haben, dessen Aufmerksamkeit nur darauf gerichtet war, genau die erforderlichen Handgriffe auszuführen.

Ich wendete nicht schlecht am Ende des Ackers. Ohne Geräteführer waren zwar an der Wendung große Stellen ungepflügt geblieben, aber das war nicht so schlimm. Hauptsache, ich lernte einen Traktor führen!

So pflügten wir mehrere Ackerstreifen. Mein Herz klopfte nicht mehr so sehr, ich fühlte mich sicherer.

»Kopf hoch, Akademiker!« schrie mir Abakir ins Ohr. »Ich geh' mal 'n Moment verschnaufen. Wenn irgend etwas ist, stell den Motor ab!«

Er sprang im Fahren vom Traktor, klopfte sich den Arbeitsanzug ab, warf sich in Positur und stolzierte zu dem Hirtenmädchen. Sie war jetzt ganz in der Nähe. Erst jetzt begriff ich, was er im Schilde führte. Nicht ohne Grund hatte er mich ans Lenkrad gelassen.

Abakir stand neben dem Mädchen und unterhielt sich sorglos mit ihr. Warum auch nicht! Die Arbeit ging weiter, wenn notwendig, konnte er schnell beim Traktor sein.

Mir gefiel Abakirs Streich nicht. Dennoch war ich glücklich – ich führte allein den Traktor! Am liebsten hätte ich dem Mädchen aus dem Fahrerhaus zugewinkt, ihr ein paar nette Worte zugerufen. Ach, warum mußte sich Abakir neben ihr aufpflanzen! Was erzählte er ihr bloß, und was antwortete sie ihm? Etwas mehr Vorsicht, etwas mehr Zurückhaltung ihm gegenüber wäre nicht von Schaden.

An die anderthalb Stunden hockte ich auf dem Traktor, so lange, bis das Mädchen mit den Schafen weitergezogen war. In Abakirs Gesicht konnte ich nichts lesen, was von einem Erfolg gezeugt hätte. Nichts, es drückte nur die übliche dümmlich-hochmütige Selbstzufriedenheit aus.

»Heda, Akademiker, marsch, auf deinen Platz!« Er schlug mir auf die Schulter und grinste schief.

Ich sprang wortlos vom Traktor.

Unser Mädchen kam auch am folgenden Tag. Abakir ließ mich wieder ans Lenkrad und ging zu ihr. Ach, es wäre besser, sie käme nicht mehr. Den Traktor im Stich lassen konnte ich nicht, gleichgültig bleiben konnte ich auch nicht.

Wie könnte man sie warnen? dachte ich und schaute besorgt zu ihnen hin. Sie darf sich nicht mit ihm treffen. Aber kann man denn Menschen verbieten, miteinander zu sprechen? Jeder muß selbst wissen, mit wem er sich einläßt.

Diesmal ging das Mädchen gleich wieder weg, und ich

war darüber sehr froh. Schneller und schneller trieb sie die Schafe davon, ohne sich umzusehen. Verzeih mir, Liebes, rief ich ihr in Gedanken nach. Gut, daß du so schnell weggegangen bist. Wir sehen uns bestimmt wieder. Das nächstemal bleibe ich nicht auf dem Traktor, ich komme zu dir. Und jetzt geh nur, geh weg von hier ... Nicht mal deinen Namen kenne ich ...

Doch meine Hoffnung, sie wiederzusehen, ging nicht in Erfüllung. Das Mädchen kam nicht mehr. Schon drei Tage warteten wir beide auf sie, obgleich wir darüber nicht sprachen. Abakir war noch boshafter und bissiger als sonst. Wieder warf er mir haßerfüllte Blicke zu. Aber auch ich ließ ihn jetzt merken, wie sehr ich ihn verachtete. Mir war klar, daß er das Mädchen beleidigt hatte. Ich fühlte mich ihr gegenüber schuldig, fand, ich hätte sie vor etwas Schlechtem, Schändlichem bewahren müssen. Und ich beschloß: Bei der ersten Gelegenheit würde ich sie suchen und offen mit ihr über alles sprechen. Ich sehnte mich nach diesem Wiedersehen, wünschte es herbei, sah ihm mit Zuversicht entgegen.

Eben in diesen Tagen wurden wir auf dem Feld vom Regen überrascht. Ungestüm, unerwartet prasselte er auf uns nieder. Es war ein heftiger Steppenregen, mit Hagel vermischt. Die Luft rauschte, im Nu war die Erde mit dicken, schäumenden Pfützen bedeckt. Aber Abakir hielt den Traktor nicht an. Im Gegenteil, er raste noch schneller über den Acker und sah sich nicht einmal nach mir um, und ich saß doch im Regen und Hagel.

Die aufgeweichten Erdklumpen fielen nicht mehr von den Scharen ab. Sie drückten den Pflug auseinander, wälzten sich auf den Rahmen, über meine Füße. Hätte sich der Schlamm nicht in großen Batzen an den Raupenketten festgesetzt, hätte Abakir den Traktor wohl überhaupt nicht angehalten. Aber nun schaltete er den Motor aus, zündete sich eine Zigarette an und machte es sich in seinem Fahrerhaus bequem. Sicherlich wartete er darauf, daß ich ihn bäte, bei ihm unterkriechen zu dürfen. Doch mir war jetzt alles egal. Ich hatte ohnehin keinen trockenen Faden mehr am Leibe. Ich blieb im Regen auf dem Pflug sitzen und wusch mir den Schlamm ab. Das einzige, was ich vor der Nässe zu schützen versuchte, war ein Notizbuch mit verschiedenen Notizen und Auszügen aus gelesenen Büchern. Ich steckte das Notizbuch in den Stiefelschaft.

Der Regen hörte mit einem Schlag auf, war wie weggewischt. Und sogleich kam der Himmel zum Vorschein und leuchtete in sattem, klarem Türkisblau. Er war gleichsam ein Spiegelbild aller Schönheit und Reinheit der vom üppigen Frühjahrsguß blank gewaschenen, heiteren Steppe. Die unendlichen anarchaiischen Weiten dehnten sich noch mehr, verloren sich ins Unermeßliche. Am Horizont, über den ganzen Himmel des Anarchai, spannte sich ein Regenbogen. Entzückt blickte ich mich um. Blau, tiefblau und schwerelos der Himmel, schillernd das Farbenspiel des Regenbogens und fahl und grau die Wermutsteppe! Die Erde trocknete schnell, und hoch in den Lüften kreiste ein Adler, die Flügel reglos, straff gespannt. Es schien, als hätten den Adler nicht seine Kräfte und seine Flügel so hoch ins All getragen, sondern der gewaltige Atem der Erde, ihre aufsteigenden warmen Luftströme.

Und wieder fühlte ich mich stark, faßte frischen Mut, wieder begann ich vom Land Anarchai zu träumen. Ja, jetzt stand ich fest mit beiden Beinen auf der Erde, und niemand konnte mir meine Träume mehr vergällen, mich daran hindern, an eine herrliche Zukunft der Anarchaisteppe zu glauben. Ich bin kein Dichter, doch es war vorgekommen, daß meine Gedichte in der Schule an der Wandzeitung erschienen. So zog ich auch jetzt das Notizbuch aus dem Stiefel und schrieb, sozusagen aus dem Stegreif, die Worte, die mir in den Sinn kamen, nieder:

Hinter dem Kurdaiplateau liegt ein Land –
vom Zeitenverlauf wie gemieden,
von Schneesturm durchpeitscht und von der Hitze
verbrannt,
ein Steppenland – der Anarchai.
Doch ist ihm, das weiß ich, ein Tag einst beschieden –
er kommt unaufhaltsam herbei
durch unsere Tätigkeit, unser Bemühn –,
da wird das verdorrende Land Anarchai
als reiches Gefilde erblühn.*

Daß meine Verse unbeholfen, schwerfällig waren, störte mich nicht. Mich betrübte etwas anderes: Sie drückten nicht mal den hundertsten Teil dessen aus, was in meiner Brust drängte und brodelte. Ich überlegte angestrengt, wie ich es machen müßte, wie ich die einzig richtigen Worte finden könnte, die meine Träume so wiedergäben, wie ich sie fühlte. Doch da riß mir jemand das Notizbuch aus der Hand. Ich sah mich um.

»Schreibst Liebesgedichte, ha!« Abakir grinste boshaft und trat beiseite. »Willst wohl das Mädel mit Gedichten erobern?«

»Gib's zurück!« Ich stürzte empört zu ihm. »Es schickt sich nicht, fremde Notizbücher zu lesen!«

»Du hast mir nichts zu befehlen – schickt sich, schickt sich nicht! Für mich schickt sich alles! Hau ab!«

»Ach so!« Ich rannte zum Traktor und packte den Schraubenschlüssel.

* Nachdichtung: Ilse Tschörtner

»Paß ja auf!« drohte mir Abakir. »Pah, so 'n blöder Quatsch!« Er gab mir das Notizbuch zurück, und eine Weile später lachte er los, wieherte, daß es in der ganzen Steppe widerhallte. »Reiches Gefilde Anarchai! Ha-ha-ha! Na, du bist mir 'n Esel, Akademiker! Nur solche wie dich müßte man hierherjagen, damit euch mal ein anderer Wind um die Nase weht! Da hat er sich was ausgedacht, reiches Gefilde Anarchai! Ha-ha-ha! Es wird dir schon noch zeigen, wie reich es ist! Bleib im Winter hier, dann singst du anders.«

»Dich werde ich nicht fragen, ob ich bleibe oder nicht! Denk lieber an dich selbst!«

»Warum soll ich denken?« Abakir kam, sauer lächelnd, auf mich zu. »Mir ist das Schicksal hold. Ich komm' überall auf meine Kosten.« Er ging zurück, doch plötzlich blieb er stehen, als sei ihm etwas eingefallen; er trat dicht an mich heran und sagte gedämpft: »Du, Akademiker, schlag dir das Mädel aus dem Kopf, mach dir keine Hoffnung. Ich hau' dich krumm und lahm!«

»Das werden wir noch sehen!«

»Und ich sag' dir, wag es nicht, an sie zu denken!«

Er tat mir plötzlich leid, dieser aufgeregte Mann, der vor Wut und Haß gegen alle, die ein anderes Leben als er lebten, völlig den Kopf verloren hatte. Ich sagte ruhig zu ihm: »Du bist ein erwachsener Mann. Manchmal redest du ganz vernünftig. Doch das vorhin – ist dir wohl bloß so rausgerutscht? Merk dir mal: Niemand kann dem andern das Denken, Wünschen und Träumen verbieten. Wir Menschen unterscheiden uns ja dadurch von den Tieren, daß wir denken können.« Ich weiß nicht, ob meine Worte auf ihn gewirkt hatten, er schwieg jedenfalls. Mürrisch stapfte er zum Traktor und warf mit Gewalt den Motor an. Man mußte sich wieder an die Arbeit machen.

Von nun an gab ich meine Träume nicht mehr auf. Ich hatte sie mir erkämpft, sie gehörten wieder mir. Sie verließen mich nicht, lebten in meiner Brust.

Abends, als sich die anderen schlafen legten, stahl ich mich aus der Jurte und ging zum Brunnen. Es zog mich aus unerfindlichem Grunde dorthin, ich wollte allein sein.

Den Sternen war es zu eng am Himmel, und so waren sie zum Horizont gerutscht, bis dicht an die Erde. Viele von ihnen, vielleicht auch alle, die über meinem Kopf hingen, hatten seltsamerweise im Brunnen Platz gefunden und spiegelten sich in dem kleinen, runden, jetzt abgrundtiefen Gewässer. Sie funkelten und flimmerten auf dem Wasser, man hätte sie greifen und wie leuchtende Fackeln ans Ufer werfen können. Dort, wo der Bach dahinfloß, flossen auch sie mit ihm und zersplitterten auf dem steinigen Grund. Doch dort, wo das Wasser in stiller Versonnenheit erstarrt war, strahlten sie ebenso hell wie am Himmel, und mir kam der Gedanke: Der Steppenbrunnen gleicht der menschlichen Seele, wenn sie heiter und voller Träume ist, wenn sie so aufgeschlossen ist, daß sie ihre Umwelt völlig in sich aufnimmt.

Ich saß am Brunnen, schaute, lauschte, nahm mit allen meinen Sinnen die nächtliche, geheimnisvolle Steppe wahr, prägte mir ihr Bild ein und verwandelte sie in meinen Träumen. Wem könnte man die Träume erzählen, mit wem darüber sprechen? Schwer zu sagen, warum, doch sie, das Mädchen mit dem Pony, schien mir der Mensch zu sein. Sie würde mich verstehen, würde meine innere Erregung begreifen. Vielleicht dachte ich so, weil wir uns hier, am Brunnen, zum erstenmal begegnet waren und ihn »Kamelauge« genannt hatten?

Wo war sie jetzt, fühlte sie, daß ich an sie dachte? Bald würden wir mit dem Pflügen fertig sein, und dann würde ich sie suchen, hierherführen, zum Brunnen, und ihr vom Land Anarchai erzählen. Nicht in Versen, nein – sie würde mich auslachen! –, sondern einfach, mit gewöhnlichen Worten, so, wie ich mir das zukünftige Leben in der Anarchaisteppe vorstellte.

Im Fortgehen sah ich noch einmal zum Sternenhimmel auf. Mein Auge erfreute sich an allem, was es erblicken konnte. Auf der Anhöhe zeichneten sich die verschwommenen Umrisse des unförmigen Steingötzen ab. Ich stellte mir vor, wie er jetzt dastand, völlig gleichgültig allem gegenüber, den stumpfen, leblosen Blick seines einen Auges in die Ferne gerichtet.

Der Mond war aufgegangen, und ich bemerkte zwei scheue Schatten, die sich jenseits des umgepflügten Ackers bewegten. Es waren Saigas, Steppenantilopen. Wohin liefen sie? Wahrscheinlich zur Tränke. Die Antilopen kamen bis zum Ackerrand und blieben wie angewurzelt stehen, wagten nicht, den ungewohnt aufgelockerten, nach Erdöl und Eisen riechenden Boden zu betreten. So standen sie lange, ohne sich zu rühren, umspielt vom silbrigen Schimmer des Mondes, der Bock mit vielästigem kleinem Gehörn und die Ricke mit flacherem Rist und großen, im Dunkel leuchtenden Augen. Sie schmiegte sich an den Bock, den feinen Kopf gleich ihm witternd erhoben. So standen sie, beide wie versteinert. Ihre Haltung drückte die ängstliche Frage aus: Was ist mit der Steppe geschehen? Wo ist der alte Pfad geblieben? Was für eine Kraft hat die Erde umgewühlt?

Die Antilopen wagten nicht, den Acker zu überqueren. Sie kehrten um, zogen lautlos davon, und auf ihren geschmeidigen Rücken verlor sich das matte Silber des Mondes.

Ich blieb noch eine Weile sitzen. Dann ging ich in die

Jurte zurück, tastete mich im Dunkeln zu meinem Schlaflager und lag noch lange mit offenen Augen da.

Plötzlich hörte ich Geflüster. Abakir und Kalipa lagen nebeneinander. Wahrscheinlich war es auch früher so gewesen, doch ich wußte es nicht. Kalipa sagte schluchzend etwas, was ich nicht verstand.

»Nu, hör auf, genug damit«, murmelte Abakir schläfrig. »Wir fahren in die Stadt und regeln dort alles. Wirst deine zwei Tage liegen ... Warum sich unnötig aufregen?«

»Nicht deswegen reg' ich mich auf«, erwiderte Kalipa bitter.

»Ich hasse, verachte mich ... Warum mußte ich mich in einen wie dich verlieben? Was hab' ich bloß an dir gefunden, ich weiß es selbst nicht. Wenn du wenigstens einmal was Gutes für die Menschen tätest. Aber nein. Wie eine Hündin bin ich dir nachgelaufen ...«

»Du wirst's nicht bereuen. Wenn wir mit der Arbeit fertig sind, bring' ich dich hin.«

»Doch, ich werd's bereuen. Ich weiß, was mir mein Lebtag blüht. Trotzdem fahre ich mit dir. Ich will nicht allein bleiben.«

»Nicht so laut. Rück 'n bißchen näher. Na, endlich, sonst ... Das ganze Kissen hast du vollgeheult.«

Ich zog mir die Decke über den Kopf. Ich wollte so schnell wie möglich einschlafen, um dieses betrübliche Gespräch nicht länger mit anzuhören.

5

Die Sonne brannte von Tag zu Tag stärker. Sorokin suchte uns jetzt häufiger auf. Wir mußten uns beeilen – die Zeit drängte, der Boden trocknete aus. Wir hatten noch an die fünf Tage zu pflügen, so lange hatten auch die Säer zu tun.

Sorokin erzählte, im Herbst würden wir die Winterfurche bestellen, und im nächsten Jahr würde man uns viele Traktoren schicken und hier eine RTS aufbauen. Sorokin hatte alles genau eingeplant. Unermüdlich ritt er durch die Steppe. Er kannte sie nicht nur, er hatte sie bis auf den kleinsten Halm im Kopf.

Es war höchste Zeit, daß man von der Futterzustellung mit Lastern und Flugzeugen abkam. Und Sorokin wußte, wie man es erreichen konnte.

Abakir und ich pflügten jetzt bis in die späte Nacht hinein. Wir schliefen draußen auf dem Feld, und am frühen Morgen ging es wieder los. Die Arbeit war so anstrengend, daß Abakir mich in Ruhe ließ. Er tat, als sähe er mich nicht. Doch der dumpfe, verborgene Haß stand immer noch in seinen finsteren Augen. Mich störte das nicht. Ich ging meiner Arbeit nach und lebte in meinen Träumen. Ich sehnte den Tag herbei, an dem ich zu den Hirten ins jenseitige Tal gehen und dort das Mädchen mit dem Pony suchen würde.

In diesen Tagen begannen wir ein neues großes Feld umzubrechen. Etwas Neues zu beginnen ist immer angenehm, vor allem dann, wenn die Arbeit Freude macht und befriedigt. Schon in der Schule schrieb ich gern die erste Zeile auf einer neuen, sauberen Seite. Gern lief ich morgens über unberührten Schnee, in dem ich als erster Spuren zurückließ. Und gern wanderte ich im Frühling ins Vorgebirge, um die ersten Tulpen, die noch niemand entdeckt hatte, zu pflücken. Das war verlockend, atmete Neuheit und Frische. Hier, im Anarchai, war für mich eine neue Furche auf einem unbestellten Feld die erste Zeile, der unberührte Schnee und die ungepflückte Tulpe.

Ich saß auf dem Pflug und sah mit Vergnügen zu, wie unter mir die blankpolierten, blendenden Schare die erste Furche zogen. Hartnäckig in die Ackerkrume schneidend, warfen sie die Erdschollen sanft und leicht zur Seite.

Plötzlich blitzte unter dem äußersten Schar etwas auf, als schnellte ein Fisch aus der Erde, spiegelte sich im blanken Stahl und tauchte sofort wieder in der Furche unter. Ich sprang mit einem Satz vom Pflug, lief zu der Stelle und zog ein schweres, längliches Metallstück aus der Erde. Es war so schön, und ich war so entzückt, daß ich vor Freude die Arme hochriß und schrie: »Gold!«

Abakir sah sich um, hielt den Traktor an und sprang hastig auf den Boden.

»Was hast du da gefunden?«

»Gold! Sieh mal, Abakir, Gold!«

Er kam erst langsam, dann schneller auf mich zu. Ich hielt ihm das goldglänzende Stück Metall hin.

»Nicht möglich!« Er nahm meinen Fund argwöhnisch in die Hand, betrachtete ihn genau, rieb ihn am Ärmel. »Wie soll denn hier Gold hinkommen?« murmelte er gepreßt und wurde blaß, als sei ihm plötzlich ein Schreck in die Glieder gefahren. »Kann nicht sein.« Er lächelte gezwungen, kratzte mit dem Fingernagel die Erde aus der zernarbten Oberfläche, und ohne mich anzusehen, gab er mir, sichtlich unzufrieden, das Metallstück zurück.

»Warum nicht!« widersprach ich heftig. »Schau, wie schwer es ist, ist bestimmt neunhunderter Gold. Im zwölften Jahrhundert haben hier die Mongolen gelebt, davor hatten sie China erobert und von dort viel Gold mitgebracht. Auf diese Weise wird es bestimmt hierhergekommen sein!« Ich sagte das alles, weil ich mir sehnlichst wünschte, daß mein Fund Gold sei. Von diesem Wunsch beseelt, fuhr ich fort zu phantasieren, versuchte, mich und den verdutzten, verblüfften Abakir zu überzeugen. »Weißt du, wie viele Jahrhunderte es unter der Erde gelegen hat? Ein anderes Metall hätte längst der Rost zerfressen, aber das hier ist unversehrt geblieben, weil es reines Gold ist. Hier, im Anarchai, haben einst Nomadenstämme gekämpft. Weißt du, was hier für Schlachten waren? Die Schwerter der Khane wurden derzeit mit Goldgriffen geschmiedet. Und dieses Metallstück ist so ein Goldgriff. Probier mal – schau, wie man es bequem fassen kann.«

Abakir nahm das Metallstück und wog es auf der Hand. »Selbst wenn es kein Gold ist, muß man es Fachleuten zeigen, einfach aus Neugierde.« Er steckte es in die Tasche. »Es kann dir vom Pflug fallen. Schon besser, ich behalte es.«

»Meinetwegen«, erwiderte ich.

Abakir ging zum Traktor zurück, mit der Hand über die schwere Hosentasche streichend.

Wir fuhren weiter. Ich stellte mir vor, wie ich meinen Fund dem Lehrer Aldijarow zum Andenken überreichen würde. Er hatte schon viele Dinge dieser Art gesammelt. Und er würde mir natürlich bei der Gelegenheit etwas Interessantes erzählen. Dann wurde ich müde und vergaß mein Gold. Mir machten die ungleichmäßigen Bewegungen des Traktors zu schaffen. Abakir fuhr heute merkwürdig, mal bremste er unschlüssig, dann wieder raste er los, daß ich vom Motorengeheul fast taub wurde. Schwarzer Rauch quoll aus dem Auspuffrohr, breitete sich als trübe Qualmwolke über den Acker aus, kroch unter den Pflug, unter die Schare. So arbeiteten wir bis zum Abend. Die Sonne war untergegangen, trotzdem war es noch hell. Abakir sah sich mehrmals verstohlen nach mir um. Schließlich hielt er den Traktor an.

»Komm mal her!« Er winkte mir.

Ich ging zu ihm. Abakir war blaß, seine Augen irrten unruhig hin und her. Er wischte sich den Schweiß von der Stirn und schrie mich beim Motorengedröhn an: »Wie 'n Verrückter hab' ich gebrüllt, aber du hast wohl Watte in den Ohren! Geh, zieh den Hebel an und komm zurück, setz dich ans Lenkrad, führ mal 'ne Weile den Traktor. Ich fühl' mich nicht gut. Will mal 'n bißchen an die frische Luft gehen, vielleicht wird's besser.«

»Geh nur, geh!« sagte ich.

Während ich zum Pflug gelaufen und wieder zurückgekommen war, war Abakir bereits vom Traktor gestiegen. Er fiel förmlich in sich zusammen, wurde ganz grau. Stumm wankte er über den Acker.

Er scheint schwerkrank zu sein. Hat's wohl mit dem Magen. Den hat's aber gepackt, dachte ich und fuhr los.

Der Traktor rollte gleichmäßig mit voller Kraft dahin. Wieder hatte ich ihn in meiner Gewalt. Ich war aufgeregt wie sonst und bemühte mich, ihn gut zu führen. Am Ende des Ackers wendete ich und fuhr wieder zurück. Die Dämmerung senkte sich bereits über die Erde, und ein frischer Wind wehte. Noch zwei Runden, und ich muß die Scheinwerfer einschalten, dachte ich, den Blick angestrengt nach vorn gerichtet. Vor mir, in der Ferne, rannte jemand über den Hügelrücken davon. Oben angelangt, stürmte der Mann hügelab und verschwand. Ich sah nur noch seinen Rücken. Es war Abakir. Was war mit ihm los? Wohin lief er? Wahrscheinlich hatte er etwas erblickt. Ich fuhr bis zur Mitte des Ackers, erhob mich ein wenig vom Sitz und lehnte mich einen Augenblick lang aus dem Fahrerhaus; aber ich konnte Abakir nirgends erspähen. Wohin war er verschwunden? Er war doch krank. Seltsam. Ich hielt den Traktor an und schaltete den Motor auf Leerlauf.

»Abaki-ir!« rief ich. »Abaki-ir!«

Er antwortete nicht. Nun schaltete ich den Motor ganz aus, damit ich besser hören konnte.

»Abaki-ir! Wo bist du? Antworte!« schrie ich in die Steppe hinein.

Doch die schattigen, dämmrigen Hügel schwiegen.

Vielleicht war ihm schlecht geworden? In meiner Vorstellung wälzte er sich zusammengekrümmt auf dem Boden und konnte sich nicht mehr aufrichten. Ich sprang vom Traktor und rannte los, so schnell mich die Beine trugen. Ich überquerte den Hügelrücken und sah mich nach allen Seiten um. Keine Menschenseele weit und breit. Ich rannte auf eine große Anhöhe, und nun erblickte ich Abakir unten in der Ebene. Er war schon sehr weit.

»Abakir! Wohin gehst du?« schrie ich, doch er drehte sich nicht um, und bald verschwand er ganz aus meinem Blickfeld, als hätte ihn die Erde verschluckt.

Ich stand noch eine Weile da, dann kehrte ich unschlüssig zurück. Am Himmel erlosch, bleich gefleckt, der letzte Schimmer des Abendrots. Düstere Finsternis legte sich auf die Hügel und Ebenen.

Bestürzt und verwirrt stapfte ich dahin. Sonderbar, ungewöhnlich erschien mir plötzlich die geheimnisvolle, traurige Stille. Es war, als lausche die Steppe meinen Schritten, meinen Gedanken. Ich dachte an Abakir. Als ich ihm erzählt hatte, wie es wirklich in dieser Gegend gewesen war, hatte er mich verhöhnt, mir nicht geglaubt. Das Märchen von dem unglückseligen Gold aber hatte ihn kopflos gemacht... Nein. Solche Leute verlieren nicht den Kopf! Offenbar hatte er sich schon lange mit dem Gedanken getragen fortzugehen, er hatte auch davon gesprochen, ganz beiläufig, als wolle er Sorokin drohen. Er haßte alle, mit allen hatte er sich gezankt, gerauft. Und Kalipa? Die wollte er besonders gern loswerden. Wozu brauchte er sie, die Schwangere, und ihre Liebe! Trotz alledem wäre er eine Woche vor der Lohnauszahlung nicht weggelaufen, aber so ... Tags zuvor hatte er seinen Lohn bekommen, und nicht wenig – er bewahrte das Geld nie in der Jurte auf, trug es immer bei sich –, hatte noch ein paar Stunden der Form halber gearbeitet, kaum einen Tag, und nun noch der Fund, vielleicht war es Gold ...

Kalipas Stimme riß mich aus meinen Gedanken: »Abaki-ir! Kemel! Wo seid ihr?«

Sie hatte uns in Blechkannen Wasser für die Nachtschicht gebracht.

»Wo steckt ihr bloß?« rief sie mir ängstlich zu. »Mir war schon ganz unheimlich zumute. Ich warte, warte, der Traktor steht da, und ihr seid nirgends zu sehen!«

Was sollte ich ihr antworten? Ich sagte ihr die Wahrheit.

»Abakir hat sich aus dem Staub gemacht. Hat die Arbeit hingeworfen.«

»Und ... warum ... weshalb?« fragte sie stockend.

»Ich weiß nicht.« Von dem Gold erzählte ich ihr nicht, ich schämte mich für Abakir.

»Er ist also weg?« Nachdem sie eine Weile geschwiegen hatte, zerrte sie eine Wasserkanne von der Fuhre und stellte sie schwer auf den Boden. »Wozu fahr' ich bloß dieses Wasser aus?« fragte sie zerstreut, ohne sich an jemand zu wenden.

Ich trug die Wasserkanne zum Traktor. Kalipa preßte das Gesicht ans Fahrerhaus und weinte bitterlich. Ich fühlte mich unangenehm berührt, wußte nicht, wie ich sie trösten sollte.

»Vielleicht kommt er zurück«, murmelte ich unsicher und drehte mich zu Kalipa um.

»Ich weine ja nicht ihm nach«, schluchzte sie und wandte mir jäh ihr tränennasses Gesicht zu. »Ich hatte geglaubt, geträumt! Und woran hatte ich geglaubt? Wovon geträumt?« schrie sie plötzlich mit so gequälter, schriller Stimme, daß sogar in der öden Steppe ein stöhnendes Echo ertönte. »Ich dachte, er ist fleißig, er wird seine Boshaftigkeit abstreifen. Mit Güte, mit Liebe wollte ich seine Seele auftauen. Und er? Doch was soll man da lange reden ... Auch ein Pferd arbeitet, aber ein Mensch ist eben ein Mensch, er muß ein Herz haben ... Dann macht ihm die Arbeit Spaß, dann hat sie Sinn ... Aber er hat nichts begriffen. Wie er war, so ist er auch weggegangen. Oh, wie mich das kränkt!«

Ich schwieg, war bedrückt und niedergeschlagen. Kalipa tat mir leid. Ich verstand nicht, wie sie einen solchen Mann hatte lieben können ... Doch wenn Abakir wüßte, welchem wahren Glück er heute, als er Kalipa verließ, den Rücken gekehrt hatte, dann würde er, und nicht sie, wie ein Wolf zur Winterszeit heulen.

Kalipa stieg auf den Ackerwagen und fuhr stumm von dannen.

Ruhig schlief die Anarchaisteppe. Irgendwo in der Ferne ertönte ein Lokomotivpfiff und kullerte zitternd über die Wermutbüschel heran. Vielleicht fuhr Abakir bereits auf einem unterwegs erwischten Güterzug davon? Fahr nur, du Lump, scher dich zum Teufel! Der Anarchai wird nicht untergehen, und auch wir werden ohne dich auskommen.

Ich wollte nicht mehr an Abakir denken. Ich mußte mich an die Arbeit machen. Lange quälte ich mich mit dem Traktor ab. Endlich bullerte er los und schreckte die nächtliche Dunkelheit auf. Ich kletterte ins Fahrerhaus und schaltete die Scheinwerfer ein.

Nun war ich für alles verantwortlich. Und plötzlich überkam mich der heiße Wunsch, mein liebes Mädel mit dem Pony müßte jetzt bei mir sein und meinen Worten

Glauben schenken, daß diese wilde Wermutsteppe dereinst erblüht, bestimmt erblüht – zum wunderschönen Land Anarchai.

1961

Am Fluß Baidamtal

Wild schäumt der Fluß Baidamtal,
schwer ist der Übergang nachts.
Ich aber sehne mich krank,
kommst du zum Stelldichein nicht.
(Lied der Mädchen vom Talastal)

I

Urplötzlich begann ein Wolkenbruch. Im Nu schossen trübe Sturzbäche unaufhaltsam die Hänge hinunter, wuschen gähnende Klüfte aus, entwurzelten alte Tannen, stießen Steine in den Abgrund und ergossen sich am Ende ihres zerstörerischen Laufs in den Baidamtal.

Schwarz geworden und angeschwollen, tobte der Fluß wild in der Felsschlucht. Es war bereits finster, dennoch sah man, wie er sich immer wieder aufbäumte und gegen das Ufer brandete. Brüllende Wogen klatschten mit voller Wucht gegen die Steine, spritzten auf und rollten stöhnend zurück.

Doch gleich darauf stießen Wasser und Stein erneut aufeinander und erfüllten die Schlucht mit wütendem Getöse.

Eng war es den Wogen. Gischtig drängten sie sich auf Felsbänken und schossen hoch, daß es schien, jeden Augenblick würden sie die kleine Gondel herunterreißen, die an einer Stahltrosse überm Fluß hing. Der Wind schaukelte die Gondel, sie quietschte jammervoll.

Die gewaltigen schwarzen Felsen, die düster über den tosenden Fluß ragten, waren all dem gegenüber teilnahmslos und gleichgültig.

Auf dem Hof neben einem kleinen Haus aber heulte ein Hund. Er saß unterm dunklen Fenster und jaulte so durchdringend, daß es einem kalt den Rücken hinunterlief. Der Wind trug das Gejaule durch die Schlucht.

Assija konnte nicht einschlafen. Am meisten fürchtete sie sich, wenn, als hätte jemand ein Streichholz angezündet, Blitze vorm Fenster aufflammten und zottige Wolkenungeheuer durch die regennassen Scheiben blickten. Das Mädchen bildete sich sogar ein, sie klopften ans Fenster. Erschrocken preßte sie das geöffnete Buch an die Brust, schloß ängstlich die Augen und lauschte mit angehaltenem Atem.

Wand an Wand mit ihr lebte die Familie des Hydrotechnikers Bektemir. Wortfetzen, Hüsteln drangen herüber. Das war Bektemirs Vater, der alte Assylbai. Ihn plagte das Rheuma, und heute schmerzten ihn die Knochen offenbar noch mehr als sonst. Einigemal schon hatte er den Hund laut angefahren: »Scher dich fort, Baikuren! Weg da! Sei doch endlich still, verdammtes Biest, der Teufel soll dich holen! Ruhe!«

Dann trat Assylbai an Assijas Tür, hustete und sagte gereizt: »Du schläfst nicht, Assija? Was läßt du so lange Licht brennen! Solltest dich lieber ausruhen, Töchterchen. Ins Buch gucken kannst du auch ein andermal! Oder fürchtest du dich etwa?«

»I wo, Väterchen! Keine Sorge! Legen Sie sich hin und decken Sie sich schön warm zu!«

»Das Elend ist, ich kann nicht schlafen! So ein Unwetter! Und der Köter, an einem Knochen ersticken soll das Biest, jault so abscheulich, daß ich keine Ruhe finde.«

Darauf tönte die wütende Stimme der Schwiegertochter: »Mein Gott, wenn du doch nur schlafen würdest, Alter! Du weckst noch das Kind! Was kümmert dich der

Hund? Wenn er eine Weile geheult hat, hört er schon wieder auf!«

Doch der schwerhörige Assylbai gab sich nicht zufrieden. Er richtete sein Bett her, legte sich hin und brummte laut: »Bewahr uns Gott vor Mißgeschick! Wie schnell ist ein Unglück geschehen! Unser Baidamtal ist ja ganz außer sich. Paß auf, er wird noch die Gondel vom Seil reißen. Dann such sie mal. Oh, Allah hat mich gestraft, das Kreuz tut mir weh, o mein Kreuz!«

Bei Tagesanbruch, kaum daß es über den Bergen dämmerte, sattelte Bektemir sein Pferd und ritt zur Felsschlucht. Er wollte möglichst früh dort sein, um nachzusehen, ob die nächtlichen Wasserströme nicht die Fangeisen weggerissen hatten, die er auf den Wildpfaden gelegt hatte.

Der Regen hatte aufgehört, doch noch immer hingen Wolken, schwer wie vollgesogene Filzmatten, tief über der Erde. Das Weiß des Schnees auf den Gipfeln und Kämmen war in der Nacht in wäßriges Grau übergegangen. Durch die Schlucht blies von den Bergen her ein unangenehmer scharfer Wind. Die an den Boden gepreßten Gräser und Sträucher richteten sich allmählich wieder auf und schüttelten die Wassertropfen ab.

Der Weg war glitschig, deshalb ritt Bektemir im Schritt. Er ließ die Zügel schleifen und gab sich seinen Gedanken hin. Plötzlich blieb das Pferd stehen und rührte sich trotz guten Zuredens nicht vom Fleck. Was hat es nur, warum spitzt es die Ohren? dachte er und schaute sich um. Ein paar Schritt neben dem Weg lag ein Mann. Bektemir erstarrte vor Schreck. Der Mann lag unter einem Steilhang bäuchlings auf dem Steingeröll. An Kopf und Schulter, die man durch die zerrissene Jacke sah, klebte verkrustetes Blut.

Ob er noch am Leben ist? Vorsichtig ritt Bektemir näher. Wer mag das sein?

Hier am Baidamtal wohnte keine Menschenseele, Dutzende Kilometer im Umkreis gab es keine Siedlung. Gewiß, bisweilen kamen Jäger hierher, doch die kannte Bektemir alle, sie machten immer auf der Hydrologischen Station halt und berieten sich mit ihm über die Pirsch. Dieser Mann aber wirkte absolut nicht wie ein Jäger. Städtischer Haarschnitt, ölverschmierte Kleidung, Armbanduhr.

Bektemir blickte sich um. Klar, der Mann hatte die ganze Nacht im Regen gelegen. Er steckte zur Hälfte in Lehmbrühe, die vom Steilhang geflossen kam. Schien ein blutjunger Bursche zu sein. Die Kleidung war an Ellbogen und Knien ebenfalls zerrissen, offenbar hatte er verzweifelt versucht, nach oben zu klettern. Auch jetzt noch lag er da, als kröche er den Hang hoch, den rechten Arm vorgereckt, die Finger in den Felsen gekrallt. Woher, aus welcher Richtung mochte er gekommen sein? Das war nicht mehr festzustellen, der Regen hatte längst alle Spuren verwischt.

Unerwartet regte sich der Mann und stöhnte leise. Oh, er ist noch am Leben! freute sich Bektemir, sprang aus dem Sattel und packte den Liegenden am Ärmel.

»He, Bursche! Hör doch!«

Keine Antwort. Mühsam drehte Bektemir ihn auf den Rücken, knöpfte ihm das Hemd auf und legte ihm die Hände auf die Brust. Das Herz schlug noch. Bektemir durchsuchte die Taschen, fand aber nichts außer dem Komsomolausweis. Die feuchten Blätter klebten zusammen, die Tinte war verlaufen. Mit Mühe entzifferte er: ... Alijew, Nurbek ... 1930 ...

Interessant! Bektemir wiegte den Kopf. Er führte das Pferd so heran, daß er Nurbek möglichst bequem in den Sattel heben konnte.

2

»Kein Penizillin mehr da, was machen wir nur?« waren die ersten Worte, die Nurbek vernahm, undeutlich, wie aus weiter Ferne. Doch er wußte nicht, wer sie gesprochen hatte und an wen sie gerichtet waren. Er versuchte, die Augen aufzuschlagen, aber es gelang ihm nicht, er hatte einfach nicht die Kraft, und abermals stürzte er, wie ihm schien, in tiefes Dunkel.

Dann spürte Nurbek, wie jemand ihm Wasser einflößte. Ein kaltes Rinnsal floß ihm übers Kinn auf die Brust. Er schlug die Augen auf. Diesmal vernahm er klar, wie jemand, über ihn gebeugt, sagte: »Sehen Sie, Assylbai-ata, er hat die Augen aufgemacht!«

An der Stimme merkte Nurbek, daß ein Mädchen sprach oder eine junge Frau. Doch ihr Gesicht erkannte er nicht, er sah nichts, alles verschwamm wie ein Nebel. Das ist wohl ein Traum, dachte er. Da begann jemand anders zu reden, allem Anschein nach ein alter Mann.

»So, Töchterchen, das Leben hat ihn wieder«, seufzte er erleichtert. »Du hast ein gutes Werk getan, Assija! Das sind sie also – Gottes Macht und die Medizin!«

Sie flüsterten noch eine Weile miteinander und gingen dann hinaus. »Soll er sich nur ausruhen!« sagte der alte Mann und schloß behutsam die Tür.

Nach und nach schwand der trübe Schleier vor den Augen, und Nurbek betrachtete verwundert das sauber geweißte kleine Zimmer. Er begriff nicht, wie er hierhergelangt war, doch er sah, daß hier ein Mensch mit Kultur lebte. Auf Regalen standen in ordentlichen Reihen Bücher, auf dem Tisch lag ein Stapel vollgeschriebener Zettel. In der einen Ecke ragte ein hoher Schrank mit eigenartigen Geräten, die Nurbek nicht kannte. An der Wand hing eine

Schutzbrille für Alpinisten. Als er vorsichtig zum Fenster blickte, bemerkte er auf einem niedrigen Schränkchen einen Spiegel und ein großes Gruppenbild. Auf dem Foto war die Unterschrift zu erkennen: Geographische Fakultät. Durchs Fenster waren Berggipfel zu sehen, ein Streifen blauer Himmel, und außerdem drang von dorther ununterbrochen das Rauschen eines ganz nahen Flusses.

»Ich begreife nicht«, flüsterte Nurbek. Aufmerksam starrte er in den Spiegel. Ein bleicher, erschöpfter Mann, lange nicht rasiert, mit verbundenem Kopf, lag im Bett und blickte ihm entgegen.

»Aaaah«, schrie Nurbek auf, die Züge vor Schmerz und Entsetzen verzerrt. Man konnte meinen, er hätte jemand Verhaßten und Verachtungswürdigen erblickt. Er stöhnte auf, schlug die Hände vors Gesicht und wandte sich ab. Als jedoch die Tür geöffnet wurde, fuhr er erschrocken zusammen und riß die Hände vom Antlitz. Ins Zimmer trat ein Mädchen in Skianzug und dicksohligen Bergstiefeln, einen schweren Haarknoten im Nakken.

»Geht's besser?« erkundigte sie sich schlicht und stellte lächelnd einen Teekessel auf den Tisch. Nurbek wurde knallrot. Es war ihm peinlich, im Bett zu liegen, während das Mädchen daneben stand. Er versuchte sich aufzurichten.

»Nicht doch! Bleiben Sie liegen, stehen Sie nicht auf!«

Nurbek wollte antworten, kam aber nicht dazu, unter den Rippen spürte er plötzlich einen schmerzhaften Stich, und ein heftiger würgender Husten schüttelte ihn. Er krümmte sich, griff sich an die Brust und röchelte. Erschrocken lief das Mädchen im Zimmer hin und her, sie wußte nicht, was tun. Schließlich schob sie ihre Hand unter Nurbeks Kopf. Als der Hustenanfall vorbei war, atmete sie erleichtert auf und trocknete dem Kranken mit einem Handtuch die Stirn.

»Sie haben eine heftige Lungenentzündung und müssen sich vorsehen. Seit gestern waren Sie ohne Besinnung. Sie haben hohes Fieber. Auch heute neununddreißig. Bleiben Sie liegen. Fühlen Sie sich wie zu Hause. Ich bin einstweilen in die Funkerbude umgesiedelt.«

Nurbek hatte sich von dem Hustenanfall noch nicht erholt, wußte aber ohnehin nicht, was er dem Mädchen erwidern, was er ihr sagen sollte, und so blickte er sie nur bestürzt und verwirrt an. Aus unerfindlichem Grund kam ihm dieses wie ein Junge gekleidete Mädchen mit jedem Augenblick bekannter und vertrauter vor. Sie war eine ganz gewöhnliche dunkelhäutige junge Kirgisin. Ihr ein wenig breites Gesicht, ihre klar geschnittene Stirn hatte der Wind gegerbt und die Bergsonne verbrannt. Die vollen Lippen waren stets leicht geöffnet, als wolle sie sogleich lächeln. Das wirkte kindlich, gutmütig und naiv. Nur ihre Augen waren ernst und versonnen. Mit ihren kleinen, aber festen und kräftigen Händen strich sie mütterlich die Bettdecke glatt und hüllte Nurbeks Füße warm ein.

»Das Bett ist ein bißchen kurz, soll ich vielleicht das Kissen höher legen?«

»Nein, machen Sie sich keine Mühe. Sagen Sie bitte, Schwesterchen, wo bin ich eigentlich?«

Verwundert hob das Mädchen den Blick.

»Hier ist die Hydrologische Station!«

»Die Hydrologische Station?«

»Ja! Haben Sie schon mal vom Baidamtal gehört? Bektemiragai hat Sie gefunden. Kennen Sie ihn?«

»Nein. Ich erinnere mich nicht.«

»Er ist unser Hydrotechniker.«

»Hier leben Menschen?«

»Ja. Aber wir sind nur wenige. Bektemirs Familie und ich.«

»Sie arbeiten auch hier?«

»Ja, als Hydrologe.«

»Danke, daß Sie so gut zu mir sind, Schwesterchen, aber ...« Nurbek stockte. Dann fragte er: »Bitte, wie heißen Sie?«

»Assija. Und Ihr Name ist Nurbek, nicht wahr? Sie sind sicher in einer wichtigen Angelegenheit an den Baidamtal gekommen?«

Nurbek antwortete nicht. Er drehte sich weg und zog die Decke über den Kopf, warf sie jedoch gleich wieder ab, blickte das Mädchen finster an und sagte: »Ich bin ein Verbrecher!«

Assija stellte behutsam den Teekessel hin.

»Sie ein Verbrecher? Ja wieso denn? Sind Sie geflohen und verstecken sich nun in den Bergen?«

»Ja, Schwesterchen! Sie denken sicher, Sie haben einem Menschen das Leben gerettet. Jeder andere an meiner Stelle würde es Ihnen bis zum Ende seiner Tage danken. Ich aber wäre glücklich, wenn ich verschollen wäre, wenn der Fluß meine Gebeine hinwegtrüge.«

Assija packte das Grauen, doch sie fand die Kraft, dem Kranken gut zuzureden: »Was schwatzen Sie da, beruhigen Sie sich! Sie dürfen sich nicht aufregen. Bleiben Sie liegen!«

»Gehen Sie nicht weg, Schwesterchen! Ich bitte Sie, bitte Sie flehentlich, hören Sie mich an!« Nurbek schien am meisten zu fürchten, Assija könne fortgehen, ohne ihn angehört zu haben. »Warten Sie, Assija, ich erzähle Ihnen alles, will nichts verheimlichen.«

3

An einem Vorfrühlingstag war Nurbek aus dem Werktor getreten. Er riß sich den Wollschal vom Hals, stopfte ihn in die Tasche, holte tief Atem und reckte die breiten Schultern. Mit freudigem Blick umfing er alles ringsum: die Straße, die Fabrikgebäude, den Himmel, den Park.

Er war ein großer, stattlicher Bursche, jetzt, da er mit leicht vorgerecktem Kinn dastand, die kräftigen Lippen fest zusammengepreßt, und stolz um sich blickte, fiel das den Passanten besonders ins Auge.

Heute spürte Nurbek das Nahen des Frühlings wie nie zuvor. Die Luft war klebrig feucht, und obwohl der Himmel mit schmutziggrauen Wolken verhängt war und die Sonne nicht durchdrang, taute der Schnee auf dem Asphalt, plätscherte aus tiefen Pfützen Wasser in die Aryks. Der erste Frühlingsbote, der Urjuk, streckte seine Zweige über die Dubals auf die Straße, verströmte dort den zarten Duft schwellender Knospen.

Nurbek stieg in den Trolleybus. Er dachte noch immer an den Frühling. Die bevorstehenden Tage werden für ihn bedeutungsvoll und interessant sein. Er fährt als Mechaniker in einen fernen Neulandsowchos im Hochgebirge. Er ist einer der ersten, die dahin gehen. In seiner Charakteristik hat der Parteisekretär des Werkes ihm bescheinigt, er sei ein qualifizierter, gescheiter Mechaniker, und die Parteileitung zweifle nicht daran, daß er das Vertrauen des Werkes rechtfertigen werde.

Den Dienstreiseauftrag des Gebietskomitees hat er schon in der Hand, dieser Tage wird auch die feierliche Verabschiedung im Klub stattfinden: viele freundliche Worte, gute Wünsche, Musik, Tanz, Lachen, ein fester Händedruck und dann . . . dann . . . Es fiel Nurbek schwer, auszudrücken, was sein Herz höher schlagen ließ. Kurz, vor ihm liegt ein neues Leben, er wird neue Arbeit, neue Freunde finden!

Er wird einer der ruhmreichen Neulanderoberer sein. Dort in den Bergen, wo jahrhundertelang keines Menschen Hand je die Erde berührte, wird Getreide in die Ähren schießen, wird man Straßen bauen, und das Volk wird sagen: Das ist unser Dorf, unsere Schule, unsere Werkstatt! Ist das nicht ein großes Glück? Sooft Nurbek daran dachte, spürte er frische Kraft in den Armen und hätte sich am liebsten sofort in die Arbeit gestürzt.

4

Der Frühling kam spät in die Berge. Neben dem Pflügen gab es im Sowchos eine Unmenge zu tun. Neue Maschinen mußten angeschafft werden und Brennstoff, man mußte eine Reparaturwerkstatt einrichten, Häuser bauen, eine Kantine, ein Bad. An einem neuen, bislang unbewohnten Ort ist alles wichtig, wird alles gebraucht. Hat man das eine getan, muß man schon das zweite in Angriff nehmen, das dritte. Doch für die Traktoristen standen natürlich das Pflügen und die Aussaat an erster Stelle.

Es war gar nicht so einfach und leicht zu erreichen, daß inmitten der menschenleeren öden Berge das Leben pulsierte. Doch die Schwierigkeiten brachen Nurbeks Unternehmungsgeist keineswegs. Er blieb so voller Unrast, so hitzig und energisch wie zuvor. Neue Charakterzüge kamen hinzu: Er wurde strenger, reizbarer und versuchte um jeden Preis durchzusetzen, daß alles so geschah, wie er es anordnete. Am liebsten hätte er alles selbst getan, eigenhändig, und wenn einer seiner Untergebenen mit einem

Auftrag nicht zu Rande kam, kannte er keine Nachsicht. »Was bist du nur für ein Mensch!« schrie er dann. »So eine Lappalie, und du wirst nicht damit fertig! Wer schickt bloß solche Leute her wie dich. Na geh schon, ich mach' es selber!«

Was Nurbek auch anpackte, die Arbeit ging ihm rasch von der Hand, und er brachte sie immer zu Ende. Fast sah es aus, als käme man ohne ihn überhaupt nicht mehr aus. Wann man ihn erblickte, er war immer auf den Beinen, eng gegürtet, zielstrebig und flink. Er stellte eigenhändig Zelte auf, fuhr Bulldozer, schippte Schneelawinen weg, montierte in der Werkstatt Maschinen.

Erst während eines Dauerregens, da sie wohl oder übel im Zelt liegenbleiben mußten, verfiel Nurbek plötzlich auf finstere Gedanken. Er wußte nicht, warum es ihm bisher nicht gelungen war, jemandem näherzukommen, warum er keine guten, aufrichtigen Freunde besaß, mit denen er sich über alles austauschen konnte, was er auf dem Herzen hatte. Bei der Arbeit ordneten sich die Menschen ihm unter, sie widersprachen ihm nie und schienen ihn wohl auch zu achten, aber kaum war der Arbeitstag zu Ende, da redete keiner mit ihm ein Wort. In solchen Augenblicken holte er ein Foto aus dem Koffer und betrachtete es lange Zeit seufzend beim trüben Schein der Laterne.

Ainagul war auch auf dem Foto schön. Das Bild roch nach ihrem Lieblingsparfüm.

Ainagul arbeitete im Ministerium als Sekretärin. Kam es von der Gewohnheit, über weiche Läufer und Teppiche zu schreiten, oder war es angeborene Eleganz, jedenfalls hatte sie einen wunderbar leichten und lautlosen Gang.

Als Nurbek ihr von seinem Beschluß berichtet hatte,

aufs Neuland zu fahren, und ihr seinen Dienstreiseauftrag gezeigt hatte, war sie ihm nicht, wie erwartet, um den Hals gefallen.

»Hast du dir's auch gut überlegt?« fragte sie und runzelte die Stirn.

»Ja, warum?«

»Ach, nur so.« Zögernd fügte sie hinzu: »Also liebst du mich nur mit Worten.« An Ainaguls dichten Wimpern hingen Tränen, und ihre Augen wurden dadurch noch schöner.

Nurbek geriet in Verwirrung, damit hatte er nicht gerechnet.

»Was soll das, Ainagul? Glaub nicht, daß ich dich vergesse, wenn ich in den Sowchos fahre! Ich träume schon davon, wie wir beide dort leben werden.«

Natürlich kam es Ainagul nicht mal in den Sinn, sofort mitzufahren. Und auch Nurbek konnte ihr das nicht vorschlagen. Erst mußte er Fuß fassen, eine Wohnung bekommen, dann konnte von Heirat die Rede sein.

Zum Abschied hatte Ainagul Nurbek ihr Foto geschenkt.

»Na dann fahr, Nurbek«, hatte sie gesagt und gekränkt die Lippen geschürzt. »Ich weiß ja, wenn du dir was in den Kopf gesetzt hast, kann man dich nicht mehr davon abbringen. Aber falls es dir dort nicht gefällt, dann quäl dich nicht, sondern komm zurück, ich werde warten. Mach dir keine Sorgen, was man in der Fabrik über dich redet, das ist unwichtig. Arbeit findet sich immer. Und für alle Fälle: In dem Kreis, in den du fährst, arbeitet mein Onkel, hier ist seine Anschrift. Genier dich nicht, wende dich nur an ihn, er hilft dir schon.«

Ainagul hatte ihm jedoch eine falsche Adresse gegeben, wie sich herausstellte. Ihr Onkel arbeitete im Nachbarkreis, hinter dem Südpaß. Nurbek hatte es später erfahren, als er Ortsansässige fragte.

Von Tag zu Tag wuchs der Sowchos und kam voran. Nurbek sehnte immer ungeduldiger den Zeitpunkt herbei, da er endgültig mit Ainagul verbunden sein würde.

5

Der Frühling läßt in den Bergen bisweilen lange auf sich warten, doch wenn er kommt, geht es schnell.

Unten im Tal grünen schon die Saaten, in die jungen Bäume steigt der Saft, das Laub entfaltet sich und beginnt Schatten zu werfen. Dann übergibt der Frühling sein Werk dem Sommer, rafft sein über die Erde schleifendes, prallgrünes geblümtes Gewand und enteilt ins Gebirge.

Im Hochland hat der Frühling seine eigenen Gesetze, seinen eigenen, unverwechselbaren Zauber.

Frühmorgens fällt dichter Schnee, nach dem Mittag lugt die Sonne hervor, die Schneemassen geraten in Bewegung, tauen, schwinden, Eintagsblumen erblühen, gegen Abend aber ist die Erde schon fast trocken. Nachts überzieht eine Eisschicht Flüsse und Bäche. Blickt man am nächsten Morgen von den Gipfeln hinab, dann verschlägt es einem den Atem, so klar und unwahrscheinlich schön ist der Frühling in den Bergen. Der Himmel klarblau, ohne ein einziges Wölkchen. Das Land, wie ein junges Mädchen im neuen Putz, grün, vom Tau gewaschen, scheint verlegen zu lachen. Ruft man etwas, ist die Stimme noch lange zu hören – die reine Höhenluft über den Bergen trägt sie weit, weit. Keine Schneefälle, kein Nebel, keine Regengüsse und kein Wind vermögen den Frühling aufzuhalten, wie ein grüner Brand lodert er von Berg zu Berg, von Gipfel zu Gipfel, höher und immer höher, bis hin zum ewigen Eis.

Überall sind die Leute bemüht, die Frühjahrsbestellung möglichst rasch zu beenden, in den Bergen aber ganz besonders – verspätet man sich hier auch nur wenig, reifen die Saaten nicht, die Nachtfröste vernichten sie.

Nurbek kam gegen Abend auf den abgelegensten Schlag des Sowchos »Tschon-Sai«. Er war noch nicht vom Motorrad gestiegen, da sah er auch schon, daß auf dem Hang ein Traktor stillstand. Verdrossen spuckte er aus, stellte den Motor ab und lief hin. Noch atemlos, schrie er bereits von weitem voller Wut: »He, warum stehst du? Habt ihr schon wieder einen Traktor kaputt gemacht?«

Der junge Traktorist Dshumasch trat rasch eine Zigarette aus.

»Die Maschine ist heil!« sagte er, als müsse er sich rechtfertigen. »Aber hier ist es gefährlich, Agai!«

»Was?« Nurbek stürzte auf ihn zu, fast wäre er mit den Fäusten auf ihn losgegangen. »Du bist wohl nicht recht bei Troste!«

»Also . . . Genosse Mechaniker, die Sache ist . . . «

»Rede gefälligst verständlich! Wie lange steht der Traktor? Antworte!«

»Eine Stunde etwa.«

Nurbek hieb mit der Faust durch die Luft.

»Wer hat euch das erlaubt? Wer? Welcher Idiot?«

»Sie sagen, der Traktor wird umstürzen. Es ist gefährlich, hier zu arbeiten!«

»Wo soll er hinstürzen? Was schwatzt du da für Unsinn?«

Der Brigadier trat hinzu. Nurbek maß Trofimow von Kopf bis Fuß mit einem zornigen Blick und schleuderte ihm wütend ins Gesicht: »Das hätte ich nicht von Ihnen erwartet! Für den Stillstand des Traktors werden Sie sich vor dem Parteibüro verantworten!«

Der große vierschrötige Trofimow strich sich mit gewohnter Würde den borstigen Schnurrbart und nickte, als sei er völlig einverstanden.

»Den Traktor mußten wir anhalten, Genosse Mechaniker«, sagte er bedächtig mit Baßstimme. »Wir haben gewartet, dachten, Sie oder der Agronom kommen mal vorbei, und wir können uns beraten. Die Bodenbeschaffenheit hier verbietet den Einsatz eines Traktors. Sehen Sie nur, wie steil der Hang ist. Die Maschine kann draufgehen und die Leute auch. Da, der Traktor steht schon ganz schräg!«

Nurbek hockte sich hin, schätzte das Hanggefälle ab und machte eine verächtliche Handbewegung.

»Übertriebene Vorsicht! Das ist doch kein Radschlepper, ein Raupenfahrzeug nimmt noch ganz andere Hänge und kippt nicht!«

»Ich arbeite, Gott sei Dank, das zweite Jahrzehnt in den Bergen, Nurbek Alijewitsch. Da ist schon allerlei passiert! Sie aber sind neu hier. Glauben Sie mir, hier kann man nicht pflügen, es ist zu gefährlich.«

Das war zuviel! Also verstand Nurbek nichts von seiner Arbeit? Zu allem Überfluß pflichtete auch noch Dshumasch dem Brigadier bei: »Recht hat er! Es ist zum Fürchten!«

»Wenn's zum Fürchten ist, solltest du lieber zu Hause in deiner Jurte sitzen bleiben«, stieß Nurbek durch die Zähne. »Auf dem Neuland brauchen wir keine Waschlappen! Sagen Sie, Genosse Trofimow, weshalb hat die Partei Sie hierhergeschickt? Wie können wir den Plan erfüllen, wenn wir vor jedem Hügel zurückschrecken?«

»Wir müssen überlegt handeln, Genosse Mechaniker«,

wandte Trofimow ein, »und dürfen kein unnützes Risiko eingehen. Das ist doch kein Kinderspiel!«

»Was schlagen Sie vor? Die Hände in den Schoß legen?«

»Was soll das Gerede, Genosse Mechaniker. Wann haben wir je Müßiggang gesucht? Wenn dieser Platz fürs Pflügen ungeeignet ist, gehen wir eben woandershin.«

»Danke bestens für den Rat! Also sollen wir nicht pflügen, sondern wie Nomaden von einem Fleck zum andern ziehen? Haben Sie mal darüber nachgedacht, was eine Minute jetzt kostet? In der Zeit, da wir an einen andern Ort fahren, könnte man ein Dutzend Hektar pflügen. Außerdem muß ich Sie daran erinnern, daß wir für alles einen Plan haben, Kennziffern und Richtlinien. Wir haben nicht das Recht, eigenmächtig zu handeln!«

»Warum denn so, Genosse Mechaniker? Den Plan kann man korrigieren. Ich mache Sie noch einmal darauf aufmerksam – an diesem Steilhang will niemand den Traktor fahren. Fragen Sie, wen Sie wollen!« Trofimow wies auf die Traktoristen, die sich um sie geschart hatten. Keiner von ihnen sagte ein Wort, aber ihre ernsten, feindseligen Gesichter ließen erkennen, daß sie dem Mechaniker ganz und gar nicht recht gaben.

»Jedem ist das Leben lieb«, sagte Trofimow und gab damit gewissermaßen die einhellige Ansicht der Traktoristen wieder. »Mit solchen Hängen spaßt man nicht, Genosse Mechaniker!«

»Unsinn! Sie haben aus allen Feiglinge gemacht! Ich bin Mechaniker im Sowchos, gestatten Sie schon, daß ich Bescheid weiß, welche Maschinen man wo einsetzt. Ich behaupte, auf diesem Steilhang kann man ohne die geringste Gefahr pflügen. Lassen Sie bitte das Gerede! Sie sind Kommunist, Genosse Trofimow, Schwierigkeiten muß man überwinden, man kneift nicht davor! Die Leute blikken auf Sie!«

Trofimow explodierte.

»Schwierigkeiten sind mir in meinem Leben mehr begegnet als dir, junger Kerl!« rief er hitzig, trat dicht an ihn heran und vermochte nur mit Mühe seine Erregung zu zügeln. Dann drehte er sich schroff um und ging weg.

Nach Trofimow gingen auch die anderen. Nurbek blieb allein zurück. Das war mehr, als er ertragen konnte, er fühlte sich tief beleidigt. Er rannte los, holte Trofimow ein und packte ihn am Ärmel.

»Sofort den Traktor anlassen! Das ist ein Befehl!«

Trofimow maß ihn schweigend von Kopf bis Fuß, schüttelte stumm seine Hand ab und ging weiter.

Mitternacht war längst vorbei. Hoch in den Bergen, inmitten der Felsen, hatten sich die Wolken zur Nacht niedergelassen. Sie waren ineinandergeflossen, hatten sich zuhauf getürmt und lagen nun still und reglos da. Ringsum herrschte Ruhe und Frieden. Ganz fern, unten im Tal, ratterten kaum hörbar die Traktoren. Die ganze Brigade schlief. Allein Nurbek fand keine Ruhe. Die bittere, unerträgliche Kränkung brannte in seinem Herzen. Er wälzte sich von einer Seite auf die andere, seufzte insgeheim und murmelte vor sich hin. Ja, Trofimow hat ihn heute vor versammelter Mannschaft blamiert! Das kann er nicht hinnehmen! Auf Biegen und Brechen muß er beweisen, daß er im Recht ist, nur so kann er seine Autorität wiedergewinnen!

Nurbek stand vorsichtig auf und verließ lautlos das Zelt. Er blickte sich um – niemand zu sehen. Gebückt wie ein Dieb lief er davon und verschwand im Schatten einer Steilwand.

Kurz darauf blinkte am Hang neben dem Traktor zweimal eine Taschenlampe auf. Und plötzlich ratterte es mitten in der nächtlichen Stille wie ein Maschinengewehr los – der Traktor war angelassen. Gleich danach ging der Motor, als hätte er begriffen, daß er zu laut heulte, bereits auf eine niedrigere Drehzahl über und tuckerte nur noch gedämpft.

Die Scheinwerfer flammten auf, der Traktor ruckte an. Die Schalthebel fest in der Hand, blickte Nurbek gespannt nach vorn. Er fuhr längs des Hanges.

Ja, die Technik ist dem Menschen untertan, man muß sie nur beherrschen, dann gehorcht sie jeder Handbewegung! Doch dazu muß man mutig sein, entschlossen und standhaft! Ein anschauliches Beispiel – Nurbek fährt den Traktor dort, wo andere sich nicht trauen!

»Nein, der Traktor geht nicht drauf. Dummes Geschwätz! Rot werden müßtet ihr vor Scham!« rief Nurbek, zitternd vor Erregung.

Und der Traktor tuckerte tatsächlich den Hang entlang. Was fürchten sie bloß? dachte Nurbek. Nun ja, sehr bequem ist es nicht, die ganze Zeit über schräg zu sitzen, aber was macht das schon, das ist eine Lappalie!

Vorn tauchte ein Hügel auf. Der Traktor reckte den Kühler hoch, daß es aussah, als würde er gleich hintenüberkippen, doch Nurbek legte rasch einen anderen Gang ein und meisterte mit einem Ruck die gefährliche Stelle. Am Ende des Schlages wendete er den Traktor. Nun glaubte er fest an seinen Sieg.

»Ich werd's ihnen zeigen, wer ich bin!« schrie er in einem Anfall von Schadenfreude. »Bis zum Morgen habe ich den ganzen Hang hier gepflügt und, wenn nötig, obendrein all diese Berge bis hinauf zu den Gipfeln! Morgen wirst du sehen, wer von uns beiden recht hat, Trofimow!«

Nurbek zog bereits die zweite Runde. In sich spürte er eine nie gekannte Kraft, und er hatte den Eindruck, als sei er mit dem Traktor zu einem einzigen mächtigen Stahlkörper verschmolzen.

Vorn zeigte sich erneut der Hügel.

Macht nichts! beruhigte sich Nurbek.

Der Traktor heulte wütend auf und legte sich plötzlich stark auf die Seite. Macht nichts! redete sich Nurbek gut zu.

Seine Hände umklammerten die Schalthebel. Dritter Gang. Der Traktor brüllte wie wahnsinnig, ruckte immer wieder an und neigte sich noch mehr. Nurbek mußte die Maschine jäh hochreißen, sonst kippte sie um! Er lehnte sich weit zurück und zog mit aller Kraft den rechten Schalthebel an sich. Der Traktor drehte sich scharf, die Raupenketten wühlten den Boden auf, er hatte aber nicht die Kraft, die Steigung zu nehmen, blieb stehen, erstarrte, reckte den Kühler in den Himmel. Nurbek stieg das Blut zu Kopf. Was tun? Rasch einen anderen Gang einlegen! Na los! Der Motor ist abgewürgt! Was tun?

Doch es war schon zu spät. Im nächsten Augenblick rutschte der Traktor zurück, drückte knirschend den Pflug unter sich, und als er zu kippen begann, sprang Nurbek aus der Kabine. Dann ging alles ganz schnell und einfach. Der Traktor überschlug sich immer rascher, steigerte sich zu irrer Geschwindigkeit. Am Fuße des Hangs prallte er mit voller Wucht gegen einen Felsen.

»Aaaah«, schrie Nurbek, doch er hörte die eigene Stimme nicht. Ein gewaltiger Funke stob auf, als das Metall gegen den Stein schlug, pfeifend flogen Fels- und Metallsplitter durch die Luft, schwer stöhnte die Erde, und alsbald wurde es dunkel, schloß sich die Nacht.

Nurbek sah Leute herbeieilen, barfuß, nur in Unterwäsche, Laternen in der Hand. Er schwankte, die Erde unter seinen Füßen rutschte weg und schwamm davon. Die Leute aber waren schon ganz nah, erregte Rufe drangen zu ihm.

»Weshalb bin ich herausgesprungen?« flüsterte Nurbek entsetzt. »Wäre ich doch lieber mitsamt dem Traktor zerschellt!«

Er rannte hin und her, wußte nicht, wohin, und stürzte Hals über Kopf davon.

Nurbek fürchtete, sich umzublicken. Er zog den Kopf zwischen die Schultern, schlug die Hände vors Gesicht, stolperte, stürzte, sprang aber sofort wieder auf und jagte dahin wie ein Hase.

Rascher! Lauf rascher! Sie holen dich ein. Man hört sie schon rufen: »Haltet ihn! Haltet den Verbrecher! Halt ihn! Pack ihn!«

Nurbek rannte, so schnell er konnte, lief drauflos, ohne etwas zu sehen, doch die Füße, die verflixten Füße, waren wie aus Blei, er bekam sie nicht von der Erde weg, wie Ranken schleiften sie über den Boden, nicht einmal genug Luft hatte er, alles brannte in seinem Innern. Nurbek riß sich den Hemdkragen auf.

Seit dem frühen Morgen schweben am Himmel zwei Adler. Nur ab und an machen sie einen trägen Flügelschlag, dann gleiten sie wieder lange dahin. Frei und ungebunden segeln sie durch die Luft.

Das grenzenlose Firmament beherrschen sie allein. Wie es sich für Gebieter ziemt, geben sie sich zurückhaltend und betont gesetzt. Alles findet unter ihren weitgebreiteten Schwingen Platz: die Gipfel, die Bergketten, der Schnee und die Flüsse. Alles sehen sie, was auf Erden geschieht, alles, selbst das Geringste.

Da taucht auf dem Grunde der Schlucht ein Wesen auf, nicht größer als eine Puppe.

»Ein Mensch! Sieh nur, ein Mensch!« ruft der eine.

»Ja, ich sehe, ein Mensch!« erwidert der andere kurz.

Ein Mensch ist aufgetaucht, doch die Adler schweben nach wie vor mit unbeirrbarer Ruhe durch die Luft. Dieses Lebewesen erschreckt sie kein bißchen. Kann es etwa ihren Horst zerstören? Nein, der Mann fürchtet seinen eigenen Schatten, er ist ein Flüchtling oder ein Unglücklicher, der sich verirrt hat. Das erkennt man sogleich an seinem unsicheren, schwankenden Gang, seinem unsteten, erschrokkenen Blick. Häufig fährt er zusammen, erstarrt, schaut sich um. Kann ein solcher Mensch etwa bis zu dem Nest auf den unzugänglichen Felsen klettern und den Zweikampf mit einem Adler aufnehmen? Hat dieser Mensch die Kraft und den Willen, ein Ziel zu erreichen, ist er fähig, etwas zu wagen und zu kämpfen? Nein, wer die Hand nach einem Adlerhorst ausstreckt, muß selbst ein furchtloser Adler sein! Und auch dann entscheidet erst der offene Kampf über den Sieg. Adler mögen es, dem Gegner Aug in Auge zu begegnen. Steigt ein Feind zu ihrem Horst empor, rufen sie ihm zu: »Halt! Kehr um!« Dann erklingt der zornige Schrei: »Hab acht!«, und von gewaltiger Höhe stürzt sich wie ein Stein der Adler herab. Pfeifend durchschneidet er die Luft, stößt den Feind mit seinen Krallen vor die Brust und schleudert ihn in den Abgrund. Danach kreisen die Adler noch lange über ihrem Horst, und lange noch erklingen ihre abgerissenen, schrillen Schreie – freudig, zornig oder auch bedauernd.

Dieser Mensch aber denkt nicht einmal im Traum an solche Gefechte, also mag er getrost seines Weges gehen.

Gegen Mittag hat der Mann den großen Paß erreicht. Als der eine Adler sieht, daß er sich entfernt und bald außer

Sicht sein wird, ruft er kurz: »Der Mensch ist weg!« Der zweite Adler antwortet ebenso knapp: »Weg.«

6

Nurbek war völlig erschöpft, als er den Paß erklommen hatte. Er watete durch tiefen Schnee, den wohl noch keines Menschen Fuß betreten hatte. Auf dem Paß wehten eisige Windböen. Vierundzwanzig Stunden fast hatte er keinen Bissen gegessen. Er mußte möglichst rasch hinunter ins Tal, vielleicht stieß er dort auf Jurten von Viehzüchtern. Vom Paß aus überblickte man gut das ganze Gebirge. Tief unten in einer Schlucht strömte ein reißender Fluß dahin. Nurbek entdeckte jedoch keinerlei Anzeichen menschlichen Lebens. Entkräftet sank er auf einen Stein und barg das Gesicht in den Händen. Woher sollen in diese Gebirgsödnis auch Menschen kommen? dachte er. Hier können doch nur Dummköpfe wie ich leben! Er ließ den Kopf noch tiefer sinken und schloß die Augen.

Ein starker Windstoß läßt die Flamme auflodern oder bläst sie aus. Der Nurbek von einst war erloschen. Der jetzige Nurbek war ein Flüchtling, der nur von einem Stück Brot träumte, von einem ruhigen Platz, wo man ein Feuer entfachen und sich wärmen konnte.

Wann komme ich bloß in die Gegend, wo der Onkel meiner Ainagul lebt? dachte Nurbek. Es hieß doch, von diesem Paß aus seien es noch zwei Tagesmärsche. Ich leihe mir Geld von ihm für die Reise, kehre in die Stadt zurück und schwöre Ainagul: Kein Wort mehr vom Neuland!

Nurbek stand auf und begann den Abstieg zum Fluß. Von der Paßhöhe aus war ihm der Weg nicht schwierig vorgekommen, alles war zu überschauen gewesen. Nach einer Weile jedoch befand er sich plötzlich inmitten gewaltiger Felswände, außer Gestein war nichts mehr zu sehen. Furcht packte ihn. Er rannte fast, bemüht, der Felsschlucht so rasch wie möglich zu entrinnen. Da wurde es unerwartet dunkel, als zöge die Nacht herauf. Nurbek hob den Kopf und erblickte über sich tiefhängende schwarze Wolken. Er lief noch schneller. Da rollte ein Donner, und auf die Steine klatschten dicke, schwere Tropfen. Ein kalter, scharfer Wind kam auf, und bald danach hagelte es große Schloßen. Dann goß es in Strömen. Die Wolken hatten den ganzen Himmel bedeckt und senkten sich, schwer vor Nässe, herab. Es wurde stockfinster. Nurbek wußte nicht, wo er unterkriechen sollte. Er rannte hin und her und suchte nach einem geeigneten Ort. Neben ihm aber schlugen Blitze in den Fels und erleuchteten für Augenblicke Erde und Wolken, als wären sie neugierig, wo er steckte und was mit ihm geschah. Und der Donner dröhnte, als lachte ein Riese.

Nurbek verlor endgültig den Kopf. Er wußte nicht, wohin und was tun. Von einem der Gipfel löste sich ein gewaltiger Steinbrocken und polterte über seinen Kopf hinweg. Ihm folgten noch etliche andere, die alles, was ihnen in den Weg kam, mitrissen. Nurbek wich zurück und stürzte in die Tiefe.

7

Nach einigen Tagen verließ Nurbek zum erstenmal das Haus. Doch das verletzte Bein machte sich bemerkbar. Er hinkte, auch der Husten plagte ihn noch.

Die Leute, die ihn aufgelesen und gepflegt hatten, schienen übereingekommen zu sein, ihn nicht an sein Mißgeschick zu erinnern. Jedenfalls hatten sie noch nie in seiner Gegenwart darüber gesprochen. Assija hatte ihm zwar sogleich ins Gesicht gesagt: »Ich an Ihrer Stelle hätte nicht so gehandelt! Wer Angst hat, zur Verantwortung gezogen zu werden...« Sie sprach den Satz nicht zu Ende, blickte Nurbek mitleidig an und seufzte schwer. »Sie haben aufrichtig alles erzählt, aber ich glaube einfach nicht, daß Sie so etwas tun konnten!«

Nurbek faßte neuen Mut. Assija hat mich verstanden, dachte er. Also bin ich doch nicht so schlecht. Sie glaubt mir. Werden mir aber die übrigen glauben? Einen Augenblick später jedoch peinigten ihn andere Gedanken: Warum melden sie nichts und verraten mich nicht? Warten sie vielleicht, bis ich wieder richtig laufen kann? Bin ich etwa kein Verbrecher? Ach, ich bin erledigt. Mich braucht niemand zu bedauern, ich muß die Strafe hinnehmen! Wenn ihm dann Ainagul in den Sinn kam, dachte er wieder anders: Nein, ich muß möglichst schnell fort von hier. Ich habe es satt. Ich gehe zu Ainagul zurück, und wir beide beginnen ein ruhiges, glückliches Leben.

Des Nachts, wenn Nurbek nicht schlafen konnte, träumte er davon, wie er trotz allem den Menschen erklären würde, warum der Motor damals bei ihm versagt hatte. Gewöhnliche Traktoren taugen eben nicht für die Arbeit im Hochgebirge, das ist doch klar. Er hat auch schon Ideen, wie man die Traktoren für die Arbeit in den Bergen ausrüsten kann. Aber wozu das alles jetzt? Traut er sich denn zurück? Wie soll er den Menschen in die Augen sehen?

Jeden Morgen bestiegen Assija und der Hydrotechniker Bektemir die Gondel der Drahtseilfähre, drehten die Winde und glitten schnell zum anderen Flußufer. Dann gingen sie flußaufwärts ins Quellgebiet des Baidamtal, das mitten im ewigen Schnee lag. Dort führte Assija ihre Beobachtungen durch. Nurbek begleitete sie gewöhnlich bis zur Fähre und lief dann zurück. Fast den ganzen Tag verbrachte er mit Assylbai. Im Gegensatz zu seinem Sohn Bektemir war der Alte umgänglich und gesprächig. Er hatte sicher schon die Siebzig erreicht, war aber noch ständig in Bewegung und mit irgendeiner Arbeit in der Wirtschaft beschäftigt. Dieser hochgewachsene, spindeldürre Alte besaß erstaunlich junge Augen. Sie schienen unentwegt voller Begeisterung in die Welt zu blicken und nach etwas Neuem, Interessantem zu suchen.

Heute nahm Assylbai Nurbek bei der Hand und sagte geheimnisvoll: »Komm, ich zeig' dir was!« Er führte ihn zu einem kleinen Hügel, an dessen Sonnenseite junge Apfelbäume angepflanzt waren, anderthalb Dutzend etwa. An einem Baum hatte sich eine rosa Blüte geöffnet.

»Die erste!« flüsterte Assylbai. »Assija hat die Bäumchen selbst aus der Stadt mitgebracht. Damals hab' ich mich gewundert: ›Können denn Apfelbäumchen der Kälte hier standhalten? Was soll's, Assija, wir bekommen sie doch nicht durch!‹ – ›Woher wollen Sie das wissen?‹ hat sie gefragt, ›wieso denken Sie, daß wir sie nicht durchbekommen? Wir müssen es versuchen, müssen es lernen.‹ Ach, hab' ich mich da geschämt. Und nun, siehst du, sind zwei Jahre um, und die erste Blüte ist da. Assija weiß es noch nicht. Sie wird einen Freudensprung machen. Warum auch nicht, das ist ein großes Ereignis. Wenn später mal am Baidamtal Siedlungen entstehen, dann wird es auch Gärten geben!«

Eines frühen Morgens, die Sonne lugte gerade erst hinter dem Gebirgsmassiv hervor und ihre Strahlen zerstreuten den Nebelschleier über dem Fluß, begleitete Nurbek Assija wie gewöhnlich zur Drahtseilfähre. Er hatte bereits beobachtet, daß das Mädchen stets erregt wurde, wenn sie sich dem Baidamtal näherten. Meist straffte sie sich plötzlich, warf den Kopf in den Nacken, ließ Nurbek stehen und rannte zum Fluß. Assija hatte einen Lieblingsstein, der vom Ufer ins Wasser ragte. Zielstrebig sprang sie darauf und trat auf seinen äußersten Rand. Gespannt lauschte sie der Strömung und bot ihr Gesicht den ersten Sonnenstrahlen dar. Gewöhnlich zeigte sie auf die wild brodelnde Flußmitte und schrie etwas. Doch ihre Worte waren nicht zu vernehmen, das Tosen des Flusses übertönte sie. Nur einzelne Satzfetzen erreichten ihn: »Nurbek! Sieh doch . . . der Baidamtal . . . «

»Was sagst du? Ich höre nicht, Assija!«

Das Mädchen lachte und klatschte in die Hände.

Heute jedoch sprang Assija nicht auf den Stein.

»Dir ist sicher langweilig, Nurbek?« fragte sie, blieb stehen und sah ihn aufmerksam an. »Hast du das Buch schon gelesen? Wenn du wieder ganz gesund bist, begleitest du uns in die Berge. Ich zeige dir meine Versuche. Dort gibt es viel Interessantes zu sehen.« Sie überlegte kurz und setzte hinzu: »Heute aber nimm dir ›Mein Leben‹ von Herzen vor. Lies es, das ist mein Lieblingsbuch. Ich mag kämpferische, zielstrebige und starke Menschen!«

»Gut, Assija.«

Das Mädchen wollte noch etwas sagen, doch da waren sie schon am Fluß. Nurbek half ihr in die Gondel.

»Wir sind bald zurück!« rief sie. Kaum hatten sie das andere Ufer erreicht, da gab Assija Nurbek Handzeichen, als wollte sie sagen: Geh nach Hause! Bleib nicht da! Du fängst wieder an zu husten! Auch als sie bereits weiter weg waren, blieb sie einigemal stehen und winkte ihm zu.

Nurbek blickte den Fortgehenden nach, bis sie hinter der Flußbiegung verschwunden waren. Dann stieg er, statt umzukehren, den Steilhang hinab und setzte sich auf einen Stein dicht am Wasser.

Der Baidamtal brüllte und stöhnte wie immer.

Die Untiefe zu Nurbeks Füßen überspülte immer wieder eine kleine Welle. Geh fort! Komm nicht näher! schien sie zu sagen. Nurbek nahm die Füße nicht weg. Erzürnt wich die Welle zurück und hinterließ trüben Schaum auf seinem Stiefel. Dann plätscherte sie wieder heran. Nurbek lächelte spöttisch.

Der Baidamtal entspringt in einer Krümmung des Gebirgszuges, im ewigen Schnee und Eis. Wenn der Mensch es lernt, die Prozesse der Schneeschmelze zu lenken, dann wird er auch den Baidamtal beherrschen. Einstweilen ist das noch ein Problem, doch wer sich seiner Lösung angenommen hat, ist in der Tat kühn und beherzt.

Nurbek erhob sich, betrat erregt die Untiefe und blickte auf die starke Strömung des Baidamtal.

Wenn Assija ihm von ihrer Arbeit erzählt, ist sie nicht wiederzuerkennen. Dann blitzen ihre ruhigen, versonnenen Augen auf, man spürt, daß sie stark ist und lauter. »Stell dir vor, Nurbek! Die Zeit wird kommen, da werden unsere Kolchosbauern nicht mehr flehend zum glutheißen Himmel emporblicken und sehnsüchtig auf Regen warten. Wenn der Mensch erst die Quellen des Flusses seinem Willen unterworfen hat, wird er den Feldern soviel Wasser geben, wie sie brauchen!«

Der alte Assylbai aber machte, kaum daß die Rede auf die Zukunft des Baidamtal kam, eine fromme Geste. »Oi, toobo!« rief er dann und wiegte sein Haupt. »Die Jugend von heute traut sich aber auch alles zu! Man denke nur, sie macht sogar dem Herrgott Konkurrenz! Unsere Assija, geb's Gott, die erreicht schon, was sie will. Man sagt zwar, Heilige gibt es nicht, sie aber wird für die Menschen so was wie eine Heilige sein, so sehe ich das. Ist das vielleicht ein Kinderspiel, die Schneemassen und das Wasser zu lenken? Und wenn die andern zehnmal lachen, ich glaube felsenfest an junge Leute wie Assija. Wer sich fürs Volk einsetzt, wird immer was erreichen. Das Volk steht ihm bei.«

Nurbek war an der Fähre stehengeblieben und überlegte: Wenn nur Assija recht bald zurückkäme! Wie langsam die Zeit verrinnt! Er erschrak selbst bei diesen Gedanken, wurde ihm doch bewußt, daß er des öfteren an sie dachte. Warum? fragte er sich. Habe ich Assija etwa liebgewonnen? Was soll's, habe ich den Verstand verloren? Das darf nicht sein! Ich denke völlig ruhig an sie, das bilde ich mir alles nur ein! So kommt die Liebe nicht. Ich achte sie, sie ist für mich wie eine leibliche Schwester, ein Freund, aber Liebe darf es zwischen uns nicht geben! Nein, nein! Schweig still, vergiß, denk nicht daran!

Allein ein winziger Stein vermag eine Lawine ins Rollen zu bringen. Wie oft sich Nurbek auch zwang, nicht an Assija zu denken, es half nichts. Im Gegenteil, seine Gedanken kehrten wieder und wieder zu ihr zurück. Er wußte nicht, was tun. Seine Bestürzung war groß. Ich gehe zu Assylbai, plaudere ein Weilchen mit ihm, vielleicht geht es dann vorüber! beschloß er. Doch ein Gespräch mit dem Alten wollte einfach nicht zustande kommen.

»Was ist nur heute mit dir, hast du etwas verloren?« erkundigte sich Assylbai verwundert, legte ein behauenes Holzklötzchen beiseite und musterte den erregten Nurbek forschend.

»Nein!« brummte Nurbek und ging ins Zimmer. Er nahm das Buch von Herzen, las zwei Seiten, schlug es wieder zu und blickte durchs Fenster auf die Berge. »Ich habe tatsächlich was verloren«, sagte er laut. »Was mag es nur sein, ich will mal überlegen!« Und plötzlich platzte er heraus: »Wann kommt eigentlich Assija zurück?«

Nun reicht's aber! Nurbek hieb mit der Faust auf den Tisch. Ich habe kein Recht, sie bei der Arbeit zu stören und mich in ihr Leben zu drängen! Untersteh dich, an sie zu denken, bring sie nicht in Verwirrung!

Er lief aus dem Haus und ging wiederum zum Fluß. Dort setzte er sich an der Untiefe auf denselben Stein und barg das Gesicht in den Händen.

Wie kannst du nur sagen wollen – ich liebe dich? dachte er. Assija lebt in diesen öden, unerforschten Bergen, um für das Volk eine große, unschätzbare Arbeit zu leisten. Du aber, wer bist du? Assija wird dich nie und nimmer liebgewinnen. Für sie gibt es andere Menschen, würdigere!

Abermals eilten die Wellen herbei und plätscherten über Nurbeks Füße. Geh fort, scher dich weg von hier! schienen sie zu sagen.

8

Nacht. Schwarze Finsternis herrschte in der Felsschlucht. Über den Bergen flimmerten Sterne wie glimmende Kohlestückchen in der Asche. Tief unten aber toste noch immer der unermüdliche Baidamtal.

Als Nurbek aus der Tür trat, riß ihm der Wind, der von den Berggipfeln durch die Schlucht wehte, die Mütze vom Kopf. Er hob sie auf, drückte sie tief in die Stirn und ging rasch zur Fähre. Dort machte er halt, blieb eine Weile stumm stehen, blickte sich um und sagte leise: »Auf Wiedersehen, Assija! Sei mir nicht böse, daß ich ohne ein Wort gegangen bin. Es ist besser so.«

Er kletterte in die Gondel.

Aus den Gesprächen mit Assylbai wußte er, wenn er ans andere Ufer übersetzte, flußabwärts ging, dann in eine Felsschlucht abbog und einen Paß bezwang, konnte er in zwei Tagen auf eine Landstraße gelangen. Die führte geradewegs in die Stadt.

Nurbek setzte sich bequem zurecht und begann die Winde zu drehen. Die Rollen quietschten, die Gondel stieß von der Plattform ab. Es war nicht ganz leicht, sie zu bewegen, die Winde war für zwei Mann berechnet. Bald ermattete Nurbek. Er holte tief Atem und blickte über den Gondelrand hinab. Vor Schreck verkniff er die Augen und packte die Windenkurbel fester. Unten ging etwas Unvorstellbares vor sich. Dort war Nacht, und das schäumende, zottige Wasser schoß mit wildem Gebrüll dahin. Es sah aus, als kämpfe der Fluß gegen die nächtliche Finsternis, das Wasser tobte, stürzte übereinander, verkrallte sich. Nurbek nahm sich vor, nicht mehr in die Tiefe zu blicken, und drehte die Winde mit doppelter Energie. Schon hatte er die halbe Strecke geschafft. Deutlicher zeichnete sich das andere Ufer ab. Er gönnte sich keine Ruhepause, obwohl er schon völlig erschöpft war. Noch einmal alle Kraft zusammengenommen und . . . Da, ein Knirschen und Krachen. Die Winde stieß auf Widerstand, die Gondel blieb stehen. Nurbek erhob sich halb vom Sitz, tastete nach den Rollen, um zu prüfen, ob sie vom Seil gesprungen waren, doch alles schien in Ordnung. Er knipste seine Taschenlampe an, betrachtete die Winde und ließ sich entnervt auf den Sitz fallen.

»Was tun?« stöhnte er.

Die Achse der Seiltrommel war gebrochen. Das konnte

vom einseitigen Drehen kommen. Hätte er Werkzeug gehabt, wäre es ein leichtes gewesen, die Bruchstelle zu reparieren. Aber woher nehmen? Die Gondel schwebte fast mitten über dem tosenden Fluß.

Was tun? So konnte er bis zum Morgengrauen sitzen, bei Tagesanbruch aber... Bei Tagesanbruch würden Assija und Bektemir hierherkommen. Schmach und Schande! Nein, lieber sterben, als ihnen so einen Anblick bieten! Er mußte unter allen Umständen das andere Ufer erreichen und sich dann rasch aus dem Staub machen.

Nurbek beschloß, aus der Gondel zu steigen, sich am oberen Haltetau festzuklammern und auf dem unteren zum anderen Ufer zu laufen. Ja, ja, das würde er tun, wenn nur der Abstand zwischen beiden Trossen nicht größer war als er selbst, sonst würde er am oberen Seil hängen und keine Stütze für die Füße haben. Aber siebenmal stirbt man schließlich nicht!

Nurbek stand auf, packte mit beiden Händen die obere Trosse und kletterte aus der Gondel.

Die Ohren dröhnten ihm vom Getöse des Flusses, dennoch hörte er erregt sein Herz pochen. Glücklicherweise war der Abstand zwischen den Seilen gerade richtig. Wenn er nur durchhielt und nicht abstürzte! Ganze vier Meter noch! Seine vom Drahtseil aufgeriebenen Hände bluteten und brannten, dennoch durfte er nicht hasten, mußte sich möglichst behutsam vorwärts bewegen. Da war schon das Ufer. Nurbek sprang ab und ließ sich auf die Erde sinken.

»Geschafft! Geschafft!« frohlockte er, atmete tief den Geruch der Erde ein und flüsterte gerührt: »Du meine Erde! Jetzt erreiche ich jedes Ziel!«

Er erhob sich und schritt kräftig aus. Nur für einen Augenblick blieb er stehen und blickte zurück. Da erstarrte er, ein fürchterlicher Gedanke verschlug ihm den Atem.

Scheinbar hatte sich nichts Schlimmes ereignet, nur die Gondel war nicht an ihrem Platz, sie pendelte einsam als dunkler Fleck über dem Fluß und knarrte kläglich.

»Was denn?« murmelte Nurbek gepreßt, stürzte ein paar Schritte vorwärts und schaute angespannt in die Finsternis. »Was denn? Ich hab' die Winde entzweigemacht und stehl' mich nun davon? Sie haben mir das Leben gerettet, haben mich gesund gepflegt, und ich, statt es ihnen zu danken, füge ihnen Schaden zu und laufe fort?«

Nurbek setzte sich auf die Erde, umfaßte den Kopf mit beiden Händen und schloß die Augen. Er stellte sich vor, was morgen sein würde:

Am Morgen werden die Hydrologen zum Fluß kommen und sehen, daß die Gondel mitten über dem Wasser hängt. Also hat sie in der Nacht jemand benutzt und ist verschwunden. Wer kann das sein? Die Mitarbeiter der Station sind alle da. Ach ja, wo ist denn Nurbek? Na klar! Hol ihn der Teufel! Aber die Arbeit darf unter keinen Umständen verzögert werden, keine einzige Minute! Sie werden versuchen, die Gondel mit Hilfe der Uferwinde heranzuziehen. Doch sie rührt sich nicht vom Fleck, denn das Zugseil ist durch die zerbrochene Trommel verklemmt. Sie werden verzweifelt sein, das Übersetzen ist nicht mehr möglich! Wer hat das angerichtet? Nurbek, der Schuft!

»Das hätte ich nie von ihm gedacht!« wird Assija leise sagen und sich auf die Lippen beißen.

»Den Hals sollst du dir brechen, du mißratener Sohn eines erbärmlichen Vaters! Was hast du angestellt?« wird Assylbai ihn seufzend verfluchen.

»Ich erschlag' den streunenden Hund!« wird Bektemir hervorstoßen und einen Stein aufheben.

Und dann, wie wird es weitergehen? Assija wird ihre Arbeit nie und nimmer im Stich lassen. Was kann sie aber schon tun? Es gibt nur einen Ausweg. Man muß Werkzeug nehmen und auf der Trosse zur Gondel balancieren. Das ist leicht gesagt, aber schwerlich schafft es jemand, die Entfernung auf dem Seil zurückzulegen. Vom jenseitigen Ufer bis zur Gondel sind es mindestens dreißig Meter, und wenn man abstürzt, ist das der sichere Tod: Der Baidamtal hat einen Menschen im Nu an den Steinen zerschmettert, wer also läßt sich schon auf solch ein gefährliches Unternehmen ein? Assija! Sie schreckt vor nichts zurück, sie wird nicht zulassen, daß die Arbeit auch nur für eine Minute stockt!

Nein, ich darf sie nicht ins Verderben stürzen! Nurbek stand auf und stürzte zurück zur Fähre. Genau wußte er noch nicht, was er unternehmen, wie er alles wieder ins Lot bringen würde, doch er spürte, weglaufen konnte er nicht.

Er lief zur Drahtseilfähre und preßte schwer atmend seine glühendheiße Stirn an das Metallgerüst. Nur ein Gedanke hämmerte in seinem Hirn: Was kann ich tun? Wie die Winde reparieren, wie? Keine Antwort, keine Erwiderung! Baidamtal, du unbändiger Fluß, sag doch wenigstens ein Wort! Nein, du hörst nicht, dein wildes Gebrüll hat dich taub gemacht! Was tun? Ich bin doch ein Mensch, mein Name ist *Mensch*! Und ich muß es erzwingen, muß einen Weg finden!

»Ich hab's!« rief Nurbek. »Ich hab's!«

Ja, er hatte es herausgefunden! Er würde sogleich auf dem Drahtseil den Fluß überqueren! Am anderen Ufer hatte er einen Werkzeugkasten gesehen. Er mußte das passende Werkzeug nehmen, es sich auf den Rücken binden, wiederum auf dem Seil zur Gondel laufen, sie reparieren und nach drüben zurückbringen. Danach würde er sie nicht mehr anrühren, da machte er sich am besten davon, vielleicht fand sich am Unterlauf des Flusses irgendwo eine

Furt. Ach, das war ja alles unwichtig, die Hauptsache war nicht er, die Hauptsache war jetzt, daß er sein Vorhaben ausführte, daß er Assija nicht an ihrer großen Arbeit hinderte.

»Ich kapituliere nicht!« sagte Nurbek entschlossen und fügte zögernd hinzu: »Nur bin ich mir nicht sicher, ob meine Kraft reicht, ob ich der Anspannung gewachsen bin. Von hier bis zur Gondel sind es sechs, sieben Meter, die habe ich bereits einmal geschafft, und die schaffe ich auch wieder, aber dann sind es von der Gondel bis zum Ufer drüben an die dreißig Meter auf dem Seil! Eine lange Strecke! Sehr lang! Doch was tut's, ich bin zu allem bereit, Assija!«

Nurbek erklomm das Gerüst und packte das obere Seil. Das untere ertastete er mit dem Fuß. Das rechte Bein vorgesetzt, und der Kampf begann!

Als er den ersten Schritt getan hatte, kam ihm das Tosen des Flusses wie Trommelwirbel vor, wie kehliger Karnai- und Surnaiklang, der auf dem Basar gewöhnlich die Vorführungen der Seiltänzer begleitet.

Nurbek hatte fahrende Seiltänzer schon als Kind gesehen. Hoch über den zurückgeworfenen Köpfen der Leute, fast in Höhe der Pappeln, war ein usbekischer Seiltänzer balanciert. Jeden Augenblick drohten ihm Tod oder Verletzung, und der furchtlose Mann blickte zum Himmel auf und rief laut seinen Beschützer an: »O Allah!«

»Apa!« hatte Nurbek erschrocken geschrien und sich unterm Rock der Mutter verkrochen. »Komm weg von hier, Apa!« Er hatte das Schauspiel nicht einmal sehen wollen.

Jetzt war Nurbek selbst Seiltänzer. Er balancierte gleichfalls hoch in der Luft auf einer Trosse, die nicht dicker war als damals das Seil.

Kaum hatte Nurbek die Gondel erreicht, da ließ er sich auch schon ermattet hineinfallen. Einen Teil des Weges hatte er hinter sich. Doch wie teuer war ihn dieser Sieg zu stehen gekommen! Die vom Drahtseil aufgeriebenen Hände bluteten, seine Lunge schien die Brust zu sprengen, er keuchte wie ein abgehetztes Pferd. Vor ihm aber lag noch ein langer Weg, hundertmal schwieriger und qualvoller als der zurückgelegte.

Kehr um, Unglücklicher, solange es nicht zu spät ist, du gehst zugrunde! sagte ihm eine innere Stimme.

»Nein, ich halte aus bis zum Schluß!« erwiderte Nurbek laut.

Er erhob sich, riß das Futter aus seiner Jacke und umwikkelte sich damit die Hände. Aufs neue begann der Kampf.

Wieder, vom ersten Schritt an, erklang der Trommelwirbel, bliesen wie toll die Karnais.

Diesmal ermüdete Nurbek rasch. Er erschrak, vergaß, daß er nicht nach unten sehen durfte, und blickte unwillkürlich in den Abgrund. Der ungestüm dahinschießende Fluß schien plötzlich stillzustehen, ihn schwindelte, alles ringsum drehte sich – die Berge, die Nacht und der Fluß, alles verschwamm vor seinen Augen, wurde zu einem gewaltigen Strudel und zog ihn selbst in den Sog.

Nurbek hielt stand. Er hob den Kopf, doch der Wind schien nur auf diesen Augenblick gewartet zu haben. Jäh stürzte er sich auf ihn, stieß ihn gegen die Brust und wollte ihn umwerfen. Nurbeks einer Fuß rutschte von der Trosse. Nur mit übermenschlicher Anstrengung gelang es Nurbek, ihn wieder aufs Seil zu setzen. Kalter Schweiß rann ihm über den Rücken. Er verkniff die Augen und hoffte, das Schwindelgefühl würde vergehen, doch als er sie wieder öffnete, sah er fast nichts mehr, alles drehte sich im Kreis wie zuvor, und er verspürte Übelkeit. Er verfiel in eine Art Halbschlaf. Ihm schien, er sei in eine wundersame Traumwelt versetzt, in der er sein Leben gleichsam von vorn begann. Vergangenes und Gegenwärtiges verflocht sich miteinander und zog an seinem Blick vorbei. In der Tiefe seines Bewußtseins jedoch hämmerte hartnäckig der Gedanke, daß er nicht stillstehen durfte, sondern gehen mußte, gehen, sonst war der Tod ihm sicher. Und er ging, langsam zwar und mit Unterbrechungen, aber er ging.

Salziger Schweiß rann ihm vom Gesicht in den Mund. Längst schon war das Jackenfutter zerrissen, das er sich um die Hände gewickelt hatte. Seine Handflächen waren geschwollen, die Finger steif, der schwer gewordene Körper zog ihn in die Tiefe. Wenn ich mich nun in den Fluß stürze? dachte Nurbek. Verloren bin ich so und so, was macht's schon? Doch was wird aus der Fähre? Wer repariert sie? Dann kommt also Assija morgen nicht ins Quellgebiet des Baidamtal? Wird in der Arbeit, die sie fürs Volk tut, zurückgeworfen?

Nurbek reckte sich und machte noch ein paar Schritte.

Assija! wandte er sich in Gedanken an das Mädchen, sei mir nicht böse, nimm's nicht übel, ich bin deiner nicht würdig, ich bin ein Verbrecher, ein kleinmütiger Flüchtling, aber ich liebe dich! Glaube mir, ich liebe dich, Ehrenwort! Ja! Dir gestehe ich, was ich sogar vor mir selbst verheimlicht habe!

Mitten über dem Fluß konnte Nurbek nicht mehr weiter. Seine Hände waren kraftlos und ohne Gefühl, die Beine knickten ihm weg. Zudem wurde das untere Seil schlaff. Es war verklemmt gewesen, nun aber unter seinem Gewicht offenbar wieder herausgesprungen. Als Nurbek spürte, daß der Halt unter seinen Füßen allmählich nachgab, zuckte er zusammen, holte tief Atem und wurde jäh von einem heftigen Husten gepackt. Der Husten schüttelte ihn. Nurbek keuchte und krümmte sich von dem quälenden Schmerz in der Brust. Seine blutenden Hände wurden immer schwächer, und das Seil unter seinen Füßen senkte sich tiefer und tiefer. Nurbek geriet ins Schwanken, es riß ihn nach rechts und links.

»Adshal! Adshal!« Der Baidamtal schäumte triumphierend auf, begann zu tanzen in Erwartung seines Opfers. Nurbeks Griff lockerte sich allmählich.

»Adshal! Adshal!« wütete der Baidamtal ungeduldig.

»Wasser, einen einzigen Schluck Wasser!« flehte Nurbek, von brennendem Durst geplagt.

Beug dich hinab, schöpf Wasser aus dem Fluß! Es gibt genug, deinen Durst zu stillen, beug dich hinab! schien ihm jemand verstohlen ins Ohr zu flüstern.

Mit letzter Kraft preßte Nurbek die Finger zusammen. In diesem Augenblick hörte er mit einemmal die Uhr an seinem Arm ticken. Unglaublich, aber es war so. Mitten in dem ohrenbetäubenden Tosen und Grollen des Flusses hörte er klar und deutlich das gemessene Ticktack-tack-tack. Mit jeder Sekunde verrann sein Leben! Das Leben eines Menschen! In diesem kurzen Augenblick wurde ihm bewußt, was das war – Leben. Mit gewaltiger Willensanstrengung riß er den Kopf hoch und schrie triumphierend durch die Felsenschlucht: »Ich werde leben!«

Als Nurbek das Ufer erreicht hatte, warf er sich auf die Erde und blieb etwa eine Stunde liegen wie ein Toter. Wer weiß, ob er mit dem Werkzeug den Weg zurück geschafft hätte, doch es war nicht mehr nötig. Die verklemmte Trosse war wieder frei. Mit Hilfe der Uferwinde holte Nurbek die Gondel an ihren alten Platz zurück. Als der Morgen graute, war er mit der Reparatur fertig.

Nurbek stieg zum Fluß hinab, watete, ohne die Stiefel auszuziehen, ins Wasser, und stillte endlich seinen Durst.

Er trank in großen Schlucken und lachte dabei leise wie ein Kind. Heute hatte er das erstemal im Leben voll und ganz die Süße eines wahren Kampfes und Sieges empfunden. Diese Nacht hatte er Schwieriges vollbracht nicht um seiner selbst willen, nicht aus Ruhmsucht oder um zu demonstrieren, was für ein Held er war, sondern für einen großen Traum, für Assija, die darum kämpfte, ein bedeutsames Ziel zu erringen.

»Ja, ich bin glücklich!« sagte Nurbek. »Bald wird Assija ins Quellgebiet des Baidamtal aufbrechen, der Weg ist frei, die Fähre wieder in Ordnung!«

Glücklich lief Nurbek den sandigen Flußrand entlang. Zu Hause angekommen, nahm er einen Bleistift und schrieb mit hastigen, großen Schriftzügen auf ein Blatt Papier:

»Assija, ich gehe dorthin zurück, woher ich gekommen bin. Vielleicht sehen wir uns nie wieder, doch ich werde Dich mein Leben lang im Herzen tragen, wunderbar, wie Du bist. Sei nicht böse, lach nicht, Assija, Du bist für mich ... Auf Wiedersehen, gib acht auf Dich. Ja, fast hätte ich vergessen, Dir zu sagen, daß ich das Buch von Herzen noch nicht gelesen habe, verzeih, ich nehme es mit, ist es doch Dein Lieblingsbuch, ein Buch über einen Kämpfer. Der Tag, an dem ich Dir zufällig begegnet bin, war der schwerste und glücklichste meines Lebens. Ich danke Dir, Assija, für alles ... Von Dir hab' ich viel gelernt. Ich will Dein Freund sein, der Dir mehr als jeder andere wünscht, daß Du den Baidamtal bezwingen mögest. Ich glaube, daß Du es schaffst, Assija!«

9

Früh am Morgen stand Assylbai auf, ging über den Hof, führte das Pferd zur Tränke und übergoß es eimerweise mit Wasser. Dann beobachtete er, die Augen mit der Hand abgeschirmt, den Sonnenaufgang hinter den Bergen. Plötzlich lief ein Zucken über sein wasserbespritztes Gesicht, und der Eimer fiel ihm aus der Hand. Rasch lief er zu Assijas Fenster und trommelte kräftig dagegen.

»Assija, steh auf, schnell, er ist fort!«

Ohne etwas zu begreifen, kam das Mädchen auf den Hof gestürzt.

»Was ist denn, Väterchen?«

»Sieh nur dorthin, Töchterchen!« sagte Assylbai stolz und zeigte auf einen sich in Richtung Paß entfernenden Mann.

»Das ist Nurbek!« erklärte er.

»Nurbek! Nurbek!« rief Assija, so laut sie konnte. Zuerst wollte sie ihm nachlaufen, doch plötzlich blieb sie wie angewurzelt stehen. Froh, glücklich, erregt stand sie da, so wie am Morgen, wenn sie auf ihren Stein sprang und die Schönheit des Baidamtal genoß. »Ich hab's gewußt!« flüsterte sie.

Nurbek verschwand hinter einem großen Felsen. Assija freute sich für ihn, doch zugleich wurde ihr weh ums Herz. Sie wandte sich ab, um ihre Tränen zu verbergen, und fragte: »Ist es weit von hier bis zum Sowchos, Väterchen?«

»Ziemlich, er liegt ja hinterm Paß, aber hin kommt man allemal.«

1956

Rivalen

I

Kanymgul hielt ihren zweijährigen Sohn Tokon auf dem Arm, und beide blickten zum fernen Straßenende hin. Von dorther kam allabendlich die Herde nach Hause.

Die Straße führte an kahlen, gelbgebrannten Hügeln vorbei, die wie Hammelköpfe aussahen. Hinter den Anhöhen hervor sandte die Sonne ihre letzten feurigen Strahlen, und im Schein der Abendröte loderten die Wipfel der Pappeln wie Kerzen. Von den Berghängen aber kroch blaue Dämmerung übers Land und verschmolz unmerklich mit den abendlichen Schatten.

Die Kühe trotteten langsam, unter ihren Hufen stoben graue Staubwolken auf.

Der pausbäckige Tokon war selig. Er lächelte übers ganze Gesicht, schwang eine Gerte, zappelte auf dem Arm der Mutter und begrüßte die schwarze Kuh mit ihrem eigenen Ruf: »Muh, muh, muh!« Die Kuh ließ der freundliche Empfang kalt. Ungerührt kam sie näher, ohne Tokon auch nur eines Blickes zu würdigen. Sie versuchte sogar, in den Nachbargarten zu entwischen, doch ein Zuruf ihrer Herrin hielt sie zurück.

»Na los, treib sie in den Hof, Tokon, mach schon!« sagte Kanymgul zärtlich, als säße der kleine Sohn nicht auf ihrem Arm, sondern triebe tatsächlich das Tier ein.

Ihr war's offenkundig genug, daß der Kleine Spaß an

dieser Beschäftigung fand. Kanymgul lachte, den Kopf leicht zurückgeworfen. Das weiße Kopftuch betonte ihren gebräunten Hals und das dunkle Gesicht, auf dessen Wangen reizvolle Grübchen spielten. Schlank und rank ging sie in ihrem langen bunten Kleid, den Rücken leicht gebeugt.

»Ach, du mein kleiner Hirt!« sagte Kanymgul lachend und begann den Sohn jäh so ungestüm zu küssen, wie nur Mütter es tun. Ihre schwarzen Augen strahlten vor Zärtlichkeit.

»Treib sie an mit der Gerte, Söhnchen, treib sie an. Gehst du endlich, du Nimmersatt? Jetzt will sie auch noch in fremde Gärten! – Möchtest du einen Schluck Milch, Tokon?«

Aus der von der Herde aufgewirbelten Staubwolke löste sich ein Reiter. Er machte einen abwesenden Eindruck, achtete nicht auf den Staub und schien überhaupt nicht zu bemerken, was um ihn herum vorging. Aufgeplustert saß er im Sattel wie ein Kauz auf dem Dubal. Trotz der Hitze trug er einen gummierten Mantel von undefinierbarer schmutziggrauer Farbe, den Sonne und Wasser offensichtlich längst ausgeblichen hatten. Unter dem tief in die Augen gezogenen zerknautschten Filzhut blickten, gleichfalls an einen Kauz erinnernd, finstere, umflorte Augen.

»Sieh nur, Tokon, dein Vater ist gekommen!« Kanymgul lächelte ihrem Mann zu.

Der von der Sonne fast schwarz gebrannte, stämmige Karatai mit den breiten Wangenknochen wirkte viel älter als seine Frau. Heute allerdings sah er besonders unvorteilhaft aus. Schmutzige Schweißspuren zeichneten sein Gesicht wie Teer. Auch rasiert hatte er sich offensichtlich lange nicht mehr, dicht starrten ausgeblichene Stoppeln auf seinen kräftigen Kiefern, und der Schnurrbart erinnerte an farbloses Steppengras, das der Kerimsal, der glühende asiatische Wind, versengt hat.

Ohne das Pferd anzuhalten, warf Karatai einen kalten Blick auf Frau und Sohn, und als er bei der Kuh angelangt war, die sich plötzlich am Hoftor zu scheuern begann, stellte er sich in den Steigbügeln auf und zog ihr mit der Riemenpeitsche heftig eins über.

»Pa-pa, Pa-pa«, bettelte der kleine Tokon. Er wollte gern reiten.

»Karatai, nimm ihn!« rief Kanymgul.

Karatai war schon im Begriff, das Pferd anzuhalten, er wandte sich um und hätte beinahe gelächelt, aber dann bebten seine Lippen gekränkt, in den Mundwinkeln bildeten sich harte Falten, und er kehrte sich verdrossen vom Sohn ab – hab' jetzt anderes im Kopf, laß mich in Frieden!

Das hatte Kanymgul nicht erwartet. Der Sohn war doch sein ein und alles. Bestürzt preßte sie den Jungen an sich. Wann immer sonst Karatai abends vom Feld nach Hause kam und Kanymgul ihm mit Tokon auf dem Arm entgegenlief, rief er, ohne abzusitzen: »Komm, Frau, gib mir mal den Sohn hoch!« Wenn er sich über den Sattelbogen neigte, um das Kind zu nehmen, strahlte aus seinen finsteren müden Augen eine für ihn ungewohnte Wärme und Zärtlichkeit. Auch sein großes, starkknochiges Gesicht mit der ewigen Stirnfalte wurde plötzlich weich und von einem zufriedenen Lächeln erhellt. Unversehens schien er ein anderer, gütiger Mensch zu werden.

Karatai setzte Tokon gewöhnlich vor sich auf den Sattel und ritt mit ihm die Straße auf und ab. Dabei sang er leise ein selbsterdachtes, niemandem sonst bekanntes Lied. Der glückselige Tokon schürzte wichtigtuerisch die Lippen, trieb das Pferd mit seinen strammen kurzen Beinchen an und blickte im Bewußtsein der eigenen Würde herablassend nach allen Seiten.

Wenn die Nachbarn sie so sahen, riefen sie gerührt: »Unser Tokon ist doch ein richtiger Dshigit!« Diese, so sollte man meinen, schlichten Worte waren Kanymguls ganzes Glück, fand sie doch darin ihren Mutterstolz bestätigt. Und sie dachte, sie sei die glücklichste Frau der Erde und es gebe keine einträchtigere Familie als die ihre.

So war es bis zum heutigen Tag gewesen.

Tokon greinte. Der Vater hatte ihn gekränkt.

»Wein nicht, Tokon, wir beide gehen gleich zur Oma.« Die Mutter suchte den Knirps zu trösten.

Als Kanymgul ins Haus trat, stand Karatai in der Zimmerecke neben dem Geschirrbord, hielt mit beiden Händen einen Topf und trank Sauermilch. Er schlürfte gierig, in großen Zügen, wie ein abgehetztes Pferd. Schweigend sah Kanymgul zu. Bei jedem Schluck hob und senkte sich der Adamsapfel an seinem behaarten Hals.

Sie konnte sich das seltsame Verhalten ihres Mannes nicht erklären. Wortkarg war er ja immer, doch noch nie hatte sie ihn so böse und fremd gesehen wie heute.

Endlich stellte Karatai den Topf aufs Bord zurück, rieb sich nachdenklich mit seiner großen rauhen Hand die Lippen, warf einen scheelen Blick auf seine Frau, drehte ihr den Rücken zu und ging schweigend zum Bett.

»Bring das Kind!« befahl er heiser und blickte an der Frau vorbei.

Kanymgul geriet in Zorn. Sie war tief beleidigt, auch für den Sohn. Schon wollte sie ihm ins Gesicht schreien, in das fremd gewordene, böse Gesicht: Wozu brauchst du ihn? Als ob dich die Sehnsucht nach dem Sohn hergetrieben hätte! Kommst an, als wärst du auf einem Begräbnis gewesen. Ich arbeite schließlich auch den lieben langen Tag. Du willst ein Vater sein? Ein menschenscheuer Wolf bist du!

Doch Karatai hatte sich auf der Filzmatte neben dem Bett niedergelassen, verzog das Gesicht und stöhnte wie vor Schmerz. Kanymgul erschrak und erschauerte innerlich von einer vagen Unruhe. Ist am Ende etwas geschehen? Oder ist er einfach müde? Schließlich kommt er bei dieser Hitze den ganzen Tag nicht aus dem Sattel. Nein, er ist nicht nur erschöpft, er macht einen völlig abgehärmten Eindruck, ist sogar gealtert an diesem Tag. Und sie hat ihm noch Vorwürfe machen wollen!

»Tokon ist bei der Großmutter«, antwortete sie freundlich. »Was hast du, Karatai?« In ihrer Stimme schwangen Mitgefühl und Unruhe.

»Nichts. Verschwinde!«

Kanymgul ging hinaus. Karatai aber blieb auf der Filzmatte liegen, den schweren Kopf in die Hand gestützt. Vom Boden stieg, ein klägliches graublaues Fähnchen, der Qualm seiner weggeworfenen Zigarette auf.

Als Kanymgul wieder ins Zimmer kam, sprang Karatai rasch auf. Er war offenbar zu einem Entschluß gekommen und forderte barsch: »Gib die Gummistiefel her!«

Hastig zog er die Stiefel an, riß den Kantschu von der Wand und stürzte, unter dem Türpfosten gebückt, aus dem Haus wie ein wildes Tier, das auf Beute aus ist.

Während Karatai den Sattel festschnallte, riß er so derb am Gurt, daß das Pferd schreckte.

»Halt, du Mistvieh!« brüllte er und schlug das Tier zornentbrannt auf den Kopf.

Mit wutverzerrtem Gesicht wandte er sich zu seiner Frau um und blickte sie haßerfüllt an.

»Verschwinde aus meinem Haus!« schrie er schrill, erbleichte plötzlich und fügte dumpf hinzu: »Entweder ich oder er, dein Sabyrbek.«

Es war, als donnerte eine Lawine auf Kanymguls Haupt. Ihr wurde schwarz vor Augen. Wieder kam er ihr mit Sabyrbek! Nicht umsonst hatte sie ein so ungutes Gefühl gehabt. Kanymgul stürzte auf ihren Mann zu.

»Halt, Karatai!« flehte sie und klammerte sich an den Steigbügel. »Halt! Warum hast du das gesagt! Was heißt – mein Sabyrbek?«

Karatai stieß die Frau heftig weg, hieb auf das Pferd ein und galoppierte davon. Hinter ihm stob eine Staubfahne auf. Kanymgul aber stand mit hilflos ausgebreiteten Armen da wie eine vom Sturm kahlgefegte einsame Birke auf ödem Herbstfeld.

»Karatai! Karatai!«

Keine Erwiderung. Keine Antwort. Nur der leichte Bergwind umfächelte ihr feuchtes, erhitztes Gesicht und spielte mit dem Saum ihres Kleides.

Kanymgul ging über den Hof, ihre Schultern zuckten fröstelnd.

Von den Bergen kroch die Nacht herab. In der Ferne schrie ein Nachtvogel, schrie eine Weile und verstummte. Am Himmel flammten Sterne auf. Die Erde wurde schläfrig.

2

An diesem Tag hatte sich Karatai zur Beratung der Mirabs, der Bewässerungstechniker, und der Feldbaubrigadiere ein wenig verspätet. In dem geräumigen Arbeitszimmer vom Vorsitzenden des Kreisexekutivkomitees fanden nicht alle Teilnehmer Platz. Manche hatten sich auf den Fensterbrettern niedergelassen, andere hockten, an die Wand gelehnt, da, dritte drängten sich auf dem Flur und blickten durch die Tür ins Arbeitszimmer. Auch Karatai hatte in der Nähe der Tür Platz gefunden.

Alle Versammelten waren sich einig, daß es im Kreis um die Bewässerung schlecht bestellt sei, daß in vielen Kolchosen die Saaten verbrannten. Der Hauptagronom der MTS putzte vor allem den Kolchos »Besch-Tasch« herunter, in dem Karatai als Mirab arbeitete. In den guten Kolchosen bringe man schon die zweite Luzernenernte ein, setze neue Schober, aber im »Besch-Tasch« habe die Luzerne nach der ersten Mahd noch kein Wasser gesehen. Nun seien die Wurzeln verdorrt und hätten nicht getrieben. Also würden die Besch-Tascher ohne zweite Mahd bleiben, würden wieder nicht wissen, womit sie das Vieh füttern sollten, und müßten wiederum die Nachbarn anbetteln, ihnen Heu zu leihen. Um den Mais aber stände es bei ihnen noch schlechter. Gesät habe man viel, jetzt, im Hochsommer, sei er jedoch erst ein einziges Mal bewässert worden, und an manchen Stellen nicht einmal das. Auch bei den anderen Kulturen, offen gesagt, klappe die Bewässerung nicht.

Karatai hörte den Agronomen mit ungerührter Miene an. Er hatte zu diesen Dingen seine eigene Meinung. Die hatte er sich nicht hier und heute gebildet, sondern schon vor langer Zeit. Und von ihr würde ihn niemand abbringen.

Erstens erfüllt er als Mirab seine Aufgaben gewissenhaft. Und diese Aufgaben sind klar, daran gibt es nichts zu deuteln. Er muß rechtzeitig die erforderliche Menge Wasser erhalten und sie in der vorgesehenen Reihenfolge über die Bewässerungsgräben, die Aryks, auf die Felder verteilen. Damit hat er seine Pflicht getan. Was dann kommt, ist nicht seine Sache. Mögen sich nur der Kolchosvorsitzende und die Brigadiere die Köpfe zerbrechen, dazu sind sie ja da. Das zum ersten.

Zweitens steht es um die Bewässerung im Kolchos tatsächlich schlecht, das bestreitet ja niemand. Aber ist etwa er, Karatai, daran schuld? Was soll er machen, wenn das Wasser nicht reicht, er kann sich schließlich nicht selbst in Wasser verwandeln. Greif einer einem nackten Mann in die Tasche. Schließlich fehlt es im Kolchos an allen Ecken und Enden. Dennoch kriegen sie irgendwie immer alles hin. Natürlich kommt es auch vor, daß ausreichend Wasser vorhanden ist, manchmal erhalten sie sogar mehr als die Norm, aber dann kann man sich auf den Kopf stellen – keine Leute, niemand da zum Bewässern. Wer ist daran schuld? Die Leitung! In erster Linie der Vorsitzende. Der Mirab hat damit nichts zu tun. Gewiß, im Kolchos werden allenthalben Leute gebraucht, das eine ist wichtig, und das andere darf nicht vernachlässigt werden. Überall kann man nicht sein. Was der Agronom jetzt sagt, ist ganz und gar nicht neu, sieht es denn etwa nur in einem Kolchos so aus? Es gibt genug andere Kolchosen, die keine Spur besser sind als der »Besch-Tasch«. Jahr um Jahr hängen den Kolchosen diese Mißstände an. Geredet wird viel darüber, aber Sinn hat es fast keinen. Laß sie schwatzen. Gar nicht erst hinhören. Und es lohnt auch nicht, sich zu rechtfertigen. Am besten, man hält den Mund. Ja, wenn er erreichte, daß sie mehr Wasser bekämen, das wäre etwas anderes. Aber Geschwätz bringt kein Wasser.

Möglicherweise wäre es auch diesmal bei den üblichen Reden geblieben, und Karatai wäre unveränderter Meinung und leichten Herzens in seinen Ail zurückgekehrt, wäre nicht etwas Unvorhergesehenes geschehen. Die Diskussion neigte sich bereits dem Ende zu, als tatsächlich jemand forderte, man müsse unbedingt die Wassernorm erhöhen, dann könne man von den Kolchosen mehr erwarten, anderenfalls bliebe alles wie gehabt, das sei doch sonnenklar. Karatai zuckte zusammen, der Mann hatte ihm aus der Seele gesprochen. Auch er hatte ja immer wieder gesagt, man müsse jedem Kolchos dreißig bis fünfzig Prozent mehr Wasser zuteilen. Viele Mirabs riefen beifällig: »Stimmt! Ein vernünftiger Vorschlag!«

Als sich der Lärm gelegt hatte, ergriff Sabyrbek, der Mirab vom benachbarten Shdanow-Kolchos, das Wort. Federnden Schrittes ging der kräftige Mann mit dem mächtigen Schädel zum Tisch und zog auf Soldatenart seine Uniformbluse zurecht. Auffallend waren seine langen starken Arme. Sie zeugten davon, daß er von Kind auf daran gewöhnt war, bei der Bewässerungsarbeit Hand anzulegen. Dem Aussehen nach mochte er dreißig, fünfunddreißig Jahre alt sein. Das bartlose breite Gesicht mit den weichen Zügen, vor allem aber seine zutraulich zwinkernden Augen wiesen ihn als friedfertigen, gutmütigen Menschen aus. Alle im Kreis wußten, daß Sabyrbek tatsächlich sehr verträglich war, zugleich aber zielstrebig und hartnäckig in der Arbeit. Auch Karatai war das bekannt, besser vielleicht als den anderen.

Häufig entwickeln sich sogar zwischen Menschen, die sich nahestehen, komplizierte Beziehungen. So versuchte Karatai sich einzureden, ihn interessiere kein bißchen, was Sabyrbek gleich sagen würde. Sie redeten nie übereinander, weder Schlechtes noch Gutes. Zwischen ihnen bestand gewissermaßen ein stillschweigendes Abkommen: Laß du mich in Ruhe, dann laß auch ich dich in Frieden, misch du dich nicht in meine Angelegenheiten, dann kümmere ich mich auch nicht um die deinen. So ist es manchmal bei nahen Freunden, wenn ein Streit ihre Wege getrennt hat. Wie ein ungenutzter Pfad verwuchert ihre Freundschaft, sie gehen in verschiedene Richtungen, entfernen sich weiter und weiter voneinander, jeder mit einer Wunde, die vielleicht nie wieder verheilt. Noch befehden sie sich nicht, doch es braucht nur einer von ihnen die Hand gegen den anderen zu erheben, dann bricht das Eis des Schweigens, und die Freunde von einst werden offene Feinde.

Karatai also schickte sich an, mit gespieltem Gleichmut Sabyrbek anzuhören.

»Hier wird der Vorschlag gemacht, die Bewässerung neu zu berechnen«, begann Sabyrbek ruhig. »Schaden kann das nicht, man muß immer wieder alles überprüfen, und die Hydrotechniker werden sich gewiß damit befassen. Wir Mirabs sollten uns jedoch über etwas anderes Gedanken machen, statt ewig die alte Litanei zu wiederholen: Das Wasser langt nicht, gebt uns mehr!, und wenn wir dann mehr haben: Gebt uns noch mehr! Natürlich gilt zu Recht: Kein Wasser, kein Brot. Je mehr wir haben, desto besser. Aber so manchem Mirab könnte man den ganzen Tschu auf die Felder leiten, und immer noch würde er jammern, es sei nicht genug! Da gibt's nichts zu lachen, Genossen, im Grunde ist das zum Heulen. Woanders mag Wasser einfach Wasser sein, für uns aber ist es Gold. Da fährt man im Frühjahr über Land und kann sich gar nicht genug freuen, wie prächtig bei allen die keimende Saat steht, kommt aber dann der Herbst, ist die Ernte miserabel. Auch jetzt verdorrt Brotgetreide, ohne ausgereift zu sein. Und warum? Etwa weil wir nicht genug Wasser hätten? Nein, ich denke, nicht das ist der Grund. Wasser haben wir in den Kolchosen genügend. Worum also geht es? Darüber wollen wir mal reden!«

Sabyrbeks Blick schweifte zu Karatai, er sah ihm ins Gesicht, überlegte eine Weile und rieb sich dabei den rasierten Schädel, als wüßte er nicht, womit er beginnen sollte.

»Karatai und ich leben in benachbarten Ailen«, sagte er schließlich. Seine Stimme klang fest und überzeugt. »Wir entnehmen das Wasser einem Verteiler. Mir liegt nicht daran, Karatai Böses nachzureden, aber schweigen kann ich nicht. Schon lange möchte ich ihm die Wahrheit ins Gesicht sagen, aber ich habe es immer wieder hinausgeschoben. Sieh mal, Karatai, du bist Mirab, und ich bin Mirab. Mag dir ein Feind um den Bart gehen, ein Freund muß die Wahrheit sagen, auch wenn sie bitter schmeckt.«

Aber bitter und bitter ist nicht dasselbe. Karatai traute seinen Ohren nicht. Alles, was Sabyrbek vorbrachte, stimmte, doch Karatai verstand ihn auf seine Weise. Nein, so einfach läßt er sich nicht hinters Licht führen. Er weiß, warum Sabyrbek ausgerechnet seine Arbeit als Beispiel nimmt und nicht die anderer Mirabs. Sabyrbek hat beschlossen, sich an ihm zu rächen. Er will Karatai vorm ganzen Kreis bloßstellen und beschämen.

»Du«, sagte Sabyrbek, »hast ewig die gleiche Rechtfertigung – das Wasser reicht nicht. Laß das Gerede, Karatai. Du bekommst dreihundert Liter Wasser, das sind nach alter Rechnung sechs Bauernmaß. Gar nicht übel. Auch ich erhalte dreihundert Liter, und wir haben nicht weniger Land als ihr. Wenn man dieses Wasser wirtschaftlich, vernünftig nutzt, glaub mir nur, dann reicht es, dann ist es sogar mehr als genug.« Sabyrbek strich sich über die Kehle, als stünde ihm das Wasser bis zum Hals.

»Nutzt du aber auch alles Wasser, das der Staat deinem Kolchos gibt, Karatai? Da liegt der Haken! Ich nenne dir gleich exakte Ziffern.« Sabyrbek zog ein Heft aus der Tasche. »Wenn man nachrechnet, wieviel Land du bewässerst, erweist sich, daß du in Wirklichkeit nur hundertsiebzig Liter verwendet hast. Wo aber sind die übrigen hundertunddreißig geblieben? Du läßt die Zügel schleifen, Karatai, doch das Wasser ist wie ein nicht zugerittenes Pferd, man muß es fest in der Hand halten. Hast du denn den Wahlspruch der Mirabs vergessen: Jedes Rinnsal noch so klein soll Tränke für die Wurzeln sein? Ihr laßt das Wasser an den Feldern vorbeifließen. Niemand achtet bei euch auf das Wasser. Tag um Tag fließt es in ein und dieselbe Furche, spült auf den Feldern Löcher aus, nebenan jedoch, nur zwei Schritte weiter, verdorrt und verdirbt die Saat. Denkt man etwa in euerm Kolchos, es genüge, Wasser aufs Feld zu leiten, dort werde es schon von allein alles bewässern? Darum muß sich doch der Mirab kümmern! Du bist Herr des Wassers, du mußt es dorthin dirigieren, wo es gebraucht wird. Das kann man allerdings nur, wenn man Tag und Nacht auf dem Feld zubringt. Sag, Karatai, bist du jemals nachts draußen? Nein! Dich hab' ich nachts noch nie auf dem Feld getroffen. Die Nacht aber ist die beste Zeit zum Bewässern. Ein schlechter Mirab ist, wer selber schläft und das Wasser schlafen läßt. Da hast du zum Beispiel abends den Zufluß in die Aryks reguliert. Aber weißt du auch, wer das Wasser weiterlenkt und wo es hinfließt? Hast du das unter Kontrolle? Nein! Dich kann man nur am Tag antreffen, und auch dann nicht auf dem Feld, sondern beim Verteiler am Pegel. Da sitzt du auf Posten, und sowie der Wasserspiegel nur ein klein wenig unterm Strich liegt, sprengst du zum Hydrotechniker und forderst mehr Wasser. Wieviel aber unterwegs verlorengegangen ist oder auch an Ort und Stelle, das schert dich einen Dreck. Du willst also auf fremde Kosten leben. So geht es doch nicht, Karatai, dein Platz ist nicht am Pegel, sondern auf dem Feld.«

Sabyrbeks Worte wurden immer schärfer und eindringlicher. Sie trafen nicht allein Karatai, sondern alle im Saal. Die Mirabs lauschten schweigend, mit besorgten Gesichtern.

Sabyrbek bewies, daß er die Felder des Kolchos »Besch-Tasch« nicht schlechter kannte als die eigenen.

Gute Kolchose, so sagte er, bereiteten schon im Frühling alles fürs Bewässern vor, machten einen Plan für die Aryks, höben gleich nach dem Pflügen Wasserreservoire aus, errichteten Dämme, reparierten die alten Gräben, holten sich erfahrene Bewässerungsarbeiter und teilten ihnen ihre Abschnitte zu. Im Kolchos »Besch-Tasch« dagegen geschehe das alles erst im Sommer, und auch dann nur recht und schlecht, in aller Eile, wenn das Wasser auf den Feldern schon dringend benötigt werde. Niemand mache sich darum Sorgen. Bei ihnen gebe es Aryks, die schon zehn Jahre nicht mehr gereinigt worden seien. Dabei gehe es einem Mirab ohne gute Gräben so, als hätte er keine Hände.

»Daran bist in erster Linie du schuld, Karatai«, sagte Sabyrbek. »In einem schlechten Eimer schafft man kein Wasser her. Bei dir versickert das Wasser schon in den verfallenen und verschmutzten Gräben. Deshalb bleibt die Saat bei euch ohne Wasser und der Kolchos ohne Ernte. Nicht genug damit. Wer weiß denn nicht, daß der Kolchos für jeden Liter Wasser zahlen muß. Weil aber im ›Besch-Tasch‹ mehr verlorengeht als genutzt wird, hat der Kolchos allein im vergangenen Jahr zweiundsechzigtausend Rubel* eingebüßt. Im ganzen Kreis machen die unproduktiven Ausgaben für Wasser etliche Hunderttausend Rubel aus. Wie

* vor der Währungsreform, bei welcher der Rubel 10:1 umgetauscht wurde (Anm. des Übersetzers).

kann man sich damit abfinden, daß im Kolchos erarbeitete Kopeken verschleudert werden! Und zählt man noch die Ernteverluste hinzu, die auf das Konto der schlechten Bewässerung kommen, dann steigt der Verlust aufs Dutzend-, ja Hundertfache. Nun sagt, liebe Freunde, wer muß dafür geradestehen, zur Verantwortung gezogen werden? Ich denke, wir, die Mirabs! Überlegt doch: Wenn der Hirt ein Lamm verloren hat, dann muß er dafür einstehen und den Verlust bezahlen. Verlieren unsere Mirabs aber im Sommer Hunderte, ja Tausende Kubikmeter Wasser, dann bleiben sie ungeschoren, werden nicht dafür zur Rechenschaft gezogen. Dabei ist für den Mirab das Wasser das gleiche wie für den Hirten das Vieh. Wir müssen darauf Obacht geben, behutsam damit umgehen und es vor Verlust schützen. Wir müssen endlich fordern, daß den Mirabs die Arbeitseinheiten nach Leistung berechnet werden, nach dem produktiv genutzten Wasser; daß sie für leichtfertigen Umgang mit dem Wasser und für Verluste haftbar gemacht und bestraft werden.«

Karatai saß verdrossen und mit zusammengepreßten Zähnen da, doch am härtesten kam es ihn an, als Sabyrbek mit dem Finger auf ihn wies und ihm vorwarf: »Die MTS hat das Land gepflügt. Eure Kolchosbauern haben Weizen angebaut. Als es aber Zeit war, den Boden zu bewässern, ging alles vor die Hunde. Sei dir bewußt, Karatai, du hast fremde Arbeit zunichte gemacht. Der Mais im Abschnitt der Drei Hügel ist noch kein einziges Mal bewässert worden. Warum habt ihr zugelassen, daß gut aufgegangene Saaten verdorrt sind? Ich weiß, gleich wirst du sagen, das Wasser steige nicht auf diese Hügel. Man kann aber von der Nordseite einen Graben dahin anlegen, nur hast du dich nicht darum gekümmert, hast nicht früher daran gedacht!«

Karatai senkte den Kopf; dennoch wußte er, daß alle ihn

anstarrten. Er sah nicht die mißbilligenden, spöttischen oder mitfühlenden Blicke, doch er spürte sie. Ach, er hätte in die Erde versinken mögen!

Kaum war die Beratung zu Ende, da verließ Karatai als erster das Kreisexekutivkomitee. Rot, purpurne Flecken am Hals, sprang er, ohne mit jemandem auch nur ein Wort zu wechseln, in den Sattel und jagte an den Ailen vorbei geradewegs auf die Felder. Doch selbst hier verfolgten ihn Sabyrbeks Worte. Als wären sie in seinen Kopf eingehämmert worden, kam er nicht von ihnen los, nicht mal im Galopp. Bei dem Gedanken, daß er auf der Beratung den Kopf verloren und Sabyrbek nicht widersprochen hatte, hätte Karatai laut aufheulen mögen. Nun hatte ihn Sabyrbek in der Hand, nun war er wie ein Kamel mit einem Ring durch die Nase, das man jederzeit in die Knie zwingen kann. Er hätte Sabyrbek eine Abfuhr erteilen müssen, damit ihm ein für allemal die Lust verging, sich mit ihm anzulegen!

Was aber hätte er ihm sagen sollen? Vielleicht, daß er seine Nase nicht in fremde Kolchosangelegenheiten stekken, nicht übermütig werden möge? Das wäre nicht gegangen, Sabyrbek ist im ganzen Kreis bekannt, er ist ein ausgezeichneter Fachmann, der beste Mirab. Nicht umsonst heißt es im Volksmund: »Wer ein festes Haus hat, der führt auch ein kräftiges Wort.« Sabyrbeks Kolchos hat jeden Sommer vier Luzernenernten! Der Mais bringt ihnen im Schnitt sechzig Zentner Korn und fünfhundert Zentner Silage je Hektar. Auch für die Arbeitseinheiten bekommen die Shdanower mehr Geld, Brotgetreide und Fleisch als die anderen. Über Sabyrbek schreiben die Zeitungen, er wird als Beispiel hingestellt. Sogar in der Theorie kennt er sich aus. Sein Vorschlag ist es gewesen, den Mais »kultiviert« zu bewässern, von unten her. Das soll für die Pflanzen gut sein und viel Wasser sparen. Bei uns aber bewässert man noch »wild«; höchste Zeit, damit Schluß zu machen. Heute hat Sabyrbek gesagt, daß der Hanf jeden Tag bis zu vierzehn Zentimeter wächst, wenn er ordentlich bewässert wird. Als ob er jeden Tag loszieht und die Stengel mißt!

Sabyrbek war es auch, der die Frage der Winterbewässerung aufgeworfen hat. Es heißt, in dieser Zeit speichere der Boden die Feuchtigkeit am besten. Karatai selbst ist Zeuge gewesen, wie jemand neben ihm begeistert rief: »Teufel, hat man so was schon gehört!« Ja, Sabyrbek blickt weit voraus!

Früher hatte Karatai ihm nie nachgestanden. Er hatte seine Arbeit nicht schlechter beherrscht als Sabyrbek. Einst hatte auch er von so vielem geträumt, seine Aufgaben energisch angepackt, doch alles hatte sich unglücklich gefügt. Die Vorsitzenden wurden gewechselt wie Mützen, die einen abgesetzt, andere liefen selber weg. Der »Besch-Tasch« war ein schwieriger Kolchos, glich einem schief zusammengewachsenen Knochen – man konnte ihn drehen und wenden, wie man wollte, gerade bekam man ihn doch nicht! Später hatte er sich daran gewöhnt, sich mit allem abgefunden. Die Jahre gingen dahin, das Leben verrann. Unter anderen Umständen hätte auch Karatai gezeigt, was in ihm steckte. Sabyrbek war ein Glückspilz, hatte Erfolg in einem Musterkolchos. Wem das Glück hold ist, dem fallen selbst die Steine nach oben. Er heimst Ruhm und Ehre ein.

Das Schicksal hatte sie oft zusammengeführt. In der Kindheit waren sie Nachbarn gewesen, als erwachsene Burschen lernten sie abends gemeinsam, und an der Front kämpften sie in einem Regiment.

Karatai erinnerte sich noch, wie sie in Belorußland einmal am Ufer eines kleines Flusses rasteten. Der Grund des

Flüßchens war verschlammt. Dichtes junges Nußbaumgehölz und der klare warme Mittag schienen den Frieden des stillen Flusses zu wahren. Kein Schuß war zu hören. Sabyrbek wickelte seine Fußlappen neu und seufzte, während er auf den Wasserlauf blickte: »Ach, Karatai, wenn du wüßtest, wie ich mich nach der Heimat sehne! Manchmal sitze ich im Schützengraben, und plötzlich ist mir, als gluckere neben mir im Aryk das Wasser. Wenn wir nach Hause kommen, werden wir Mirabs. Zusammen werden wir nachts auf die Felder gehen. Ach, wie schön ist es in der Nacht! Die Berge ganz nah . . . Auch deine Kanymgul nehmen wir mit. Wir lassen das Wasser in die Aryks strömen, es fließt aufs Feld. Und ihr beide, Kanymgul und du, ihr singt. Ich höre so gern nachts bei der Arbeit Lieder. Die Zeit kommt, Karatai, ganz gewiß.«

Seither waren viele Jahre vergangen. Sie kehrten gemeinsam nach Hause zurück, besuchten gemeinsam die Kurse für Mirabs. Doch ihre Freundschaft währte nicht lange. Gerüchte, unerfindlich, woher, tauchten im Ail auf: Sabyrbek liebe die Braut seines Freundes. Ob dem so war, wußte niemand mit Gewißheit, aber seit dieser Zeit mied Karatai Sabyrbek. Ohne Wind bewegt sich das Gras nicht, dachte er.

Selbst nach seiner Heirat mit Kanymgul hatte Karatai Sabyrbek nicht die Hand zur Freundschaft entgegengestreckt. Im Gegenteil, er wich ihm aus, da er wußte, daß Sabyrbek früher oder später ein offenes Gespräch fordern würde. Karatai selbst aber fand sich nicht zurecht, er kam der Wahrheit nicht auf den Grund. Es fehlte ihm an Willenskraft und Geduld.

Heiß und vor fremden Augen verborgen, liebte er Kanymgul, doch zugleich verfolgte er sie offen mit seiner Eifersucht. Kaum bemerkte er, daß jemand seiner Frau zulächelte, schon geriet er außer sich. Sein heftigster Argwohn aber richtete sich gegen Sabyrbek. Von ihm erwartete er nichts als Niedertracht, ihm gegenüber empfand er nicht nur Feindschaft, sondern sogar Haß. Alles schien Karatai verdächtig. Auch, daß Sabyrbek nicht heiratete. Also konnte er Kanymgul nicht vergessen und neidete ihm, Karatai, sein Glück.

Die Zeit verrann, und die Eifersucht setzte ihm so zu, daß nicht einmal Sabyrbeks Heirat mehr half. Obwohl Karatai tat, als interessiere ihn das Schicksal des einstigen Freundes nicht, verfolgte er jeden seiner Schritte aufmerksam und voller Neid. Er wollte in keiner Hinsicht hinter Sabyrbek zurückbleiben, aber aus unerfindlichem Grund kam es doch dazu. Das verdroß und quälte Karatai noch mehr. Doch den einstigen Freund um Hilfe zu bitten, verbot ihm der Stolz. Nein, das kam nicht in Frage, bislang hatte er noch vor niemandem demütig die Mütze abgenommen.

Indes wuchs Sabyrbeks Autorität; wie zum Trotz führten die Kolchosbauern ständig seinen Namen im Munde. Das war nicht zu überhören, zumal auch Karatais Frau wie absichtlich jedesmal die Zeitung in der Hand hielt, wenn Sabyrbeks Foto und ein Artikel über seine Arbeit darin waren. Gewöhnlich tat Karatai, als sähe er nichts, doch einmal hielt er es nicht mehr aus und sagte beiläufig: »Oh, schon wieder steht was von deinem Sabyrbek in der Zeitung. Ein tüchtiger Bursche! Laß mich mal sehen!« Karatai sprach äußerlich ruhig und grinste sogar dabei.

Aber sein Blick und sein schiefes Lächeln verrieten, was für Mühe es ihn kostete, seinen Unmut zu bezwingen.

Kürzlich war Kanymgul mit ihren Freundinnen in Sabyrbeks Kolchos gegangen, dort wurde ein Film gezeigt. Es hieß, Sabyrbek habe neben ihr gesessen und die beiden hätten weniger auf die Leinwand geblickt als vielmehr miteinander geschwatzt. Nachdem Karatai das erfahren hatte, schlief er die ganze Nacht nicht, obwohl er sich gelassen gab und fest entschlossen war, sich mit Kanymgul auszusprechen. Doch dann ließ er es bleiben. Schließlich war auch Sabyrbeks Frau im Kino gewesen, und wer konnte schon dafür, daß es in Sabyrbeks Kolchos einen Klub gab, nicht aber in ihrem. Jedenfalls nicht Sabyrbek.

Während Karatai über all dies nachsann und dabei ständig sein Pferd antrieb, merkte er nicht, wie er zu den Drei Hügeln kam. Und erst hier, mitten im Mais, sah er voller Entsetzen, wie sie ihre Saaten hatten verkommen lassen.

Er rieb sich sogar die Augen, aber das änderte nichts. Grau und aschtrocken lag der Acker da. Es sah aus, als brauche man nur ein Streichholz daranzuhalten, und schon ginge der Boden in Flammen auf und hülle sich in Rauchschwaden. Der Mais hatte längst aufgehört zu wachsen. Die einst sattgrünen Blätter waren verdorrt, hatten sich zu runzligen Röhrchen zusammengerollt, als wollten sie sich vor der erbarmungslosen Sonne verbergen. Mutter Erde schenkt den Pflanzen das Leben. Nun aber war sie ihnen zur Stiefmutter geworden, konnte die vereinzelten Stengel, die da kümmerlich auf ihr sprossen, nicht ernähren. Es war, als riefen sie mit letzter Kraft tonlos um Hilfe: Wasser! Wasser!

Da durchzuckte zum erstenmal ein heftiger Schmerz Karatais Brust. Er glaubte, ganz in der Nähe Sabyrbeks Stimme zu hören: Du, Mirab, bist Herr des Wassers! Du bist verantwortlich für die Ernte. Sei dir bewußt, Karatai, du hast fremde Arbeit zunichte gemacht!

Plötzlich kam von Westen ein starker heißer Wind auf.

Er fegte tief über den Boden dahin, saugte die letzten Tropfen Feuchtigkeit aus der Erde, versengte Gesicht und Kleidung.

»Der Kerimsal!« schrie Karatai entsetzt auf. »Der Kerimsal!«

Er ließ sich auf die Mähne des Pferdes fallen, grub seine Zähne in das Pferdehaar und stöhnte heiser: »Wär' doch lieber ich verdurstet!«

Dann riß er den Kopf hoch, wendete jäh das Pferd und sprengte querfeldein zum Ail.

Am Dorfrand zügelte er das Tier. Auf der Straße trottete die Herde.

3

Die erste Nachthälfte war dunkel, wie in all diesen Tagen. Spät kroch der Mond hinter dem schwarzen Gebirgsmassiv im Süden hervor. Sabyrbek hatte seinen Bewässerungsarbeitern ihre Abschnitte schon am Tag zugeteilt, nun ritt er über die Felder, um zu prüfen, ob irgendwo geschludert wurde. Plötzlich ertönte vor ihm ein Schrei: »Sabyrbek! Sabyrbek! Das Wasser geht zurück. Es kommt kein Wasser mehr!«

Sabyrbek stürzte hinzu, aber schon wurde er von anderer Seite gerufen: »He, Mirab, wo bist du?«

»Was ist los, hier stecke ich!«

»Es kommt kein Wasser, wo bleibt das Wasser?«

Der Wasserspiegel in den Aryks war in der Tat merklich gefallen, und von Minute zu Minute sank er mehr.

Da muß das Wasser doch das Bett des Hauptgrabens durchbrochen haben, dachte Sabyrbek und lenkte sein Pferd hin.

Aber der Hauptgraben war in Ordnung. Sabyrbek fand keine unterspülten Stellen, dennoch leerte sich das Grabenbett vor seinen Augen, und bald glitzerten in der Dunkelheit auf dem bloßgelegten Grund glitschige, feuchte Steine.

Ob am Kanal etwas passiert ist? huschte es ihm plötzlich durch den Kopf.

Sabyrbek wurde von Unruhe gepackt. »Das verhüte Gott!« flüsterte er.

Eine Katastrophe am Kanal zu dieser Zeit wäre ein großes Unglück gewesen. Die Reparatur würde viel Kraft und Zeit fordern, und die Felder blieben ohne Wasser.

Trotz der Finsternis setzte Sabyrbek sein Pferd in Trab. Da war ja auch der Kanal. Von hier aus verteilten Schleusen das Wasser auf die Hauptgräben der beiden benachbarten Kolchose. Sabyrbek band das Pferd rasch an einen Strauch und kletterte auf den Damm.

Welche Überraschung! Er traute seinen Augen nicht. Der Schieber, der den Wasserzufluß zu Sabyrbeks Hauptgraben regulierte, war ganz hinuntergelassen, das Wasser restlos abgesperrt. Alles strömte in den Graben von Karatai. Sein Schieber war oben, er stand hoch über dem Wasser. »Was mag das bedeuten?« wunderte sich Sabyrbek. Das hatte es noch nie gegeben. Der starke Strom, der sich in Karatais Graben ergoß, übertönte seine Worte.

Nein! sagte sich Sabyrbek. Das kann nicht sein! Das ist ein Mißverständnis!

Er stieg zum Pferd hinunter, tastete nach dem Schraubenschlüssel, der am Sattel befestigt war, kehrte zurück und machte sich daran, seinen Schleusenschieber zu heben.

Noch hatte er die Schraubenmutter kein einziges Mal herumgedreht, da ertönte neben ihm ein herrischer Ruf: »Laß die Finger davon!«

Überrascht fuhr Sabyrbek zusammen. Auf dem Damm tauchte eine eckige Figur auf, einem Raubvogel gleich, der sich auf sein Opfer stürzen will. Der Kopf saß tief zwischen den Schultern, die Arme waren erhoben wie ausgebreitete Schwingen. Wer konnte das sein? Das Gesicht war nicht zu erkennen. Es war zu finster.

»Wer bist du?«

»Laß die Finger davon, sag' ich dir! Nimm den Schlüssel weg!«

»Karatai? Du?«

Keine Antwort.

»Hast du das gemacht? Unser Wasser abgesperrt?«

»Ich brauche alles Wasser!«

»Du hast kein Recht darauf!«

Mit zwei, drei Sätzen war Karatai neben Sabyrbek. »Scher dich weg, verschwinde von hier!«

»Aber Karatai, komm zur Besinnung!«

»Verschwinde, sag' ich! Ich nehm's nicht für mich, sondern für den Kolchos! Das Land verbrennt, ich brauche alles Wasser. Ich gebe nichts her, verschwinde, solange du noch am Leben bist!«

»Braucht unser Kolchos etwa keins? Du bist ein Dieb!«

»Ich ein Dieb?« kreischte Karatai. Er stürzte auf Sabyrbek zu, entriß ihm den Schraubenschlüssel, sprang zurück und holte wuchtig zum Schlag aus. »Da!«

Sabyrbek konnte Karatais Arm gerade noch abfangen. Er nahm alle Kraft zusammen, und seine Finger preßten langsam, wie ein Fangeisen, Karatais Hand zusammen. Schließlich klatschte der Schlüssel ins Wasser.

Aber Karatai dachte gar nicht daran aufzugeben. Nein, er würde bis zum letzten Atemzug kämpfen. Er drängte Sabyrbek an den äußersten Rand des Dammes. Gleich würde er ihn ins Wasser stoßen. Sabyrbek hatte das begriffen, er klammerte sich an den eisernen Schleusenrahmen und ließ sich nicht wegschieben. Um nicht zu stürzen, preßten sie sich unwillkürlich aneinander – Gesicht an Gesicht, Aug in Auge standen sie sich gegenüber.

Rings um sie aber war nächtliche Stille. Kein Laut, keine Menschenseele. Nur das Wasser rauschte in den Schleusentoren, und der Mond hatte sich auf die Zehenspitzen gestellt, lugte neugierig hinterm Gebirge hervor auf die in feindseliger Umarmung aneinandergeklammerten Männer.

Sabyrbek sah nicht Karatais verzerrtes Gesicht und seine blutunterlaufenen irren Augen, er hörte nur seine fanatische heisere Stimme: »Ich gebe nichts ab! Ich gebe kein Wasser ab! Das ist meine Nacht! Die Saaten verdorren!«

Karatai erschlaffte. Sabyrbek paßte den richtigen Moment ab und stieß ihn von sich.

»Rühr dich nicht vom Fleck, Karatai! Komm nicht näher! Ach, du! Weit hast du's gebracht! So also kämpfst du um den ersten Platz, um die Ernte? Für wen hältst du mich?«

»Du bist mein Feind!« krächzte Karatai und schnappte mit weitgeöffnetem Mund wie ein Fisch nach Luft. »Du bist mein Feind!« wiederholte er. »Du bist neidisch auf mich, willst meine Frau verführen. Du beobachtest mich, um mich unter dem Vorwand der Kritik vor allen Leuten bloßzustellen, zu erniedrigen. Aber ich lasse mich nicht für dumm verkaufen. Jetzt weiß ich, woher dein erster Platz beim Bewässern kommt: Du hast nachts unser Wasser genommen!«

»Was faselst du da?« Mit beiden Händen packte Sabyrbek Karatai am Mantelkragen, zog ihn zu sich heran, blickte ihm forschend in die Augen, als erkenne er in der Dunkelheit etwas darin, und wiegte bitter lächelnd den

Kopf. »Jetzt verstehe ich!« sagte er nach kurzer Pause. »Ich gehe. Aber denk daran, deine Aryks halten solchem Wasserdruck nicht stand. Du hast dir zuviel vorgenommen. Na schön, mal wirst du's schon begreifen. Nicht ich bin dein Feind. Du selbst richtest dich zugrunde!«

Sabyrbek ging, Karatai aber blickte seiner in der Nacht hell leuchtenden Feldbluse noch lange nach.

Sabyrbek fühlte sich nicht geschlagen. Er schritt als Sieger dahin, die Schultern gerade, den Kopf stolz erhoben.

Karatai dagegen stand bedrückt da. Alles schmerzte ihn, vor seinen Augen schwammen trübe Kreise. Er fühlte sich plötzlich schwach und von allen im Stich gelassen. Fast hätte er dem sich entfernenden Sabyrbek nachgerufen: Komm zurück, nimm dein Wasser! Doch im letzten Augenblick hielt er sich den Mund zu. Jetzt mußte er sich unbedingt selbst überzeugen, daß er im Recht war, er brauchte eine spürbare Befriedigung. Doch irgend etwas fehlte ihm dazu, er empfand es und quälte sich. Er lief den Dammhang hinunter zum Wasser, hockte sich hin, trank gierig aus der Hand und sagte: »Nein, ich werd's ihnen zeigen! Nun habe ich das Wasser. In einer Nacht wird alles bewässert sein. Wenn ich nur möglichst viel Wasser heraushole. Wer untersteht sich, mich Dieb zu schelten? Ich bin keiner! Sie haben bereits fünf-, sechsmal bewässert. Eine Nacht wird ihnen schon nicht schaden. Wir aber brauchen das Wasser heute, viel Wasser. Noch dazu, wo jetzt der Kerimsal weht. Du lügst, Sabyrbek, wir haben zuwenig Wasser, wir brauchen mehr, zwei-, dreimal soviel. Du lügst, ich bekomme das Wasser schon zu den Drei Hügeln, ich leite es durch meine alten Gräben hin. Ich sperre alle Abzweigungen und lasse das ganze Wasser auf den Mais.«

Er saß da, wiegte sich über dem Graben hin und her und murmelte wie im Fieberwahn. Das Wasser im Aryk aber floß so ungestüm, daß es ihm vor den Augen flimmerte. Die Strömung wurde stark wie bei Hochwasser. Sie drückte gegen die Ufer, es sah aus, als brauchte man nur die Hand hineinzuhalten, schon würde alles überschwemmt. Wasser liebt die Freiheit! Versuch's nur und leg das Ohr ans Ufer, dann hörst du, wie das Wasser es unterspült, daran nagt und eine Menge unsichtbarer Sandkörnchen mit sich fortträgt.

Karatais Gedanken waren jedoch ganz woanders.

Als ihm einfiel, daß sich das Wasser bereits den Drei Hügeln nähern mußte, gleich auf die Felder fließen würde und daß die Männer schon seit dem Abend dort standen, erhob er sich jäh und schüttelte sich in lautlosem Lachen. Jetzt galt es zu handeln.

4

Nachts ging eine Frau einen schmalen Pfad zwischen dichtem Hanfgestrüpp entlang. Das weiße Kopftuch war ihr in den Nacken geglitten, der Kragen ihres Kleides stand offen. Die Frau eilte vorwärts. Es war Kanymgul. Immer wieder blickte sie sich zaghaft um und lauschte auf etwas.

Plötzlich flatterte vor ihren Füßen eine Lerche auf. Kanymgul stieß einen Schrei aus und preßte krampfhaft ein Bündel an die Brust. Sie war heftig erschrocken, ließ aber das Bündel nicht fallen. Es enthielt Essen für Karatai, war er doch an diesem Tag hungrig fortgeritten.

Vorn rief jemand gellend: »Karatai! Ein Durchbruch! Das Wasser läuft weg! Karatai! Rasch, Karatai!«

Verstört lief Kanymgul auf den Schrei zu. An einem unterspülten Aryk hasteten Leute hin und her. Schwer herauszufinden, wer es war. Doch Karatai war darunter, ihn erkannte Kanymgul sofort. Tief gebückt stand er an der Durchbruchstelle, bis zum Gürtel in der Flut. Wie Blut aus der Kehle eines abgestochenen Pferdes ergoß sich, seinem Gewahrsam entsprungen, das Wasser, schoß übermütig talwärts und riß dabei ganze Erdbatzen aus der Böschung. In das Tosen des Stromes mischten sich abgerissene Rufe: »Rasenstücke her! Bringt Steine!«

Niemand hatte bemerkt, wann Kanymgul gekommen war, doch keiner wunderte sich über ihr Erscheinen. Mitten durchs Wasser stürzte sie auf Karatai zu. Der warf einen flüchtigen Blick auf sie und befahl augenblicklich: »Rasenstücke! Bring Rasenstücke, schnell!«

Was weiter geschah, könnte Kanymgul nicht genau erzählen.

In ihrem Kopf rauschte es, sie wußte nicht, ob sie träumte oder wachte. Plötzlich hatte sie einen Ketmen in der Hand. Immerzu stürzte sie. Die Grasstücke waren nicht von der Erde loszubekommen, man mußte sie mit den Händen herausreißen. Sie waren schwer, aber Kanymgul schleppte sie, ließ sie nicht fallen. Sie trug sie, jedes einzelne an die Brust gepreßt wie ein Kind. Wie schrecklich war doch Karatai, er sagte nichts, ächzte nur.

Nicht weit von ihr schrie jemand: »Was? Was ist passiert? Karatai! Zu Hilfe! Das Ufer bricht!«

Von den Menschen stieg Dampf auf, ihre Muskeln waren so angespannt, daß sie sogar Eisen standgehalten hätten. Kanymgul taumelte vor Müdigkeit und vor Schmerz in den Armen. Auch den anderen gehorchten die Hände wohl nicht mehr. Im Mund spürte Kanymgul salzigen Blutgeschmack. Ein losgerissener Stein schlug ihr auf den Fuß. Sie ging in die Knie, bis zum Hals im Wasser. Der Fuß schmerzte, ach, und wie er schmerzte! Fast hätte sie aufgeschrien. Vielleicht wäre ihr davon leichter geworden? Aber nein, das durfte sie nicht, sie mußte aufstehen, mußte Karatai helfen. Irgend etwas splitterte. Ein Pfahl war zerbrochen, den Karatai soeben erst eingeschlagen hatte. Warum fluchte Karatai nur so abscheulich? Warum zerriß er sich das Hemd? Vor ihren Augen tanzten rote Kreise.

»Es hilft nicht! Es hat keinen Sinn!«

»Was hilft nicht?«

»Ein alter Aryk ist wie ein altes Hemd: Hier bessert man's aus, dort reißt's wieder.«

»Halt den Mund!«

»Vielleicht soll ich dir zuliebe auch noch verrecken?«

»Verrecke nur!«

Abermals Kampf! Das Wasser war ein stummer Feind. Es suchte sich unsichtbare Spalten, riß Breschen auf und war nicht aufzuhalten, es lief davon. Karatais Gehilfen waren wütend auf ihn, ja, sie haßten ihn.

»Was sind das auch für Aryks! Wie mit Gestrüpp überwuchert. Da findet sich ja kein Mensch durch, geschweige denn das Wasser!«

»Wo haben der Mirab und der Vorsitzende nur die Augen gehabt? Konnten sie nicht für saubere Gräben sorgen?«

»Das sind alles Karatais Heldenstücke. Das Wasser ist futsch, wir haben nichts davon und sie auch nicht. Gestohlene Suppe wird im Magen sauer.«

Kanymgul war wie im Fieber, ihr Kopf brummte, doch diese Worte vernahm sie klar und deutlich. Was bedeuteten sie? Was konnte Karatai getan haben?

Jemand rief böse: »Jetzt reicht's! Sperr das Wasser ab!«

Ein anderer lief zur Schleuse. Karatai sprang auf und vertrat ihm den Weg.

»Halt! Untersteh dich! Ich habe hier zu bestimmen!«

»Worüber? Über fremdes Wasser? Über die Zerstörung der Aryks?«

Karatai schwieg. Den Ketmen in der Hand, näherte er sich drohend den Bewässerungsarbeitern, die gewagt hatten, ihm zu widersprechen. Erst jetzt erfaßte Kanymgul den Sinn der soeben gehörten Worte, erst jetzt begriff sie, was ihr Mann angerichtet hatte.

»Wer hat euch erlaubt, die Arbeit einzustellen?« rief Karatai wutschnaubend und trat dicht auf die sich zusammendrängenden Arbeiter zu.

»Sperr das Wasser ab! Wir haben nicht die Absicht, für deine Räuberei geradezustehen!«

»Ich tu's nicht!« brüllte Karatai wie von Sinnen und holte mit dem Ketmen aus.

Jemand konnte den Hieb gerade noch mit seinem Ketmen parieren. Eisen klirrte, im Dunkel sprühten Funken.

»Was soll das?«

Die Männer stürzten sich auf Karatai und entrissen ihm den Ketmen. Karatai wehrte sie mit den Fäusten ab, er stürzte unter den Schlägen und erhob sich wieder, wütend und schrecklich.

»Werft ihn zu Boden, bindet ihn!«

All das geschah so unerwartet, daß die erstarrte Kanymgul erst jetzt zur Besinnung kam. »Rührt ihn nicht an! Schlagt ihn nicht!« Sie stürzte zu den Ringenden, zerrte sie auseinander, hing sich Karatai an den Hals. »Geht weg, geht weg von hier! Ihr habt keine Schuld, niemand wird euch Vorwürfe machen, er wird selber dafür geradestehen!« rief sie. »Geht weg, laßt ihn in Ruhe! Schlagt ihn nicht!«

»Wir haben ja nicht angefangen, er ist auf uns losgegangen!«

»Na schön, wir gehen, aber das lassen wir nicht auf sich beruhen, das hat noch ein Nachspiel!«

Drohend und fluchend liefen die Arbeiter übers Feld zur Straße.

»Kommt zurück! Zurück! Hört ihr!« Karatai machte eine jähe Bewegung, löste Kanymguls Hände und stieß sie von sich.

Doch die Männer stapften weiter, ohne ihn zu beachten.

Stumm hielt Kanymgul Karatai erneut mit aller Kraft umfangen. Er schwieg gleichfalls, schüttelte abermals wütend ihre Arme ab und stieß sie vor die Brust, doch sie hing sich wieder und wieder an ihn, klammerte sich an seiner Kleidung fest.

Als die Stimmen der Arbeiter nicht mehr zu hören waren, beruhigte sich der erschöpfte Karatai.

Still war es nun, wie nach einem Gewitter. Die schwüle Nacht kühlte sich allmählich ab. Der trockene Boden erkaltete. Vom Aryk her roch es herb nach Wolfsmilch. Verschlafen und träge quakten im Kanal die Frösche. Durch dunkles Dornengestrüpp stelzte eine flüchtende Kamelstute mit ihrem Jungen. Gedehnt und zärtlich rief sie es zu sich, knirschend malmte sie die stachligen Zweige.

Alles war wie immer, als hätte sich nichts im Leben geändert. Nur ganz in der Nähe, wenige Schritte von Karatai entfernt, sprudelte aus der schwarzen Durchbruchstelle das Wasser und schoß rauschend die Niederung hinab. Karatai aber stand mit hängenden Schultern da, sein Atem ging noch immer schwer. Kanymgul hörte sein Herz hämmern.

Das Wasser schwemmte die letzten Reste des Wehrs hinweg, rauschte immer lauter und wütender.

»Hab' ich das etwa für mich getan?« stieß Karatai, an niemand gewandt, beklommen hervor. »Ich hab's doch für den Kolchos gemacht. Das Wasser reicht nicht. Das Land verbrennt.«

Kanymgul empfand grenzenloses Mitleid mit ihrem Mann.

»Was hast du nur angerichtet?« sagte sie leise.

Karatai fuhr zusammen, befreite sich aus der Umarmung seiner Frau und schob sie gewaltsam beiseite.

»Verschwinde!« rief er drohend. »Verschwinde von hier! Hörst du!«

Schweigend wandte sich Kanymgul um und ging. Unterwegs riß sie Salzkrautrispen ab, zupfte nervös daran herum, warf sie weg und riß neue ab. Karatai aber stand noch eine Weile da und stapfte dann schweren Schrittes zu den Schleusen.

Wer weiß, wieviel Zeit vergangen war, aber bald mußte es Morgen sein.

Karatai lag flach am Boden. So preßt sich ein Mensch an die Erde, der mit ihr ganz allein geblieben ist. Sie versteht alles, die Erde, Kummer wie Freude, ihr kann man alles Schwere anvertrauen.

Vielleicht stieg die Morgenröte so sacht und scheu empor, weil sie Karatai nicht beunruhigen wollte. Ein leichter Bergwind liebkoste ihn, streichelte seine wunden Hände und den schmerzenden Körper. Dann huschte lautlos jemand herbei, setzte sich neben ihn, strich ihm über Kopf und Schultern. Ihn berührten warme, vertraute, behutsame Hände. Sie linderten den Schmerz, tilgten die Kränkung. Karatai hatte Angst, sich zu rühren, fürchtete, sein Glück aufzuschrecken, das ihn stets umgeben hatte, dessen er sich jedoch so selten bewußt geworden war.

Mich erwartet nichts Gutes, Kanymgul, dachte er. Ich schäme mich, dir in die Augen zu blicken. Ich habe nicht gewußt, was du mir bedeutest. Verzeih. Du warst glücklich, ich aber habe dein Glück zerstört. Was tun, sicher hast auch du begriffen, daß das Glück nicht allein am häuslichen Herd zu finden ist, sondern auch auf dem Feld, daß es an Menschen gebunden ist.

»Steh auf, Karatai! Sabyrbek kommt!« flüsterte Kanymgul.

Karatai erhob sich schwerfällig, er wich dem Blick seiner Frau aus.

»Da, setz ihn auf, ich hab' ihn auf dem Feld gefunden.« Sie reichte ihm den Filzhut, stopfte ihm das Hemd in die Hose, klopfte ihn ab. »Ich geh' nach Hause, du kommst dann nach, das Pferd weidet hinterm Hügel«, sagte sie und eilte davon.

Sabyrbek kam gemächlich den Aryk entlanggeritten. Zuweilen stellte er sich in den Steigbügeln auf und betrachtete die Gegend. Offenbar überlegte er, wo man am besten einen neuen Aryk ziehen könnte.

Karatai stand da und biß sich auf die Lippen. Verstecken konnte er sich nicht.

Leichter ist's, durch Feindes Hand zu sterben, als sich vor einem Freund zu verantworten.

1954

Weißer Regen

Der Wind hatte sich abgekühlt zwischen den steilen Felswänden, er drängte mit Macht aus der finsteren Tiefe der Schlucht und jagte zum Fuß des Gebirges. Dort unten schlief der Ail.

Still war es weit und breit, in den Fenstern erloschen die Lichter, der Mond versilberte die vom Frühlingsfrost bereiften prallen Knospen, die jeden Augenblick platzen mußten. Nur der Wind raschelte im Schilfdach, und verschlafen knurrte der Hund. Aus der Ferne aber drangen kaum wahrnehmbar das Rauschen des Bergflusses und Motorgetucker herüber.

Im Dunkeln näherten sich dem Ail rasch zwei Gestalten. Ehe sie heran waren, verhielten sie den Schritt, blieben stehen.

»Ich gehe jetzt allein weiter, danke«, sagte eine Frauenstimme.

»Ich begleite dich lieber noch ein Stück, am Ende beißen dich noch die Hunde«, erwiderte ein Mann.

»Ich hab' keine Angst vor Hunden.«

»Dennoch ...«

»Nein, Kassymdshan, du verspätest dich zur Arbeit.«

»Ich komm' schon zurecht, hab' noch Zeit.«

Kassymdshan riß ein Streichholz an. Für einen Augenblick holte die zitternde Flamme ein Mädchen, das ein kariertes Tuch übergeworfen hatte, und einen jungen Burschen in sportlicher Lederjacke mit Reißverschluß und wasserdichten Kunststoffstiefeln aus dem Dunkel. »O Saadat, noch zweieinhalb Stunden«, sagte der Bursche nach einem Blick auf die Uhr.

»Ach laß nur, Kassymdshan, geh lieber. Wenn dich einer hier sieht, gibt's Gerede. Außerdem mach' ich mir große Sorge, was Mutter will. Hoffentlich ist sie nicht krank.«

»Falls ja, darfst du sie nicht allein lassen. Aber sei nicht traurig, uns fällt schon was ein.«

Sie standen noch eine Weile beisammen und trennten sich dann. Saadat lief nach Hause, und Kassymdshan machte sich auf den Weg in die Berge. Als er ein Stück gegangen war, schaute er sich um.

»Wenn was ist, gib mir Bescheid. Ich warte.«

»Gut«, erwiderte Saadat gedämpft.

Sie wandte sich wieder dem Ail zu, blieb aber nochmals stehen, um Kassymdshan nachzublicken. Doch er war nicht mehr zu sehen. Nur Finsternis. Saadat zog es eiliger heim. Immer hastiger wurde ihr Gang. Schließlich hielt sie es nicht mehr aus und rannte los. In ihrem Kopf verwirrten sich die Gedanken, einer war immer düsterer als der andere. Das Mädchen stellte sich vor, gleich würde sie die Tür öffnen und die Mutter krank und eingefallen im Bett vorfinden. Liebe gute Apa! wollte Saadat laut aufschreien, doch die Stimme versagte ihr. Da war auch schon die bekannte Pforte. Plötzlich sah sie, wie ein Schatten auf sie zukam.

»Du, Saadat?« fragte die Mutter.

»Was ist geschehen, Apa?«

»Du allein in solcher Nacht?«

»Ja«, log das Mädchen.

»Mein Gott!« Sejnep-apa schlug die Hände zusammen. »Wie kannst du nur . . .«

»Aber nein, ein Kutschwagen hat mich mitgenommen«, fiel Saadat gerade noch zur rechten Zeit ein.

Sejnep-apa umarmte die Tochter und sagte weinend: »Ich bin vor Ungeduld vergangen. Hab' mir die Augen nach dir aus dem Kopf geguckt. Es wurde schon dunkel, aber du kamst und kamst nicht. Wenn bloß unterwegs nichts passiert ist, hab' ich gedacht. Ich wollte dir schon entgegengehen.«

»Was hast du denn nur, Apa, wir haben uns doch erst vorige Woche gesehen.«

Saadat arbeitete als Anhängerfahrerin in der Traktorenbrigade und brachte fast den ganzen Sommer im Feldlager zu. Sooft sie nach Haus kam, war für Sejnep-apa ein Feiertag. Sie hatte solche Sehnsucht nach der Tochter, daß sie sie dann keinen Augenblick allein ließ. Gemeinsam heizten sie den Herd und besorgten die Hauswirtschaft – knetete die eine den Teig, kochte die andere das Fleisch, melkte Saadat die Kuh, stand die Mutter daneben und bereitete die Tränke. Und ohne Ende plauderten sie. Gab es doch im Kolchos, wo Sejnep-apa arbeitete, und in der Traktorenbrigade genug Neuigkeiten. Nur wenn Saadat zum Fluß nach Wasser ging, blieb Sejnep-apa an der Gartenpforte stehen und folgte ihr mit dem Blick. Die Mutter wollte nicht wahrhaben, daß die Tochter schon erwachsen war. Gerührt betrachtete sie Saadats geschmeidige schmale Schultern. Wie anmutig schritt sie mit dem Tragjoch aus, hielt sie es mit dem vollen bräunlichen Arm, den ein ziselierter Silberreif schmückte. Wie frei atmete ihre Brust, rhythmisch die Rüschen des Kleides hebend.

»Töchterchen, mein Augenlicht, möge alles Unheil dich meiden und auf mein Haupt kommen!« rief die Mutter unwillkürlich.

Heute freuten sich Mutter und Tochter besonders,

waren besonders zärtlich zueinander. Saadat spürte, daß die Mutter sie nicht ohne Grund hergebeten hatte, daß sie ihr etwas Wichtiges sagen wollte. Und in der Tat, Sejnep-apa hatte sich schon lange auf dieses Gespräch vorbereitet.

In letzter Zeit ging mit der Tochter etwas Unbegreifliches vor. Was mochte nur dahinterstecken?

Im Vorfrühling, der Schnee war gerade erst geschmolzen, war Saadat eines Tages atemlos ins Haus gestürmt.

»Apa!« hatte sie erregt noch in der Tür gerufen, »die Komsomolbrigade ist gekommen!«

»Was für eine Brigade?«

»Na, weißt du denn nicht – die Komsomolbrigade von der MTS! Die Komsomolzen werden auf dem Neuland arbeiten! Ich hab' selbst gesehen, Apa, wie sie auf Autos und Traktoren an der Mühle vorbeigefahren sind.«

Was regt sie sich nur so auf? hatte sich Sejnep-apa verwundert gefragt. Laß sie kommen, was ist schon dabei?

Die Tochter aber hatte unaufhörlich hell begeistert weitergeschnattert: »Ich weiß, Apa, wo sie pflügen werden. Ganz in der Nähe. Tokoi-ake sagt, in diesem Jahr pflügen sie das ganze ›Alte Nomadenlager‹ um.«

Einige Tage danach hatte Saadat die Mutter um Erlaubnis gebeten, bei der MTS als Anhängerfahrerin arbeiten zu dürfen. Sejnep-apa hatte die Tochter nicht aus dem Haus lassen wollen, aber Saadat war hartnäckig geblieben, und schweren Herzens hatte die Mutter nachgegeben.

»Dieses Jahr arbeite ich als Anhängerfahrerin, und dann werden wir zu Traktoristen geschult. Ich kann doch nicht mein Wort brechen, das ich auf der Komsomolversammlung gegeben habe.«

Diese Argumente hätten die Mutter wohl kaum beeindruckt, hätte sich nicht Tokoi-ake, Saadats Onkel, eingemischt.

»Stell dich den Jungen nicht in den Weg, sie sind schon in Ordnung, laß sie ziehen!« hatte er der Mutter geraten.

Und Saadat war gegangen, die Mutter aber hatte bald bittere Reue gepackt. Sie sah, Saadat gehörte jetzt nicht mehr ihr allein, es gab noch eine andere mächtige Kraft, die zunehmend von der Tochter Besitz ergriff.

Manchmal hatte sie den Eindruck, als überflügle Saadat sie an Verstand. War das nicht zuviel für ein Mädchen? Saadat hatte plötzlich eigene Sorgen, die sie, die Mutter, nicht begriff. Warum nur eilte Saadat, wenn sie voll Sehnsucht nach der Mutter heimgekommen war, vor Tau und Tag schon wieder zurück zur Brigade?

Seltsam. Manchmal war Saadat ernst, sachlich, dann wieder ungewohnt fröhlich, sie sang, lachte, liebkoste die Mutter, mitunter aber umflorten sich ihre Augen wie bei einem verwaisten Kameljungen, und sie saß still und traurig da.

»Gefällt dir deine Arbeit, Saadat?« fragte Sejnep-apa wie nebenhin. »Was für Leute habt ihr in eurer Brigade?«

»Ich bin sehr zufrieden!« antwortete Saadat dann stets und begann begeistert von ihren Kameraden zu erzählen. Sie kamen von weit her und verstanden sich gut auf Maschinen. Es gab sogar solche darunter, die selbst welche in der Fabrik gebaut hatten. »So wie sie möchte ich auch sein!« sagte Saadat. Ihre Augen leuchteten. In diesen Augenblicken wurde sie der Mutter fremd und unbegreiflich. Doch Saadat bemerkte die Unruhe in den Augen der Mutter nicht und erzählte, was sie bewegte: von der Komsomolversammlung, der Wandzeitung, an der ein schlampiger Traktorist sein Fett abbekommen hatte, und von manchem anderen, was Sejnep-apa freilich nicht immer verstand.

Nachdem sie Tee getrunken hatten, räumte Saadat das

Tischtuch weg, wusch die Trinkschalen und stellte sie aufs Bord. Es war Zeit, schlafen zu gehen, aber Sejnep-apa blieb noch auf der Filzmatte hocken und blickte Saadat aufmerksam an.

»Komm, Töchterchen, setz dich zu mir.« Sie wies neben sich. »Ich möchte mit dir reden.«

»Sprich, Apa, ich höre.«

Lange sammelte Sejnep-apa ihre Gedanken; sie wußte nicht, womit sie beginnen sollte.

»Du bist mein einziges Kind, Saadat«, sagte sie dann und blickte die Tochter forschend an. »Du bist mir Sohn und Tochter zugleich. Ich habe niemand außer dir. Glaubst du, mir fällt es leicht so allein?« Tränen traten ihr in die Augen. »Nur bei der Arbeit finde ich Vergessen, doch komme ich nach Hause, verbrennt Sehnsucht mir das Herz: Wo bist du, was ist mit dir, bist du gesund? Das ist doch keine Frauenarbeit, die du machst, Saadat. Wieso muß ein Mädchen hinterm Pflug sitzen? Laß das, komm wieder nach Haus, auch im Kolchos gibt's genug zu tun.«

Sejnep-apa trocknete sich die Augen und seufzte schwer. Man hätte meinen sollen, das genügte, um ihren Wunsch zu begreifen, doch Saadat spürte, die Mutter hatte das Wichtigste noch nicht gesagt.

»Ich bin doch nicht das einzige Mädchen im Feldlager. Da sind noch mehr, auch aus unserem Kolchos. Und wieviel sind es insgesamt bei uns in der MTS! Sie arbeiten nicht schlechter als die Männer. Warum sollte gerade ich alles im Stich lassen?«

»Stell dich nicht auf eine Stufe mit ihnen!« rief Sejnep-apa zornig. »Ihre Eltern haben mehr Kinder.«

Saadat umarmte die Mutter und schmiegte sich an sie. Wie hätte sie ihr da nicht zustimmen müssen.

»Na schön, Apa, soll es so sein, wie du willst. Erlaub mir

nur, noch eine Weile dort zu bleiben. Bald ist die Frühjahrsaussaat beendet, dann komme ich zurück. Es dauert nicht mehr lange, gedulde dich bitte, Apa.«

Die Mutter beruhigte sich. Es war ja auch Zeit, schlafen zu gehen.

Die Augen wollten Sejnep-apa schon zufallen, da hörte sie ein Rascheln. Sie blickte auf und sah, Saadat war aufgestanden und leise zum Fenster geschlichen. Bläuliches Mondlicht fiel dem Mädchen auf Kopf und Schultern. Beklommen schaute sie sich nach der Mutter um, dann setzte sie sich behutsam aufs Fensterbrett, umschlang mit beiden Armen die Knie und verharrte reglos. Offenbar dachte sie über etwas nach. Nervös nestelten ihre Finger an den Zöpfen, die ihr auf die Brust herabfielen.

Warum kann sie nicht schlafen? Aufs neue krampfte sich der Mutter das Herz zusammen.

Eng an die Scheibe gepreßt, blickte Saadat angespannt nach den Bergen, auf deren sanften Hängen hin und wieder das Licht von Traktorenscheinwerfern aufflammte. Hingebungsvoll lauschte sie auf das ferne Motorgetucker. Bald schwoll der Lärm so an, als wären die Traktoren ganz in der Nähe, bald ebbte er ab.

Sie hört die Traktoren, erriet Sejnep-apa und ertappte sich dabei, daß auch sie ständig das Tuckern verfolgte. Wenn die Tochter nicht zu Hause war, sondern bei der Arbeit dort auf dem Feld, fand die Mutter Trost in diesem Geräusch. Ja, nicht von ungefähr saß das Mädchen am Fenster. Sejnep-apa verstand recht gut, daß Saadat mit dem Herzen nicht hier war, sondern dort, auf dem Acker.

Saadat blickte auf die fernen Scheinwerfer und glaubte zu sehen, wie die Pflugschare das Neuland umbrachen. Lange Jahre hatte dieses Land unberührt dagelegen. Und nun erwecken Kassymdshan und sie als erste die unwirtliche Erde zu neuem Leben. Jetzt wird hier Brotgetreide in die Ähren schießen, bald wird man inmitten der Berge, im Tal »Altes Nomadenlager«, Straßen anlegen und Häuser bauen, und mit Besitzerstolz werden die Leute ihren Besuchern sagen: Fahrt über das Feld hier, dann kommt ihr am Viehhof vorbei, dahinter liegen Straßen, das ist unser Kolchos! Ja, das alles werden wir schaffen, dachte Saadat freudig. Ist dies nicht das wirkliche Glück? Lohnt es nicht, dafür zu leben?

Sie sieht die schwarzen Bodenwellen des Neulands unter den Strahlen der grellen Sonne liegen und wie lebendig dampfen. Feucht riecht es nach frischer Erde. Wie schön!

Am Ende des Schlages, dort, wo gewendet wird, legt Saadat rasch die Pflughebel um. Blank poliert wie ein Spiegel heben sich die Pflugschare aus dem Acker. Und in jedem blitzt eine kleine Sonne!

Während Kassymdshan den Traktor wendet, lächelt er ihr zu. Sie aber schreit: Rasch, Kassymdshan, beeil dich! Heute liegen wir an erster Stelle! Leg los!

»Kassymdshan, wie schön, daß wir uns begegnet sind, wie schön, daß wir zusammen arbeiten! Ich würde bis ans Ende der Welt mit dir gehen«, flüsterte Saadat insgeheim.

Sejnep-apa fand keine Ruhe. Sie wußte nicht, wie sie sich verhalten, was sie der Tochter sagen sollte, und wälzte sich schwer seufzend auf die andere Seite. Saadat fuhr zusammen. Lange noch saß sie schweigend da und blickte auf die Mutter, dann ging sie lautlos zum Bett und legte sich hin. Doch weder die Mutter noch die Tochter fanden Schlaf. Jede hing ihren Gedanken nach.

Sejnep-apa sann darüber nach, daß die Tochter bereits erwachsen sei und man sich nun um ihr weiteres Schicksal sorgen müsse. Gut wär's, wenn sich ein passender Dshigit aus dem eigenen Ail fände, dann hätte sie die Tochter immer in der Nähe. Noch besser, wenn der künftige Schwiegersohn alleinstehend wäre, dann würden sie bei ihr wohnen. Die Tochter ahnte nicht einmal, daß die Aussteuer fast vollständig war. Ein Tusch-kijis, ein ornamentverzierter Wandteppich, war vorhanden, auch etliche Ala-kijise, ornamentgeschmückte Filzdecken, waren da, sie mußte nur noch Seide für einen Bettvorhang kaufen.

Saadat aber dachte an Kassymdshan, an ihre erste Begegnung. Sie hatten beide auf demselben Aggregat gearbeitet. Jedesmal, wenn der Traktor hielt, kam Kassymdshan zu ihr und sagte: »Bist du auch nicht müde, Saadat? Ruh dich ein Weilchen aus!«

Was will er nur dauernd von mir? dachte Saadat wütend. Bin ich vielleicht ein kleines Kind?

Fragte Kassymdshan aber einmal nicht, war es ihr auch nicht recht. Warum fragt er mich nicht? Hab' ich ihn gekränkt, oder mag er mich nicht mehr?

Einmal hatten sie am oberen Feldrand Lust bekommen, den allerhöchsten Felsen zu erklettern. An den Tag wird Saadat immer denken. Der Aufstieg war steil, doch sie hatten alle Müdigkeit vergessen und gaben nicht auf, als hätten sie geschworen, um jeden Preis den Gipfel zu erklimmen. Beide dachten, sie würden sich dort oben etwas sehr Wichtiges sagen, und diese Worte würde kein Fremder hören, denn außer ihnen war im Umkreis von etlichen Kilometern keine Menschenseele. Als sie jedoch den Gipfel erreicht hatten, traute sich keiner auszusprechen, was ihm auf dem Herzen lag. Erst beim Abstieg, als Saadat unversehens ausglitt, fing Kassymdshan sie in seinen Armen auf, preßte seinen Mund auf ihre Lippen. Saadat nahm es nicht übel. Sie war glücklich wie nie zuvor.

Sejnep-apa lehnte am Pfosten der weit geöffneten Tür und blickte ins Zimmer. Ihre unbeweglich-traurige Haltung, die verwundert gehobenen Brauen, die bitteren Falten um den fest zusammengepreßten Mund verrieten stumme Verzweiflung. Fürchtete sie die Schwelle zu überschreiten, weil Schreckliches sie erwartete, war ihr etwas eingefallen, das sie stocken ließ, oder lauschte sie auf die Geräusche, die die Windböen von den Bergen herübertrugen? Die weiten langen Ärmel des Kleides umschlotterten ihre schmalen Schultern. Vor ihren Füßen lag hingeworfen das Tragjoch, standen in einer ausgeschwappten Wasserpfütze die Eimer. Sejnep-apa kam gerade vom Fluß. Dort hatte man ihr erzählt, Saadat habe geheiratet. Geschehen war, was die Mutter am meisten gefürchtet hatte. Nun war sie allein in diesem Haus. Man sollte meinen, ihr fehlte nichts, doch mit dem Fortgang der Tochter hatte alles seinen Sinn verloren.

Wer weiß, wie lange Sejnep-apa noch so dagestanden hätte, wäre nicht Tokoi-akes Frau, ihre Schwägerin Dshijdegul, gekommen. Kaum hatte Sejnep-apa sie erblickt, da jammerte sie auch schon los: »Das nennt sich nun Tochter! Ach, ich unglückliches Weib! Gott hat mich gestraft, hat mir keinen Sohn geschenkt. Der hätte das eigene Nest nicht verlassen, der hätte eine Schwiegertochter ins Haus gebracht!«

Erschrocken blickte Dshijdegul auf die schmächtige Frau, die sonst immer so ruhig wirkte, nun aber völlig verändert war. »Schande hat mir Saadat gemacht!« jammerte indes Sejnep-apa weiter. »Einem Landstreicher läuft sie nach wie ein Flüchtling, ohne Geleit, ohne Ehren. Er zieht mit ihr weg, und ich sehe sie nicht wieder.«

»Aber nein, Sejnep-apa, sie ist doch hier, ganz in der Nähe!« Dshijdegul trat für Saadat ein.

»Schweig! Auch ihr seid schuld an meinem Leid. Dein Tokoi war es schließlich, der Saadat zugeredet hat, zur MTS zu gehen! Und ich Dumme hab' auf ihn gehört, weil er der Bruder meines Mannes ist. Geh nur und sag ihm, wenn ihm das Andenken seines Bruders und die Ehre unserer Familie teuer ist, soll er Saadat zurückholen. Geh!«

Noch am selben Tag schickte Tokoi-ake mit dem Recht des Älteren seine Frau zu Sejnep, um sie zu holen.

In Erwartung der Schwägerin saß er mit ernster Miene auf einem über Filzmatten gebreiteten Schaffell. Seine ganze große Familie war zugegen. Der Raum war heiß, im Kessel kochte Fleisch, auf dem Tisch summte der Samowar.

»Ich weiß alles, Sejnep«, begann Tokoi, während er ihr ehrerbietig eine Schale Tee reichte. »Und ich schäme mich für dich. Hätte Saadat etwas Schlechtes getan, ich würde auf der Stelle mein Pferd satteln und sie an den Haaren herbeischleifen!« Die Augen des alten Mannes funkelten wütend. »Aber ich tue es nicht. Eher mögen mir die Hände verdorren. Der Boden des ›Alten Nomadenlagers‹ wartet lange schon auf Menschen wie deine Tochter. Ich habe nicht die Absicht, dich zu trösten oder zu überreden, doch bedenke eines«, Tokoi schob sich Naspai-Tabak in den Mund und strich sich nachdenklich den graugesprenkelten Schnurrbart, »jetzt wird das ›Alte Nomadenlager‹ umgepflügt. Du weißt aber selbst, es gab eine Zeit, wo wir das nicht konnten. Damals wagten wir nicht einmal von Akkerboden im Unterland zu träumen. Die Beis hatten uns dort hinausgedrängt und schließlich aufs ›Alte Nomadenlager‹ vertrieben. Das war schwer zu pflügen und kaum zu bewässern.

Weißt du noch, wie du mit meinem Bruder, als du in ihn verliebt warst, hierhergeflüchtet bist? Um nicht Hungers zu sterben, beschlossen wir damals, ein kleines Stück Land umzupflügen, nicht viel größer als das Schaffell hier. Du hast doch sicher nicht vergessen, wie wir das Feld geräumt, die Steine weggeschleppt, am Hang einen Aryk gegraben haben und wie das Wasser neben dem Schlangenfels den Aryk nicht hochfloß.

Erinnerst du dich daran, Sejnep? Hatten wir denn die geringste Aussicht, mit bloßen Händen die Felsen aufzubrechen? Sinnlos war unsere Arbeit, die Saaten verdorrten. Weißt du noch, Sejnep, wie du damals geweint hast? Selbst wir Männer vermochten die Tränen kaum zurückzuhalten. In jener Zeit konnten wir vom ›Alten Nomadenlager‹ nicht mal eine Handbreit urbar machen. Und wieviel brauchten wir schon! Nur soviel, um nicht zu verhungern. Jetzt aber haben sich unsere Kinder das ›Alte Nomadenlager‹ vorgenommen, und du solltest sehen, was sie bereits geschafft haben! Ihnen ist der Erfolg sicher, sie haben das nötige Wissen und Maschinen. Bald werden wir Korn im Überfluß haben. Ach, Sejnep, in deiner Jugend hast du den geliebten Mann allen Schwierigkeiten zum Trotz geheiratet, warum sollte deine Tochter nicht das Recht haben, ihr Leben selbst einzurichten und gemeinsam mit dem Geliebten zu arbeiten, na?«

Sejnep-apa schwieg.

»Du bist doch eine kluge Frau«, fuhr Tokoi fort, »und mußt einsehen, daß Saadat nicht anders handeln konnte. Dein Schwiegersohn Kassymdshan ist kein Landstreicher, sondern ein prächtiger Dshigit, der beste Traktorist der Brigade. Seine Eltern leben in der Stadt. Es sollen anständige, geachtete Leute sein. Was aber Saadat anbelangt, so ist sie nicht von der Art, daß sie ihre Mutter vergessen würde. Sonntags werden sie zu dir kommen, und im Herbst besuchst du sie nach altem Brauch. Die Hochzeit aber feiern wir, sobald sie die erste Ernte eingebracht und ihr neues Haus eingerichtet haben.«

Schweigend hörte Sejnep-apa an, was der alte Tokoi sagte. Dann stand sie auf und ging zur Tür. So erfuhr niemand, ob sie mit ihm einverstanden war oder nicht.

Tokoi begleitete den Gast hinaus. Draußen goß es in Strömen, man sah weder die Berge noch die Bäume, noch abgelegene Häuser. Alles verhüllte der dunkle Regenvorhang.

»Du liebe Güte, was sich da tut! Das ist der weiße Regen, nun kannst du gewiß sein, es wird zwei, drei Tage unentwegt gießen.«

»Der weiße Regen, sagst du?« fragte Sejnep-apa mit dumpfer Stimme und ging davon, ohne auf Antwort zu warten.

Als Sejnep-apa nach Hause kam, setzte sie sich wie im Dämmerzustand in eine Ecke und blickte auf die verweinten Fenster.

»Der weiße Regen«, flüsterte sie, als erinnere sie sich an etwas.

Bereits auf dem Weg nach Hause war Sejnep-apa zu der Einsicht gelangt, daß Tokoi wohl recht habe. Kaum hatte sie jedoch die Schwelle ihres Hauses überschritten, da sanken ihre Arme herab, und sie fühlte sich elend und einsam. Sie wollte etwas in der Wirtschaft tun, doch zu nichts hatte sie Lust. Die ganze Zeit dachte sie, daß ihr etwas fehle, aber was, wußte sie nicht. Schließlich hatte sie es herausgefunden: Sie vermißte das gewohnte Motorgetucker von den Bergen her. Meist beruhigte sie der Traktorenlärm, verband sich doch damit die Zukunft der Tochter. Nun begann Sejnep-apa sich zu sorgen: Die Traktoren waren verstummt, der weiße Regen dauerte sicher noch zwei, drei

Tage. Wie mochte es den Ärmsten dort in ihren Zelten gehen? Bestimmt war es feucht und kalt. Sie hatten ja keinen Ofen. Mitleid packte sie mit den Jungvermählten. Schließlich war es ihr Honigmond. Wenn doch bald Sonntag wäre!

Sejnep-apa zählte an den Fingern ab, wieviel Tage noch bis zum Sonntag blieben. Vier! Wie lange! Sie wollte aber Saadat und Kassymdshan so schnell wie möglich wiedersehen. Ein Weilchen blieb sie noch sitzen, dann erhob sie sich energisch, nahm weißes Leinen aus der Truhe und schnitt ein großes Männerhemd zu. Danach heizte sie den Herd. Sogleich wurde es gemütlicher im Raum. Während das Fleisch kochte, nähte Sejnep-apa das Hemd auf der Nähmaschine. Aber auch dann legte sie die Hände nicht in den Schoß, sondern machte sich am Kessel zu schaffen, in dem Boorssoki, in Fett gebackene Teigstücke, brutzelten. Ihr vom Feuer erhitztes Gesicht war rosig überhaucht und hatte sich mit winzigen Schweißperlen bedeckt. Die Augen glänzten voller Vorfreude. Ein Außenstehender hätte meinen können, Sejnep-apa bereite sich auf einen großen Feiertag vor. Und so war es ja auch. Sie hatte beschlossen, unverzüglich zum »Alten Nomadenlager« zu reiten. Als die Vorbereitungen beendet waren, holte sie den für Saadats Aussteuer bestimmten geblümten großen Seidenschal und steckte ihn zusammen mit dem Hemd in das eine Fach ihres Kurdshun, der Umhängetasche, in dem anderen verstaute sie das Fleisch und die Boorssoki. Nun hätte sie sich auf den Weg machen können, doch sie zögerte, es war nicht Brauch, ungeladen bei der verheirateten Tochter zu erscheinen. Tokoi hatte geraten, bis zum Herbst zu warten. Nein, das war zu lange. Natürlich würden Saadat und Kassymdshan am Sonntag kommen. Doch bis dahin waren es noch vier ganze Tage. Sie aber wollte ihre Kinder jetzt sehen, wollte sich mit eigenen Augen überzeugen, was im »Alten Nomadenlager« vor sich ging. Vielleicht würde man sie auslachen? Ach, sollten sie denken, was ihnen paßte, sie ritt hin!

Sejnep-apa zog ihr neues Seidenkleid an, die neuen Itschigen und die Gummiüberschuhe, hängte sich den Kurdshun über die Schulter, warf sich einen großen Sack über und verließ das Haus. Draußen fiel der weiße Regen.

In der grauen, regennassen Dämmerung ritt die Frau langsam den schmalen Feldweg entlang. Recht hatte Tokoi; ein ganzes Meer von Land war gepflügt, große Aryks waren gegraben, und die ersten feuchtgrünen Hälmchen des Sommerweizens durchstießen zaghaft die dicke Erdschicht. Das »Alte Nomadenlager« war nicht wiederzuerkennen! Wo war das Stück Boden, das damals keine Frucht trug? Wo der Aryk, den das Wasser nicht hochfloß?

Sejnep-apa sprang vom Pferd, ließ sich auf einem Stein nieder und schluchzte. Es waren Tränen des Stolzes auf ihre Kinder und deren Werk.

1954

Der Sypaitschi

Einmal im Hochsommer, so berichtet eine alte Legende der Kirgisen vom Talastal, hatte es ein Dshigit sehr eilig, den Talas zu durchqueren. Am anderen Ufer erwartete ihn die Braut, die er in der Nacht entführen sollte. Der Dshigit kam gegen Abend an den Fluß, der aber war nicht wiederzuerkennen, so viel Wasser führte er. Von der alten Furt keine Spur. Verzweifelt rannte der Dshigit am Ufer hin und her, fürchtete er doch, die schöne Braut zu verlieren. Zuletzt faßte er den Entschluß, der Kraft seines Hengstes zu vertrauen. Aber kaum war er ins Wasser geritten, da wurde dem Pferd der Boden unter den Füßen weggerissen, und die Strömung trug es davon. Das Tier ertrank, der Dshigit hingegen rettete sich wie durch ein Wunder, indem er sich am Uferstrauchwerk festklammerte. Halb von Sinnen und zähneklappernd vor Entsetzen, kletterte er aus dem Wasser. An die schöne Braut verschwendete er keinen Gedanken mehr. Er wandte sich gen Westen, fiel auf die Knie und legte die Hände zum Gebet zusammen.

»Allmächtiger! Für deine Barmherzigkeit opfere ich dir ein zweites Pferd! Welch ein Glück, daß ich nicht ertrunken bin!«

Einige Tage darauf kam der arme Teufel wieder an den Talas und traute seinen Augen nicht. Der Fluß war seicht geworden, als hätte es das Hochwasser nicht gegeben. In der Nähe fand er den ans Ufer geschwemmten Kadaver seines Pferdes. Er nahm den Sattel, warf ihn sich auf den

Rücken und machte sich auf den Weg. Da sah er, an derselben Stelle, wo er unlängst fast ums Leben gekommen wäre, ritt seelenruhig ein klappriger Greis auf einem Esel.

»He, du da!« Der Dshigit drohte mit der Faust. »Bin ich etwa schlechter als du und dein Esel?« Er stürzte zu Boden und weinte bitterlich. In jener Nacht war er nicht zurechtgekommen, seine Braut hatte ein anderer Dshigit in seinen Ail entführt.

Diese Geschichte erzählte häufig der Sypaitschi Beknasar.

»Mit unserem Fluß ist nicht zu spaßen, Bruder!« sagte er belehrend und schmunzelte in seinen Bart. »Heute reicht dir das Wasser bis ans Knie, es fließt ruhig dahin und tut keinem etwas; morgen aber gerät der Fluß in Wut und schwemmt die Brücken fort. Er ist wie ein Lebewesen, man muß ihn verstehen.«

Im Tal war es bereits hell, hier aber herrschte noch Dämmer, die tiefe Schlucht strömte Kälte aus. Die bemoosten großporigen Steine waren naß. Der vom Fluß aufsteigende Nebel kletterte in die Bergklüfte, kroch über die Felsen, schwang sich hoch hinauf auf ihre Gipfel und flog unsichtbar nach oben, in die stille Bucht der Wolken.

In der Schlucht spielte sich ein ewiger Kampf ab. Der Talas, durch sein Steinbett beengt, forderte wütend Freiheit. Mit fürchterlicher Gewalt rannte er gegen den Fluß der Klippen an, warf sich gegen ihre steinerne Brust. Doch o weh! Die Felsen schwiegen düster, blieben reglos und gleichgültig. In ohnmächtiger Wut schluchzte der schäumende Fluß auf und kroch wie eine erzürnte Schlange zurück. Sein dumpfes, erregtes Tosen klang halb drohend, halb flehend. Dann sammelte er frische Kraft, brandete von neuem gegen die Felswände der Schlucht und wich wieder schwer aufseufzend zurück. So ging das ohne Ende.

Kaum war der Talas der Schlucht entsprungen, verlangsamte er spürbar seinen Lauf. Doch auch hier war er unbändig. Er stieß auf neue Hindernisse, nun schon von Menschenhand errichtet. Am rechten Ufer, schräg zur Strömung, erstreckte sich weithin ein Wehr aus Sypais, aneinandergereihten Balkendreibeinen, die mit Reisig, Stroh und Steinen abgedichtet waren. Hier entnahmen die drei Kolchose vom rechten Ufer Wasser. Der Fluß tobte, während er sich über den Damm wälzte. Ein Teil des Wassers wurde in den Hauptaryk abgeleitet und von da auf die Felder verteilt.

Hierher kam jeden Tag beim Morgengrauen Beknasar. Aus der Schlucht drang das gedämpfte Grollen des Flusses, wehte ein feuchter Wind. Beknasars Gesicht war von Wasser und Wind rauh und trocken wie das eines Seemanns, fest umspannte die Haut die breiten Wangenknochen. Die kleinen Augen, deren Weiß von rötlichen Äderchen durchzogen war, blickten scharf unter buschigen Brauen hervor.

Beknasar legte dem Pferd eine Spannfessel an und ging zu seinem Lieblingsplatz, einem großen flachen Stein, der aus dem Wasser ragte. Er ging gemächlich, ein wenig tolpatschig. Er trug einen leichten Watterock mit Brusttasche, in die er das Röhrchen mit Naspai-Tabak steckte. Straff umspannte der Kragen des Leinenhemdes den muskulösen Hals. Aus dem Stiefelschaft ragte der rote Griff des Kantschus. Beknasar hatte sich hingehockt und blickte lange und aufmerksam auf die Strömung, lauschte dem Getöse, das aus dem weiten Rachen der Schlucht drang.

Nichts entging seinem Blick. Wie in einem Buch las er im Talas. Er sah alles, was der Fluß mit sich führte, was er unterwegs erbeutet hatte.

Tschop, tschop, tschop, plätscherte das Wasser unterm Stein, schwemmte kleine Sandbuckel an und wirbelte sie wieder auseinander.

Beknasar stammte aus einer alten Sypaitschi-Familie. Schon als Kind hatte er diesen Beruf von seinen Vorvätern übernommen, sich ihm fürs ganze Leben verschworen. Sein Vater war hier am Talas umgekommen, im ungleichen Kampf mit dem Hochwasser. Auch Beknasars Leben hatte oft genug am seidenen Faden gehangen. Die versteckten Klippen des Talas hatten auf seiner Stirn eine tiefe Schramme als Andenken hinterlassen. Seine Frau war es überdrüssig geworden, ihn von dieser Arbeit abbringen zu wollen. Beknasar war felsenfest überzeugt, daß alle Männer seines Geschlechts dazu geboren waren, als Sypaitschi zu arbeiten. Der Sypaitschi, das war für ihn ein echter Mann, der beste Dechkanin. Ehrfurchtsvoll wahrte Beknasar das Andenken seiner Ahnen, streng hielt er an ihren Bräuchen fest. Nicht genug damit, hatte er zum Leidwesen seiner Frau seinen Sohn, den jetzt sechzehnjährigen Alymbek, fast schon am Tage seiner Geburt zum Sypaitschi bestimmt. Einen echten Sypaitschi als Erben zu hinterlassen, das war sein größter Traum, darin sah er den Sinn seines Lebens, das hieß, nicht vergebens gelebt zu haben und den anderen Nutzen zu bringen. Insgeheim war Beknasar stolz auf den Sohn, denn er spürte in ihm die Anlagen für einen künftigen Sypaitschi. Schon von Kind auf, wenn schulfrei war, nahm er Alymbek ständig mit an den Fluß und lehrte ihn die »Sprache des Wassers« verstehen.

Beknasar liebte den Sohn auf seine herbe Weise, er verlangte bedingungslosen Gehorsam. Anderenfalls, so meinte er, entglitte ihm das Kind und würde ein Taugenichts.

Alymbek wuchs zu einem verständigen Burschen heran. Wie der Vater war er von kräftigem Körperbau, und von der Mutter hatte er die großen, schön geschnittenen Augen. Sein ruhiger, konzentrierter Blick ließ ihn wie einen Erwachsenen wirken. Nur der dunkle Flaum über den vollen Lippen bezeugte, daß er noch blutjung war. Alymbek hatte dem Vater bisher nie widersprochen. Dieser Tage aber sagte er plötzlich, als er aus der Schule kam: »Gut wär's doch, Vater, unsere Sypais mit Schleusen zu versehen. Weißt du, dort am Hang, wo der Hauptaryk beginnt.«

»Schleusen?« fragte Beknasar. »Weißt du denn überhaupt, was Schleusen sind?«

»Natürlich! Der Physiklehrer hat es uns erklärt. Er sagt, wenn schon nicht jetzt, so werden bestimmt nach dem Krieg alle Sypais Schleusen erhalten.«

»Das ist es ja, Söhnchen, jetzt haben wir anderes im Kopf als Schleusen, es ist Krieg. Wir kommen auch ohne sie aus.«

»Aber Holzschleusen könnte man bauen. Die drei Kolchose zusammen würden das schon schaffen«, beharrte Alymbek.

Der Ton des Sohnes gefiel Beknasar nicht.

»Sei nicht naseweis, Alymbek! Du bist nicht der einzige, der sich Gedanken macht. Lern du nur in der Schule und verfolge aufmerksam die Arbeit des Vaters, solange er am Leben ist. Wenn du im Sommer die Siebenklassenschule beendet hast, dann wartet schon Arbeit auf dich. Du wirst zunächst bei der Wasserwirtschaft berittener Wächter. Bei uns, mein Söhnchen, ist die Hauptsache Erfahrung, eine schnelle Auffassungsgabe, Augenmaß. Gott sei Dank sind deine Vorväter und ich unser Leben lang auch ohne Schleusen mit dem Talas fertiggeworden.«

Alymbek erwiderte nichts mehr und betrachtete den Vater verwundert.

Wenn Beknasar des Morgens zu den Sypais ritt, sagten die Nachbarn im Scherz: »Unser Beknasar ist losgeritten, um dem Talas den Puls zu fühlen.«

Und in der Tat beobachtete Beknasar, wenn er auf seinem Lieblingsstein saß, wie ein erfahrener Arzt den Atem des Bergflusses. Der Talas war ein rechter Nomade. Bei Hochwasser wechselte er etlichemal sein Bett. Bald überflutete er die eine Seite des Schwemmlandes und lagerte dort Steine, Sand und Schlamm ab, bald die andere. Kam man an sein voriges Bett, hatte die Sonne den Boden dort schon getrocknet. Da sollte einer voraussehen, wo sein Hauptbett sein würde. Natürlich kam es vor, daß man sich irrte, man errichtete Sypais, aber das Wasser verschwand einfach. Also hatte man das Nachsehen, hatte vergebens den Damm gebaut. Oder das Gegenteil trat ein, man stellte bei flachem Wasser hohe Sypais auf, um den Wasserspiegel zu heben, plötzlich aber rollte eine gewaltige Flut heran, raste in die Aryks und zerstörte sie von Grund auf. Dann war es noch gut, wenn die Sypais dem Ansturm nicht standhielten und vom Wasser weggerissen wurden, sonst mußte man eigens den Damm beseitigen, mußte vernichten, was man mühevoll und beharrlich mit eigenen Händen geschaffen hatte.

Die Nachbarn vom linken Ufer baten Beknasar oft um Hilfe. Er versagte sie ihnen nie, forderte jedoch, daß alles so gemacht wurde, wie er befahl.

Die Sonne war schon lange aufgegangen, doch erst jetzt, da sie hoch am Himmel stand, erhellte sie den Eingang zur Schlucht. Vom Hang kam der erregte Schrei eines Steinhuhns, das offenbar seine Jungen verloren hatte.

»Kek-lik, kek-lik«, lockte es sie.

Beknasars Gesicht spiegelte Unruhe. Heute war der Fluß trüb geworden. Beknasar schöpfte eine Handvoll Wasser. Winzige Sandkörnchen wirbelten darin, auf der Handfläche blieb ein lehmiger Satz zurück. Auf den Wogen tanzend, schwammen entwurzelte Sträucher vorbei. Also stieg der Talas, bald würde es eine Überschwemmung geben. Beknasar hörte das Krachen der Dreibeine, die das Gerippe des Damms bildeten. Der Wasserdruck verstärkte sich. Gerade das machte dem alten Mann Sorgen. Er sah, daß der Fluß immer mehr aufs rechte Ufer drängte. Was würde geschehen, wenn es Hochwasser gab? Das verhüte Gott! dachte Beknasar. Es würde die Sypais davontragen, und das Wehr wäre nicht zu reparieren. Männer waren nicht da, und mit Frauen war diese Arbeit nicht zu bewältigen.

Über den Tabakplantagen stand dichter aromatischer Dunst. Darin kreiste als ungreifbares Karussell ein Mükkenschwarm. Die Sonne verschwamm am trüben Horizont. Hitze. Gegen die Sonne gab es nur eine Rettung – Wasser. Die Sonne erzeugte aber auch das Wasser! Unentwegt brachte sie das Eis des Alatau zum Schmelzen, wodurch der Talas anschwoll.

Wasser war in den Aryks viel, man mußte sich nur ranhalten, um alles zu bewässern. Doch Beknasar freute sich nicht vor der Zeit. Leicht konnte es geschehen, daß die Felder gänzlich ohne Wasser blieben, obwohl der Talas mehr als genug mit sich führte.

Beknasars Befürchtungen waren nicht unbegründet. In der Nacht entlud sich ein Gewitter.

»Steh auf, Alymbek, steh auf!« weckte den Sohn die erregte Stimme der Mutter. »Es gewittert! Der Vater sattelt schon das Pferd, ihr reitet zu den Sypais! Sei nur recht vorsichtig nachts, Gott verhüte, daß der Vater in den Fluß steigt!«

Die Fensterladen klappten, ein gelbes Flammenzünglein flackerte in der Lampe. Sie stiegen aufs Pferd. Um nicht hinunterzufallen, klammerte sich Alymbek an den Gürtel des Vaters. Beknasar jagte dahin, ohne auf den Weg zu achten, erbarmungslos schlug er auf das Tier ein, traf dabei auch Alymbeks Beine. Der aber schwieg, jetzt war nicht die Zeit, sich zu beklagen. Schräg peitschte ihnen der Regen ins Gesicht. Wild heulte der Wind in den zerzausten Baumkronen. Die Luft erbebte vom Donner, es roch brenzlig. Beknasar wußte, er konnte die Lage nicht retten, selbst wenn er den ganzen Kolchos auf die Beine brächte. Aber zu Hause zu sitzen, vermochte er nicht. Der Gedanke, daß am nächsten Tag die Kolchose ohne Wasser sein könnten, trieb ihn mitten in der Nacht zu den Sypais. Ihm war auch bewußt, daß es Unsinn war, Alymbek mitzuschleppen. Doch er wollte, daß der Sohn, der ihm von allen am nächsten stand, die Bitternis dieser schweren Minuten mit ihm teilte, daß er mit eigenen Augen den wild gewordenen Fluß sah, daß er den Wert menschlicher Arbeit erkannte und auch erfuhr, was Unglück war. Alymbek sollte willensstark werden und tapfer. Nur solche Männer, kühne und furchtlose, taugten zum Sypaitschi.

So war Beknasar aufgewachsen, so mußte auch Alymbek erzogen werden.

Am Ufer saßen sie ab. In der Dunkelheit war schwer zu erkennen, wie es um den Fluß stand. Die Ohren wurden taub vom Getöse des Wassers. Eine wilde und ungebärdige Kraft raste unaufhaltsam dahin, rollte wutschnaubend aufs Ufer. Als dichte Regenwand verschmolz der Gewitterhimmel mit dem Fluß. Beknasar ging in die Hocke, schaute aufmerksam hin und sagte: »Der Damm ist wohl noch nicht weggeschwemmt. Siehst du dort den großen Wall? Die Sypais halten stand.«

Über der Schlucht zuckten blendende Blitze. Der Donner dröhnte. Aus den Bergen hallte das Echo wider. Alymbek fuhr zusammen. Der Rachen der Schlucht spie einen formlosen brodelnden Wasserstrudel aus, und der Wall, auf den Beknasar soeben gezeigt hatte, bäumte sich zur Wand auf und fiel im selben Augenblick in sich zusammen.

»Vater!« schrie Alymbek heiser und klammerte sich krampfhaft an dessen Arm.

»Jetzt ist alles aus«, sagte Beknasar mit fremder, schwacher Stimme.

Die Zickzacklinien der Blitze zerschnitten den Himmel. Ihr Licht riß die beiden Menschen aus dem Dunkel, die schweigend am Ufer standen.

»Macht nichts, Söhnchen.« Beknasar umschlang den Sohn. Und Alymbek, an den Vater gepreßt, spürte, wie dessen Herz hämmerte. »Wir nehmen schon vom Talas, was wir brauchen, schließlich sind wir Menschen.«

Im Kreis wurde Alarm geschlagen. Die Kolchose am rechten Talasufer hatten kein Wasser. Bereits am frühen Morgen trafen sich die Kolchosvorsitzenden und Beknasar im Kreisexekutivkomitee. Allen war klar, daß man nicht zögern durfte.

Beknasar wurde gefragt, wieviel Tage für die Reparatur der Sypais gebraucht würden.

»Wenn genug Leute da sind und genug Material – zwei«, antwortete er, seiner Sache sicher.

Was Beknasar sagte, war nicht unbedacht. In der Nacht hatte sich die Strömung zum linken Ufer hinübergeworfen, und wo zuvor die Sypais gestanden hatten, war es jetzt seicht. Das erleichterte die Lage bedeutend, die Leute konnten arbeiten, ohne um ihr Leben fürchten zu müssen.

Gegen Abend war am Ufer ein großes Lager aufgeschlagen.

Beknasar saß wie gewöhnlich auf seinem Stein und blickte mit fest zusammengekniffenen Lippen aufmerksam auf die schmutziggrauen Wogenkämme des Talas.

»Alymbek, geh und erkundige dich beim Brigadier«, befahl er, »aus der MTS müssen sie uns Draht schicken.«

Als der Junge schon einige Schritte weg war, rief ihm der Vater nach: »Wart mal!« Er trat dicht auf ihn zu und legte ihm die schwere Hand auf die Schulter. »Die Lage ist ernst. Gib den andern morgen ein Beispiel. Du bist's schon gewohnt, sie aber müssen es vielleicht zum erstenmal machen. Du bist mein Sohn, der Sohn des Sypaitschi.«

Am Ufer loderten Feuer. Rauch breitete sich aus, Funken wirbelten hoch und erloschen. Am äußersten Lagerfeuer hatte sich die Jugend zusammengefunden. Über den Fluß, den Wogen des Talas entgegen, flog ein Lied von Toktogul:

Stolz schwebt der Bergadler ...

Nacht. Stille im Lager. Die Sterne wurden blasser und blickten auf den Fluß. Über der Schlucht hing das Oval des Mondes. Friedlich lauschte er dem wilden Gebrüll des Talas. Alymbek ging auf die Gestalten zu, die sich vom Steilhang abhoben. Beknasar und der Vorsitzende des Kreisexekutivkomitees besprachen sich leise miteinander. Über den Himmel schoß ein Stern und stürzte in schönem Bogen in die Schlucht. Lautlos wie ein Schatten glitt ein Nachtvogel vorüber.

Bei Tagesanbruch hallte der Talas von fröhlichem Stimmengewirr und Axtschlägen wider. Am Ufer standen bereits ganze Pyramiden fertiger Sypais.

»Oben müßt ihr sie umwickeln! Zieh den Draht fester!« klang Beknasars Stimme bald hier, bald da. »Was starrst du so? Binde den Querbalken tiefer! He, schüttet die Steine hierher!«

Die Sonne lugte hervor und lächelte über das ungewöhnliche Schauspiel.

»Hau ruck!« kommandierte Beknasar.

»Hau ruck!« wiederholte man im Chor und trug den ersten Sypai zum Ufer. Angestrengt stützte Alymbek einen Querbalken mit der Schulter. Das Ufergeröll schnitt ihm in die Fußsohlen.

Den ersten Sypai stellten sie an der Arykmündung auf, die folgenden in gleichen Abständen immer weiter weg vom Ufer. Das Aufschütten des Dammes zwischen den Sypais leitete Beknasar selbst. Auf Pferden wurden Strohballen und frischgeschlagenes Strauchwerk herangeschafft. Von Hand zu Hand wurden Steine weitergereicht, Balken wurden herangeschleppt. Aus all dem erwuchs allmählich der Damm. Beknasar schrie herum, doch im Grunde seines Herzens freute er sich unbändig, daß die Arbeit so gut vorankam.

Nach dem Mittagessen stieg das Wasser bis zur Sohle des Aryks an, und am Abend schlängelten sich bescheidene Rinnsale darin. Die wichtigste und schwierigste Arbeit hatten sie trotzdem noch vor sich. Sie mußten die Sypais fast bis zur Flußmitte setzen, sonst würde sich der Graben nicht füllen.

Am nächsten Tag ging die Arbeit langsamer voran. Einigemal riß das ungestüm dahinschießende Wasser die beiden letzten Sypais weg.

»Macht nichts, macht nichts! Verzagt nicht. Wir versuchen's noch einmal«, ermunterte Beknasar die Leute. »Wenn an der Front ein Angriff keinen Erfolg hat, dann stürmen sie ein zweites, ein drittes Mal, erzählen die Jungs.«

Über den Flußgrund rollten mit dumpfem Gepolter große Steine. Ein Bursche wurde am Fuß schwer verletzt. Alymbek und Beknasar trugen ihn ans Ufer. Der Fuß schwoll an, wurde graublau.

Schließlich füllte sich der Aryk, Freude erfaßte die Menschen. Die Felder bekamen wieder Wasser. Aber Beknasar dachte gar nicht daran, die Arbeit einzustellen. Auf seine Anweisung verlängerte man nun den Damm bogenförmig stromauf.

»Sicher ist sicher«, sagte Beknasar. »Die Strömung ist zum linken Ufer hinübergewechselt, hier hat sie abgenommen. Wenn später das Hochwasser zurückgeht und der Fluß seichter wird, haben wir nicht genug Wasser. Da wir die Arbeit begonnen haben, wollen wir sie auch zu Ende führen, damit wir uns nicht noch mal plagen müssen.«

Niemand wandte etwas ein. Der Sypaibau lag einzig und allein in Beknasars Händen. Alymbek warnte den Vater: »Ata, vielleicht reicht es auch so? Die Aryks sind randvoll, und wenn das Hochwasser steigt, haben wir nichts Gutes zu erwarten.«

Diese Worte riefen Beknasar sofort das Gespräch über die Schleusen ins Gedächtnis. Er erkannte Alymbek nicht wieder, der Sohn hatte Züge angenommen, die dem Vater neu waren, unbekannt. Woran es lag, hätte der Vater nicht erklären können.

»Was soll das, Söhnchen? Nun, da du groß bist, brauchst du die Älteren wohl nicht mehr zu achten? Bald sind es Schleusen, bald ist's etwas anderes.«

Aus des Vaters Stimme hörte Alymbek zum erstenmal deutlich die Kränkung heraus. Flammendrot wurde er vor Scham, daß er dem Alten, ohne es zu wollen, Schmerz zugefügt hatte. Doch die Erwähnung der Schleusen zerstreute seine Bedenken.

»Ohne Schleusen kommen wir nicht mehr aus, Vater! Wenn wir den Graben und die Sypais retten wollen, brauchen wir unbedingt welche.«

»Verschwinde!« Die Stimme des Vaters bebte. »Für die Arbeit bin ich verantwortlich.«

Das Schicksal strafte Beknasar. Bei Sonnenuntergang, als die Arbeit beendet war und die Leute sich auf den Heimweg machten, begann das Wasser des Talas zu steigen. Aus der Schlucht rasten wild strudelnd Wellenberge heran, dunkel von Sand und Schlamm. Sie brandeten gegen das linke Ufer und rollten zur Flußmitte zurück. Die Menschen drängten sich am Hang zusammen und beobachteten voller Bangen den Fluß. Fast vor ihren Augen verlagerte sich die Strömung allmählich zum rechten Ufer.

Alles schwieg. Niemand wußte, was tun. Bald war der Damm überflutet, nur die Spitzen der Dreibeine ragten einsam heraus. Das Wasser im Aryk trat über die Ufer. Es galt, wenigstens den Aryk zu retten. Doch dazu hätten sie die Sypais zerstören müssen. Beknasar konnte sich nicht dazu entschließen, man durfte doch nicht bedenkenlos Menschenleben aufs Spiel setzen. Wo der Aryk einen Bogen machte, um einen Hang zu umgehen, und nach rechts vom Talas wegführte, kam es dann zur Katastrophe. Das Wasser unterspülte das Ufer und stürzte wie eine Lawine zum Fluß hinab. Der Talas spendete kein Wasser mehr, er holte es sich bis zum letzten Tropfen zurück und zerstörte dabei die Ufer des Aryks. All das geschah so blitzschnell, daß die Menschen immer noch starr vor Entsetzen waren.

Beknasar stand mitten in der Menge. Er schien Gehör und Sprache verloren zu haben. Die Leute jedoch erwarteten von ihm irgendein Wunder, schließlich war er ein alter Sypaitschi. Aber Beknasar schwieg, und keiner sagte ein Wort, keiner wagte, ihm Vorwürfe zu machen. Was sich soeben ereignet hatte, war gar zu schrecklich und einfach.

Auf Alymbek achtete niemand, man hatte anderes im Kopf als ihn. Mit nervös geblähten Nasenflügeln, kreidebleich, stand er da. Ihn dauerte der Vater, auf den die anderen noch immer voller Hoffnung blickten, ihn schmerzte seine Hilflosigkeit. Das Wasser, um das sie zwei Tage gekämpft hatten, strömte wieder in den Talas zurück. Es war kränkend, daß der Fluß so viel Wasser führte und die Tabakpflanzungen, Gärten und Saaten dennoch verdorren würden. Fieberhaft suchte Alymbek nach der Ursache für das Unglück. Hätten sie Schleusen gehabt, wäre es dann nicht möglich gewesen, den Wasserüberfluß ohne Schaden abzulassen? Hätten sie dann nicht den Aryk gerettet? Aber warum wollte der Vater nichts davon wissen, warum dachten die anderen nicht daran?

Mit gesenktem Kopf wandte sich Beknasar ab und zischte durch die Zähne: »Alles ist Gottes Wille!«

Die Leute seufzten tief.

»Nein!« schrie jemand schroff.

Überrascht zuckte die Menge zusammen. Hoch erhobenen Hauptes trat Alymbek entschlossen auf den Vater zu.

»Nein!« wiederholte er laut. »Du bist schuld, Vater!«

Ein Ächzen ging durch die Menge.

»Wir werden so lange machtlos sein, bis wir Schleusen errichten und auf unsere Sypais verzichten!«

Als Beknasar Alymbeks Worte begriffen hatte, stieg ihm das Blut ins Gesicht, der Hals und die Stirnschramme färbten sich purpurn, ihm stockte der Atem.

»Was?« stieß er hervor und schwang den Ketmen über Alymbeks Kopf. Der Junge rührte sich nicht. Der Ketmen erstarrte in der Luft. »Scher dich weg, du Hundesohn! Gegen den Vater . . . vor allem Volk! Ich bring' dich um!«

Ein paar Männer sprangen hinzu und entrissen Beknasars kraftlosen Händen den Ketmen.

Menschenleer war es am dunklen Ufer des Talas. Tschop, tschop, tschop, plätscherte das Wasser unterm Stein, schwemmte kleine Sandbuckel auf und wirbelte sie wieder auseinander.

Was ist, Beknasar, hast du dich mit Schande bedeckt? rauschte der Talas. Der eigene Sohn hat dein Grauhaar verspottet. Wirst in üblen Ruf kommen. Konntest nicht fertig werden mit mir, und jetzt will mich dein Sohn auf andere Weise, nach seinen Vorstellungen brechen! Aber auch er kommt nicht mit mir zu Rande! höhnte der schäumende Talas.

Immer tiefer sank Beknasars Kopf. Der Talas aber gab keine Ruhe: He, Sypaitschi! Oft genug hab' ich dich verbleut. Danke deinem Schicksal, daß du noch am Leben bist. Du willst nicht aufgeben? Vergebens. Ich unterwerfe mich nicht. Nun ist sogar dein Sohn ungehorsam geworden und weggegangen. Du aber wolltest, daß er hierbleibt, dein Werk weiterführt und ein solcher Sypaitschi wird wie du. Auf und davon ist er. Weit weg von hier. Du bist alt, und deine Hände gehorchen dir nicht mehr.

Tschop, tschop, tschop, plätscherte das Wasser unterm Stein.

Vier Jahre waren seither vergangen. Viel Wasser war den Talas hinabgeflossen, vieles hatte sich in Beknasars Leben verändert. Abgemagert war der Alte und wortkarg geworden, er saß zu Hause herum. Im Kolchos redete man ihm immer wieder gut zu, er möge doch weiterarbeiten, doch er weigerte sich strikt. Er hatte sich zurückgezogen, war menschenscheu geworden.

»Der Vorfall am Fluß hat den Mut des alten Sypaitschi gebrochen«, sagten die Leute voll stillem Mitgefühl.

Alymbek kam stets zu den Ferien nach Hause, sprach lange mit dem Vater, umarmte, küßte ihn, und dennoch verzieh ihm Beknasar die Kränkung nicht.

Es war Frühling. Der Hydrotechniker der Wasserwirtschaft Alymbek Beknasarow eilte zu seinem Vater. Vielleicht gelang es ihm heute, den Alten wieder zum Zupakken zu bewegen und die Liebe des Vaters zurückzugewinnen.

»Wir beginnen unser Werk, Ata! Komm mit, du wirst mir helfen. Vielleicht nimmst du deine Arbeit wieder auf?«

»Nein, Söhnchen.« Beknasar blickte finster drein. »Ihr kommt auch ohne mich aus. Du hast nun ausgelernt. Was soll ich da tun?«

Schweren Herzens ritt Alymbek davon, Beknasar aber blieb im Schatten eines Urjuks sitzen und beobachtete düster, wie vollbeladene Laster und Wagen mit fröhlich singenden Leuten zur Schlucht fuhren.

Zog es ihn etwa nicht dorthin, gemeinsam mit all den anderen? Beknasar wollte sich selbst nicht eingestehen, wie er sich nach Menschen und Betätigung sehnte. Seine Hände flehten um eine Aufgabe, eine große, schwierige Aufgabe. Sollte er weiterhin im Gemüsegarten herumstochern? Nein. Er sehnte sich nach einem richtigen Ziel, wollte wenigstens noch einmal im Leben gegen die ungestümen Kräfte des Talas ankämpfen. Aber Stolz und Eigenliebe verboten ihm, auch nur daran zu denken.

Eines Morgens erwachte Beknasar von plötzlichem Getöse. Der Krach von Sprengungen drang aus der Schlucht zu ihm. So gut er konnte, kletterte der alte Mann eilig aufs Dach, schirmte die Augen mit zittriger Hand ab und blickte gespannt in die Richtung der Sprengungen. Unentwegt sah er braune Erdsäulen hochwirbeln. Etwas Gewaltiges, Unbegreifliches ging dort vor.

»Was mag das sein?« fragte sich Beknasar laut. »Was machen sie da?«

Das Herz krampfte sich ihm zusammen. Er tat sich selbst leid, fühlte sich als hilfloses Geschöpf, das nicht begriff, was ringsum passierte. Die Leute am Talasufer vollbrachten etwas, doch es geschah ohne ihn, ohne Beknasar.

»Nein, ich will es wissen! Ich werde es sehen!« Rasch kletterte er die Leiter hinab.

Seine Frau war zur Arbeit gegangen. Beknasar nahm seinen Stecken und hastete unbemerkt durch die Gemüsegärten zur Schlucht. Am Hang kamen dem Alten Bedenken. Er konnte sich nicht aufraffen, geradewegs hinzugehen.

Am Ende lachten sie ihn aus, sagten, was will der denn hier? Als wir ihn gebeten haben, wollte er doch nicht.

Beknasar stahl sich zum Hang und lugte vorsichtig hinter einem Stein hervor. Er erkannte die Stelle nicht wieder. Am Ufer herrschte reges Treiben. Mit Steinen, Sand und Lehm beladene Kipper flitzten hin und her.

Und das da war sicher der Bagger! Nicht umsonst sprach man überall von ihm. Ach, eine Teufelsmaschine, wie sie die Erde nahm! Beknasar fand Gefallen am Zuschauen.

Der ganze Aryk bis hin zu jener denkwürdigen Biegung war bereits betoniert. Dort, wo der Graben seinen Anfang nahm, und an der Steilseite waren Schleusen errichtet, sie leuchteten in grellem Ziegelrot.

»Na, so was!« staunte Beknasar. »Da haben sie sich aber was ausgedacht! Nun wird sich auch der Talas fügen müssen.«

Er konnte es gar nicht erwarten, sich alles näher anzusehen, eigenhändig zu befühlen, doch aus unerfindlichem Grund scheute er davor zurück, schämte er sich vor den verschwitzten, sonnverbrannten Leuten, die arbeiteten, ohne ihn zu bemerken. Er wollte sich schon davonstehlen, als er Alymbeks Stimme hörte. Der Sohn erklärte etwas, zeigte es den anderen und schrieb, den Ellbogen auf einen großen grauen Stein gestützt, eifrig Notizen in ein kleines Buch.

Beknasar stürzte vorwärts. Kleinere Steine polterten unter seinen Schritten den Hang hinab. Rasch näherte er sich dem Sohn. »Du hast ein gutes Werk begonnen, Alymbek«, flüsterte er und wischte sich das verschwitzte Gesicht. »In unserem Geschlecht waren alle Sypaitschi, aber einen wie dich hat es noch nicht gegeben. Du bist ein großer Sypaitschi!«

1953

Worterklärungen

Adat	Gewohnheitsrecht der islamischen Völker
Adshal	Tod
Agai	ehrerbietige Anrede für einen älteren Mann. Wörtlich: der ältere Bruder
Ail	kirgisisches Dorf
Airan	mit Wasser vermischte geronnene Milch
-ake	ehrerbietige Anrede für einen älteren Mann
Aksakal	ehrerbietige Anrede für einen älteren oder höherstehenden Mann. Wörtlich: Weißbärtiger
Ala-kijis	ornamentverzierte Filzdecke
Apa	Mutter
Aryk	Bewässerungsgraben
Ata	Vater
Atake	Väterchen
Aulije-Ata	Gebietshauptstadt im Süden der Kasachischen SSR, seit 1936 umbenannt in Dshambul
Baibitsche	ehrerbietige Anrede für eine ältere Frau
Batyr	Held
Bei	mittelasiatischer Feudalherr
Beschbarmak	kirgisisches Nationalgericht aus Hammelfleisch und einer Art Nudeln
Beschmet	Halbrock
Bockabjagen	in Mittelasien verbreitetes Reiterspiel. Ein Reiter hat an einer Seite des Pferdes einen abgestochenen Schaf- oder Ziegen-

	bock hängen, den ihm die anderen abzujagen suchen
Boorssoki	in Fett gebackene Teigstücke
Busa	Getränk aus gegorener Hirse mit Zimt und Ingwer
Dastorkon	Tischtuch, auch Festtafel
Dechkanin	mittelasiatischer Landwirt
Dshatak	Nichtnomadisierender, der kein Vieh besitzt
Dshejentek	Feier anläßlich einer Geburt
Dshene	Frau des älteren Bruders. Plural: Dsheneler
Dshesde	Mann der älteren Schwester
Dshigit	junger Bursche
Dsungaren	(Oiraten) – Sammelbezeichnung für westmongolische Stämme oder Stammesverbände, die im 17. Jahrhundert in Dsungarien das Oiratische Khanat bildeten. Ein Teil von ihnen siedelte sich im 17. Jahrhundert in Rußland an, und zwar zwischen Jaik (Uralfluß) und unterer Wolga sowie westlich davon
Dubal	Einfriedung kirgisischer Gehöfte, oftmals eine Lehmmauer
Itschig	bei asiatischen Völkern am bloßen Fuß getragener absatzloser Halbstiefel aus Saffianleder, über den das andere Schuhwerk drübergezogen wird
Jurte	kuppelförmiges Filzzelt
Kajyn	jüngerer Bruder aus der Sippe des Mannes
Kantschu	Riemenpeitsche
Kambar-ata	kirgisischer Schutzgott der Pferde
Karnai	orientalisches Blasinstrument
Kelin	jungverheiratete junge Frau
Kerimsal	glühender asiatischer Wind

Kertolgo-saiip	Hausherrin, ehrerbietige Anrede
Ketmen	in Mittelasien eine Art Hacke
Komus	kirgisisches dreisaitiges Zupfinstrument
Kümbös	steinernes Kuppelgrab
Kumys	gegorene Stutenmilch
Kurdshun	Umhängetasche
Kurgan	vorgeschichtliches Hügelgrab
Kurkurëu	kirgisischer Fluß. Wörtlich: der Tosende
Mirab	Bewässerungstechniker
Mulla	mohammedanischer Gelehrter, Richter
Namas	fünfmal täglich zu verrichtendes islamisches Gebet
Nasreddin	türkischer Eulenspiegel, der im 14. Jahrhundert gelebt haben soll
Naspai	kleine Tabakröllchen, die man für kurze Zeit im Mund behält
Oi, toobo	Ausruf der Begeisterung
Salam aleikum	zwischen Mohammedanern übliche Begrüßungsformel. Wörtlich: Friede über euch!
Saman	mit Stroh vermischte Lehmstücke
Schamane	Zauberpriester vieler Naturvölker
Shaworonok	Lerche
Süjüntschü	Geschenk für eine gute Nachricht
Surnai	kirgisisches Blasinstrument
Sypai	Dreibein aus zusammengebundenen Balken. Aneinandergereiht und mit Reisig, Stroh und Steinen abgedichtet, dienen die Sypais dem Wehrbau bei Bergflüssen
Sypaitschi	Mann, der Sypais errichtet
Talas	kirgisischer und kasachischer Fluß
Talkan	geröstetes gemahlenes Korn
Tandyr	neben dem Haus in die Erde gebauter Ofen mit runder Öffnung, in dem Fladen gebacken werden

Tebetej	mit Fuchspelz oder Lammfell besetzte Mütze
Toi-Fest	bei den mittelasiatischen Völkern ein Fest des Liedes und des Tanzes
Toktogul Satylganow	bekannter kirgisischer Volkssänger und Volksdichter, einer der Begründer der kirgisischen Sowjetliteratur, lebte von 1864–1933
Tschapan	langer, weiter Rock, den der Bauer über die andere Kleidung zieht
Tscharyk	Schuh aus weißgegerbtem Leder
Tschatkaltau	kirgisisches Hochgebirge, das nur in den Sommermonaten zugänglich ist
Tschu	kirgisischer Fluß
Tusch-kijis	ornamentverzierter Wandteppich
Urjuk	mittelasiatische Aprikosenbaumart
Usta	Meister
Wachtberg	Anhöhe, die einen Rundblick über die gesamte Umgebung gewährt. Die Bezeichnung stammt aus der Zeit, als die Kirgisen sich gegen Überfälle nomadisierender Stämme zu verteidigen hatten

Nachweis

Die Klage des Zugvogels
russischer Originaltitel »Plač pereletnoj pticy«.
Aus dem russischen Manuskript von Charlotte Kossuth, ohne Datum.

Der Soldatenjunge
russischer Originaltitel »Soldatënok«, 1965.
Aus dem Russischen von Charlotte Kossuth.

Das Wiedersehen mit dem Sohn
russischer Originaltitel »Svidanie s synom«, 1964.
Aus dem Russischen von Charlotte Kossuth.

Der rote Apfel
kirgisischer Originaltitel »Kysyl alma«, 1964.
Aus dem Russischen von Charlotte Kossuth.

Das Kamelauge
kirgisischer Originaltitel »Botoköz bulak«, 1961.
Aus dem Russischen von Halina Wiegershausen.

Am Fluß Baidamtal
kirgisischer Originaltitel »Asma köpure«, 1956.
Aus dem Russischen von Charlotte Kossuth.

Rivalen
kirgisischer Originaltitel »Tunku sugat«, 1954.
Aus dem Russischen von Charlotte Kossuth.

Weißer Regen
kirgisischer Originaltitel »Ak žaan«, 1954.
Aus dem Russischen von Charlotte Kossuth.

Der Sypaitschi
kirgisischer Originaltitel »Sypajči«, 1953.
Aus dem Russischen von Charlotte Kossuth.

Unionsverlag Taschenbuch

Aitmatow, Tschingis: Dshamilja **UT 1**

Kemal, Yaşar: Memed mein Falke **UT 2**

Khalifa, Sahar: Der Feigenkaktus **UT 3**

Rifaat, Alifa: Zeit der Jasminblüte **UT 4**

Khalifa, Sahar: Die Sonnenblume **UT 5**

Aitmatow, Tschingis: Du meine Pappel im roten Kopftuch **UT 6**

Kemal, Yaşar: Der Wind aus der Ebene **UT 7**

Machfus, Nagib: Die Midaq-Gasse **UT 8**

Markandaya, Kamala: Nektar in einem Sieb **UT 9**

Bugul, Ken: Die Nacht des Baobab **UT 10**

Djebar, Assia: Die Schattenkönigin **UT 11**

Kemal, Yaşar: Die Disteln brennen – Memed II **UT 12**

Aitmatow, Tschingis: Der Richtplatz **UT 13**

Emecheta, Buchi: Zwanzig Säcke Muschelgeld **UT 14**

Alafenisch, Salim: Der Weihrauchhändler **UT 15**

Aitmatow, Tschingis: Abschied von Gülsary **UT 16**

Kemal, Yaşar: Eisenerde, Kupferhimmel **UT 17**

Anand, Mulk Raj: Der Unberührbare **UT 18**

Markandaya, Kamala: Eine Handvoll Reis **UT 19**

Anar: Der sechste Stock eines fünfstöckigen Hauses **UT 20**

Edgü, Ferit: Ein Winter in Hakkari **UT 21**

Charhadi, Driss ben Hamed: Ein Leben voller Fallgruben **UT 22**

Elçin: Das weiße Kamel **UT 23**

Rivabella, Omar: Susana. Requiem für die Seele einer Frau **UT 24**

Aitmatow, Tschingis: Der weiße Dampfer **UT 25**

Tekin, Latife: Der Honigberg **UT 26**

Machfus, Nagib: Der Dieb und die Hunde **UT 27**

Fava, Giuseppe: Ehrenwerte Leute **UT 28**

Chraibi, Driss: Die Zivilisation, Mutter! **UT 29**

Aitmatow, Tschingis: Aug in Auge **UT 30**

Unionsverlag Taschenbuch

Djebar, Assia: Fantasia **UT 31**

Aitmatow, Tschingis: Die Klage des Zugvogels **UT 32**

Anand, Mulk Raj: Gauri **UT 33**

Rytchëu, Juri: Traum im Polarnebel **UT 34**

Kemal, Yaşar: Das Unsterblichkeitskraut **UT 35**

Machfus, Nagib: Die segensreiche Nacht **UT 36**

Löwengleich und Mondenschön **UT 37**

Hoffmann, Giselher W.: Die Erstgeborenen **UT 38**

Aziz, Germaine: Geschlossene Häuser **UT 39**
